Lev Nicolayevich Tolstoy
(1828. 9. 9 ~ 1910. 11. 20)

버금세계명작시리즈

# 살면서 꼭 읽어야 할 톨스토이 단편선

레프 톨스토이 / 이도윤 옮김

# 톨스토이 단편선

# 목차

사람은 무엇으로 사는가 – 7

바보 이반 – 53

사람에게는 얼마나 많은 땅이 필요한가 – 111

달걀만 한 씨앗 – 145

두 노인 – 153

세 가지 질문 – 201

대자(大子) – 211

불은 놓아두면 걷잡을 수가 없다 – 247

일리야스 – 277

작은 악마와 빵 한 조각 – 289

머슴 예밀리얀과 빈 북 – 299

촛불 – 321

노동과 죽음과 질병 – 341

사람은 무엇으로 사는가

우리는 형제를 사랑함으로 사망에서 옮겨 생명으로 들어간 줄을 알 거니와 사랑하지 아니하는 자는 사망에 머물러 있느니라(요한일서 3:14)

누가 이 세상의 재물을 가지고 형제의 궁핍함을 보고도 도와줄 마음을 닫으면 하나님의 사랑이 어찌 그 속에 거하겠느냐 자녀들아, 우리가 말과 혀로만 사랑하지 말고 행함과 진실함으로 하자(요한일서 3:17-18)

사랑하는 자들아, 우리가 서로 사랑하자 사랑은 하나님께 속한 것이니 사랑하는 자마다 하나님으로부터 나서 하나님을 알고 사랑하지 아니하는 자는 하나님을 알지 못하나니 이는 하나님의 사랑이심이라(요한일서 4:7-8)

어느 때나 하나님을 본 사람이 없으되 만일 우리가 서로 사랑하면 하나님이 우리 안에 거하시고 그의 사랑이 우리 안에 온전히 이루어지느니라(요한일서 4:12)

하나님이 우리를 사랑하시는 사랑을 우리가 알고 믿었노니 하나님은 사랑이시라 사랑 안에 거하는 자는 하나님 안에 거하고 하나님도 그의 안에 거하시느니라(요한일서 4:16)

누구든지 하나님을 사랑하노라 하고 그 형제를 미워하면 이는 거짓말하는 자니 보는 바 그 형제를 사랑하지 아니하는 자는 보지 못하는 바 하나님을 사랑할 수 없느니라(요한일서 4:20)

# 1

한 구둣방 주인이 아내와 아이들과 함께 어느 농부의 집에 세 들어 살고 있었다. 그는 자기 집도, 자기 땅도 없었기 때문에 오직 구두 만드는 일로 돈을 벌어 가족들과 함께 살아가고 있었다. 하지만 빵값은 비싸고 품삯은 얼마 되지 않았기 때문에 버는 것은 모두 먹는 것에 들어가기 바빴다. 그에게는 아내와 함께 입는 모피 코트 한 벌밖에 없었는데 그것마저도 다 해져 누더기가 되어 있었다. 그래서 그는 2년 전부터 새 모피 코트를 만들 양가죽을 사야겠다고 마음먹고 있었다.

가을이 되자 구둣방 주인은 조금 여유가 생겼다. 아내의 장롱 속에 3루블이 있었고, 마을 농부들에게 빌려준 돈이 5루블 20코페이카 정도 되었다. 그래서 그는 아침부터 모피 코트를 만들 양가죽을 사러 마을로 갈 채비를 했다. 그는 아침을 먹은 뒤 셔츠 위에 아내의 무명 솜 재킷을 입고, 그 위에 긴 모직 외투를 걸치고 3루블짜리 지폐 한 장을 주머니 속에 넣은 뒤 나뭇가지를 하나 꺾어 지팡이를 만들어 길을 떠났다. 그는 속으로 이렇게 생각했다.

'농부들에게서 5루블을 받으면 3루블이 있으니 충분히

모피 코트를 만들 양가죽을 살 수 있겠지.'

마을에 도착한 구둣방 주인은 어느 농부네 집에 갔다. 그러나 농부는 외출 중이었고, 농부의 아내가 일주일 안으로 돈을 보내겠다고 약속만 하고는 돈을 갚지 않았다.

구둣방 주인은 다른 농부네 집으로 갔다. 하지만 그 농부 역시 하늘에 맹세코 돈이 한 푼도 없다고 하면서 구두 수선비로 20코페이카를 줄 뿐이었다. 구둣방 주인은 할 수 없이 양가죽을 외상으로 사려고 했으나 가죽 장사는 외상으로 물건을 주지 않았다.

"먼저 돈을 가져오세요. 돈만 가져오면 얼마든지 마음에 드는 것으로 줄 테니까. 외상값은 받기 어렵다는 걸 당신도 잘 알잖아요."

이렇게 되어 구둣방 주인은 겨우 수선비 20코페이카와 어느 집에서 낡은 털장화에 가죽을 대고 수선하는 일을 얻었을 뿐 헛수고만 하고 그냥 집으로 돌아가게 되었다.

구둣방 주인은 속상한 마음에 수선비로 받은 20코페이카를 몽땅 털어 보드카를 한 잔 마시고 양가죽도 사지 못한 채 집으로 돌아가고 있었다. 아침부터 추웠지만, 술을 마셨더니 외투가 없어도 따뜻했다. 구둣방 주인은 한 손에 든 지팡이로 얼어붙은 땅을 두드리고 다른 한 손으로는 털장화를 휘두르며 혼잣말로 중얼거렸다.

"모피 코트를 입지 않아도 따뜻하기만 하구나. 보드카 한 잔을 마셨더니 온몸이 후끈거려. 모피 코트 따위 없어도 좋아. 슬픔 같은 건 잊고 걷고 있다고. 난 그런 사람이잖아! 나는 모피 코트 따위 없이도 살 수 있어. 단지 아내가 속상하겠지. 정말 화가나. 모피 코트 하나 얻으려고 죽을힘을 다해 일했는데, 아무것도 얻은 게 없으니. 그래, 이번에도 그 사람들이 돈을 가져오지 않으면 모자라도 빼앗아야겠어. 암 그렇게 할 거야! 도대체 어떻게 하자는 거지? 돈을 20코페이카씩 찔끔찔끔 주다니! 흥, 20코페이카로 무엇을 하란 말이야? 술이나 마실 수밖에 없잖아. 생활이 곤란하다고 하지만 너희들만 곤란하고 나는 곤란하지 않단 말이냐? 그래도 너희들에겐 집도 있고 가축도 있고 다른 것도 다 있지만 나는 빈털터리야. 너희들은 너희들이 만든 빵을 먹지만 나는 사서 먹어야 해. 어디서 구하든 일주일에 빵 값만 3루블은 나가야 해. 집에 가면 빵이 없을 테니 1루블 반을 또 내놔야 하고. 그러니 너희들도 내 돈을 갚아 줘야겠어."

구둣방 주인은 투덜거리며 길모퉁이에 있는 작은 교회 근처까지 왔다. 그런데 교회 뒤에 무언가 하얀 것이 보였다. 이미 날이 어두워졌기 때문에 구둣방 주인은 눈을 크게 뜨고 자세히 보아도 그것이 무엇인지 알 수가 없었다.

'여기에 돌 같은 건 없었는데, 짐승인가? 짐승 같지도 않은데. 머리는 사람 같아 보이는데 어쩐지 너무 하얀데? 그리고 사람이 이런 데 있을 리가 없지.'

이런저런 생각을 하며 구둣방 주인이 조금 더 가까이 다가가자 그 물체가 똑똑히 보였다. 아니 이게 웬일인가? 그건 사람이 분명한데 죽었는지 살았는지 벌거숭이 알몸으로 차가운 교회 벽에 기댄 채 꼼짝도 하지 않았다. 구둣방 주인은 무서운 생각이 들었다.

'누군가 이 사람을 죽인 후에 옷을 벗기고 나서 여기 버렸나 보다. 너무 가까이 갔다가 나중에 무슨 일을 당할지 모르겠는 걸.'

이렇게 생각하고 구둣방 주인은 그 옆을 지나쳐 갔다. 교회 모퉁이를 돌아서니 그 사람이 보이지 않았다. 교회를 지나 한참을 가다가 뒤를 돌아보니 그 사람이 벽에서 몸을 일으켜 움직이고 있었다. 그리고 자기를 바라보고 있는 것 같았다. 구둣방 주인은 더더욱 겁이 나서 이런 생각이 들었다.

'다시 가까이 가 볼까? 아니면 이대로 가 버릴까? 혹시 곁에 갔다가 무슨 봉변이라도 당할지 몰라. 저 사람이 어떤 사람인지 아무도 모르잖아. 좋은 일을 하고 이런 데 와 있을 리는 없고, 가까이 가면 벌떡 일어나 내 목을 졸라 죽일지도 몰라. 목 졸려 죽지 않더라도 아마 저 사람과 엮이면 귀찮은 일이 벌어질 거야. 저 벌거벗은 사람하고 무슨 일을 할 수 있겠어? 내 옷을 벗어 마지막 것까지 내주게 되겠지. 그냥 지나가자!'

구둣방 주인은 발걸음을 재촉했다. 그러나 교회가 멀어지자 양심의 가책이 느껴졌다. 그는 길 한가운데 멈춰서서 자신에게 말했다.

"대체 무얼 하는 거야, 너는? 사람이 불행한 일을 당해서 죽어가는데 겁을 먹고 그냥 지나쳐 버리려 하다니. 네가 대단한 부자라도 된 거냐? 가진 돈을 빼앗길까 두려운 거야? 그건 잘하는 짓이 아니야, 세묜!"

세묜은 발걸음을 되돌려 그 사람에게 돌아갔다.

## 2

세묜은 그 사람 곁으로 다가가 자세히 살펴보았다. 나이도 젊고 얻어맞은 흔적이나 상처도 없이 건강해 보였다. 다만 추위에 몸이 꽁꽁 얼어붙어 있는 데다 몹시 놀란 모습을 하고 있었다. 그는 벽에 기대앉아 눈을 뜰 힘도 없는 듯이 세묜을 쳐다보려 하지도 않았다. 세묜이 가까이 다가가자 청년은 갑자기 정신이 드는지 고개를 돌려서 눈을 뜨고 세묜을 쳐다보았다. 눈을 마주치자 세묜은 그 청년이 마음에 들었다. 세묜은 털 장화를 땅바닥에 내동댕이치고 허리띠를 풀어 장화 위에 놓은 다음 외투를 벗었다.

"자, 이야기는 나중에 하고 어서 이 옷을 입게! 어서!"

세묜은 양팔로 청년을 부축하여 일으켜 세웠다. 청년은 겨우 일어났다. 청년은 날씬하고 깨끗한 몸매에, 손발도 곱고 얼굴도 잘생겼다. 세묜은 청년에게 외투를 걸쳐주었으나 청년은 소매에 팔을 넣지 못했다. 세묜은 두 팔을 끼워 주고 옷자락을 잡아당겨 앞을 여민 다음 허리띠를 매어 주었다. 세묜은 낡은 모자를 벗어 그에게 씌워주려고 했으나 막상 모자를 벗으니 자기 머리도 추워 '나는 머리가 벗겨졌지만 이 청년은 머리카락이 많으니까.' 라고 생각하며 다시 모자를 썼다. '그보다 장화를 신겨 주는 편이 낫겠다.' 세묜은 청년을 앉히고 털 장화를 신겨주고 말했다.

"다 됐네. 이제 일어서서 몸을 움직여야 몸이 녹을 걸세. 그다음 일은 내가 일일이 거들지 않아도 잘할 거야. 그런데 걸을 수 있겠나?"

청년을 일어서서 감격한 듯한 표정으로 세묜을 바라보았으나 아무 말이 없었다.

"왜 아무 말도 하지 않나? 여기서 겨울을 날 수는 없잖은 가? 집으로 가야지. 자, 여기 내 지팡이가 있으니 이걸 짚고 걸어보게."

청년은 걷기 시작하더니 뒤처지지 않고 가볍게 걸었다. 함께 길을 걸으며 세묜이 물었다.

"자네는 대체 어디서 왔나?"

"저는 이곳 사람이 아닙니다."

"이곳 사람이라면 내가 다 알고 있지. 그런데 어떻게 여기 교회 근처까지 오게 되었나?"

"그건 말할 수 없습니다."

"틀림없이 사람들이 자넬 심하게 대했지?"

"아닙니다. 저는 하나님의 벌을 받았습니다."

"그야 모든 것이 하나님의 뜻이지. 하지만 이제 어디라도 가서 쉬어야 할 것이 아닌가?"

"갈 곳은 없습니다. 저는 아무 데라도 좋습니다."

세묜은 깜짝 놀랐다. 나쁜 사람 같지도 않고 말투도 온화한데 자신에 관한 이야기는 말하지 않았다. 세묜은 마음속으로 생각했다.

'세상에는 말 못 할 일이 많기는 하지.'

그리고 청년에게 말했다.

"자, 우리 집으로 가세. 몸을 좀 녹일 수 있으니까."

세묜은 집으로 향했다. 청년도 뒤처지지 않고 세묜과 나란히 걸었다. 바람이 불어와 세묜의 셔츠 밑으로 스며들었다. 술이 깨면서 조금씩 추워졌다. 세묜은 코를 훌쩍이며 아내의 재킷을 여미고 걸으면서 생각했다.

'어떻게 일이 이렇게 되었지. 모피 코트를 만들기 위해 양가죽을 사러 갔다가 양가죽은 못 사고 있는 코트도 없이 돌아오다니. 게다가 벌거숭이 청년까지 데리고 왔으니, 마트료나가 화를 낼 것이 분명한데…….'

마트료나 생각을 하자 세묜은 기분이 울적해졌다. 그러나 옆에 있는 청년을 보며 그가 교회 뒤에서 자기를 바라보던 눈빛을 생각하자 다시 마음이 유쾌해졌다.


# 3


세묜의 아내는 집안일을 일찌감치 마쳤다. 장작을 패고 물을 긷고 아이들에게 저녁을 먹인 뒤, 그녀도 밥을 먹으면서 생각했다.

'빵은 언제 구울까? 오늘 할까, 내일 할까?'

아직 빵은 큰 덩어리 하나가 남아 있었다.

'세묜이 밖에서 점심을 먹고 온다면 저녁은 많이 먹지 않겠지. 그렇다면 내일 먹을 빵은 충분하겠다.'

마트료나는 빵 조각을 이리저리 돌려 보며 또 생각했다.

'오늘은 빵을 굽지 않아도 되겠다. 밀가루도 조금밖에 없으니 이 빵으로 금요일까지 버텨야겠어.'

마트료나는 빵을 치우고 식탁에 앉아 남편의 해진 셔츠를 꿰매기 시작했다. 그녀는 바느질하면서 남편이 양가죽을 어떻게 사 오려나 생각에 잠겼다.

"양가죽 장사에게 속지 말아야 할 텐데. 사람이 너무 어수룩해서 말이야. 그이는 누굴 속이지 못하지만 어린아이한테도 속아 넘어가는 사람이니까. 8루블이면 적지 않은 돈이지. 좋은 가죽을 살 수 있을 거야. 작년 겨울에는 모피 코트가 없어서 얼마나 고생했는지 몰라! 냇가에는 물론이고 아무 데도 나갈 수 없었지. 지금도 그렇지. 남편이 옷이란 옷은 다 입고 나가 버려 나는 걸칠 옷 하나 없잖아. 일찍 떠난 건 아니지만 이제 올 때도 됐는데. 이 사람이 어디서 술이라도 마셔 버린 게 아닐까?"

마트료나가 이런저런 생각을 하는 순간, 현관 계단이 삐걱거리며 누군가 들어오는 소리가 났다. 마트료나는 바늘을 옷감에 꽂아 두고 문밖으로 나가 보았다. 두 사람이 들어오고 있었다. 남편 곁에는 생전 못 보던 젊은 남자가 알몸에 모피 외투와 털 장화만을 신고 모자도 없이 서 있었다. 마트료나는 남편이 술 마셨다는 것을 단번에 알아차렸다.

'역시 마시고 왔구나.'

외투도 입지 않고 재킷 하나만 걸친 남편이 손에 아무것도 들고 있지 않고, 못 보던 남자와 서 있는 것을 보자 마트료나는 화가 났다.

'돈을 모두 털어 술을 마신 모양이구나. 얼굴도 모르는 이 남자와 어울려 마시고 그것도 부족해서 집에까지 데려왔네.'

마트료나는 두 사람 뒤로 따라 들어가다가 빼빼 마른 낯선 청년이 입고 있는 외투가 남편이 입고 나간 것임을 알았다. 집 안으로 들어온 청년은 그 자리에 가만히 선 채 눈도 들지 않았다. 그래서 마트료나는 이 청년이 무슨 잘못을 저질러 겁을 먹고 있다고 생각했다. 마트료나는 얼굴을 찡그리며 난로 쪽으로 가 두 사람을 지켜보았다. 세묜은 아무 일도 없다는 듯이 모자를 벗고 태연하게 의자에 걸터앉았다.

"여보, 왜 그러고 있어? 어서 저녁 준비를 해야지?"

마트료나는 우물우물 뭐라고 투덜거리며 난로 옆에 서서

꼼짝도 하지 않았다. 그리고 두 사람을 번갈아 보며 머리만 흔들고 말았다. 세묜은 아내의 기분이 좋지 않다는 것을 알면서도 어쩔 수 없다는 듯 청년의 손을 붙잡았다.

"자, 앉게나 형제여. 같이 밥 먹읍시다."

청년은 의자에 앉았다.

"저녁 식사 준비가 아직 안 되었소?"

마트료나는 화가 치밀어 대답했다.

"만들긴 했지만 당신을 위해 만든 건 아니에요. 당신은 이제 염치마저 술과 함께 마셔 버린 모양이네요. 양가죽을 사러 간다더니 아무것도 없이 빈손으로 돌아오고 거기에다 벌거벗은 부랑자까지 데려왔잖아요. 술주정뱅이한테 줄 저녁은 없어요."

"그만해요, 마트료나. 무슨 영문인지도 모르면서 함부로 화를 내면 못 써요. 그렇게 화를 내기 전에 오늘 어떤 일이 있었는지부터 물어보는 것이 도리가 아니오?"

"돈은 어디 있어요? 어서 말해 봐요."

세묜은 외투 주머니에 손을 넣어 돈을 꺼내 식탁 위에 펼쳐 보이며 말했다.

"돈은 여기 그대로 있소. 트리포노프는 오늘 돈이 없다면서 내일은 꼭 주겠다고 약속했소."

마트료나는 더욱 화가 치밀어 올랐다. 양가죽도 사지 않고 하나밖에 없는 외투를 어떤 벌거숭이에게 입혀 집으로 데려오다니. 마트료나는 식탁 위의 돈을 집어 숨기며 말했다.

"저녁은 없어요. 벌거숭이와 주정뱅이까지 신경을 쓸 겨를이 없어요."

"마트료나. 말을 조심해요. 우리 사정도 들어 봐야지."

"당신 같은 주정뱅이에게 무슨 말을 들어요? 사실 나는 당신 같은 얼간이 사내와 결혼할 생각이 없었어요. 그리고 지금까지 어머니가 주신 것들을 술값으로 다 없애버렸죠. 그리고 이번엔 양가죽을 사러 간다더니 그 돈마저 다 마시고 오는군요."

세묜은 자기가 마신 술값이 20코페이가밖에 되지 않으며, 청년을 발견하게 된 사정을 말하려고 했으니 마트료나는 세묜이 한마디도 하지 못하게 말을 가로막고는 쉴 새 없이 소나기처럼 퍼부어댔다. 심지어 10년 전의 일까지도 낱낱이 들춰냈다. 한참 이야기하고 나서 마트료나는 세묜의 옷소매를 붙잡았다.

"내 재킷 이리 줘요. 하나밖에 없는 내 옷을 빼앗아 입고 가다니, 이리 내요. 이 못난 술주정뱅이야. 어디서 죽도록 맞기라도 했으면 좋겠네!"

세묜이 재킷을 벗을 때 마트료나가 옷을 잡아당기는 바람에 옷이 실밥이 부드득 터졌다. 마트료나는 옷을 빼앗아 입고 문 쪽으로 달려갔다. 그녀는 그대로 나가려고 하다가 문득 발을 멈췄다. 기분은 매우 상하지만 남편이 데리고 온 낯선 청년이 도대체 어떤 사람인지 궁금했다.

# 4

마트료나는 돌아서서 말했다.

"온전한 사람이라면 벌거숭이로 있을 리가 없어요. 모자란 건 당신도 마찬가지예요. 만일 나쁜 짓을 안 했다면 어디서 이 청년을 끌고 왔는지 왜 똑똑히 말을 못 해요?"

"그렇지 않아도 벌써 이야기하려던 참이오. 집으로 돌아오는데 이 사람이 교회 담 옆에 기대앉아 있더군. 거의 얼어붙은 채 말이야. 여름도 아닌데 벌거벗은 몸이 아니겠소. 마침 하나님이 나를 이 사람에게 이끄신 거야. 안 그랬으면 이 사람은 얼어 죽었을 거야. 자, 이럴 때 어떻게 해야겠소? 우리도 살다 보면 무슨 일을 당할지 누가 알겠소. 그래서 외투를 입혀 데려왔지. 자, 당신도 마음을 좀 가라앉혀요. 그렇게 생각하면 안 돼요, 마트료나. 우리도 언젠가 죽을 게 아니오."

마트료나는 욕을 해주고 싶었으나 낯선 청년을 보고 입을 다물었다. 청년은 의자 끝에 앉은 채 꼼짝도 하지 않았다. 두 손을 무릎 위에 올려놓고 머리를 숙인 채 답답한 듯 줄곧 눈을 감고 얼굴을 찡그리고 있었다. 마트료나는 아무 말이 없었다. 세묜은 말을 이었다.

"마트료나, 당신 마음속에는 하나님도 없소?"

마트료나는 이 말을 듣고 다시 청년을 바라보았다. 그러자 갑자기 마음이 누그러졌다. 그녀는 난로가 놓인 구석으로 가서 저녁 준비를 했다. 컵을 식탁 위에 놓고 크바스(보리와 호밀을 발효시켜 만든 가벼운 러시아 전통 음료)를 따르고 남은 빵을 내놓으며 말했다.

"어서 드세요."

세묜은 청년을 식탁으로 데려갔다.

"좀 더 가까이 앉아요."

세묜은 빵을 잘라 잘게 뜯은 후 청년과 둘이서 저녁을 먹기 시작했다. 마트료나는 식탁 한쪽에 앉아 한 손으로 턱을 받치고 낯선 청년을 바라보았다. 마트료나는 청년이 불쌍하다 생각되어 계속 돌봐 주고 싶은 마음이 들었다. 그러자 청년은 갑자기 밝은 표정으로 변하고 일그러진 얼굴도 펴면서 마트료나 쪽으로 눈길을 돌리며 빙그레 웃었다.

식사가 끝나자 마트료나는 식탁을 다 치운 다음 청년에게 물었다.

"어디서 왔어요?"

"저는 이 고장 사람이 아닙니다."

"왜 길에 쓰러져 있었나요?"

"그건 말씀드릴 수 없습니다."

"강도라도 만났나요?"

"하나님께 벌을 받았습니다."

"그래서 벌거벗은 채 누워 있었어요?"

"예, 벌거벗고 누워 있다가 얼어 죽을 뻔했지요. 그걸 주인 양반이 발견하고 불쌍히 여겨 입고 있던 외투를 벗어 저에게 입혀주고 여기까지 데려온 겁니다. 여기에 오니까 아주머니께서 또 저를 불쌍히 생각하여 먹고 마실 것을 주셨습니다. 두 분께서는 틀림없이 하나님께 은총을 받으실 겁니다."

마트료나는 일어나서 좀 전에 수선한 세묜의 셔츠를 창가에서 집어 청년에게 주었다. 그리고 바지도 찾아서 건네주었다.

"이제 보니 셔츠도 바지도 없잖아. 이걸 입고 아무 데서나

자도록 해요. 침대 위든 벽난로 위든."

 청년은 외투를 벗고 셔츠와 바지를 입은 다음 침대 위에 누웠다.

 마트료나는 등불을 끈 뒤 외투를 가지고 남편 곁으로 갔다. 그리고 외투 자락을 덮고 누웠으나 잠이 오지 않았다. 낯선 청년에 대한 생각이 머릿속에서 떠나지 않은 것이다. 그가 마지막 빵을 다 먹어 치워버렸으므로 내일 먹을 빵이 없다는 것과 셔츠와 바지를 주어 버린 일을 생각하자 기분이 언짢았다. 그러다 그가 빙그레 웃던 일을 생각하자 마음이 다시 밝아졌다. 마트료나는 오랫동안 잠을 이루지 못했다. 세묜도 잠을 이루지 못하는지 외투 자락을 잡아당기는 소리가 들려오곤 했다.

 "세묜!"

 "응?"

 "빵을 다 먹어 버렸는데 구워 놓지 않았으니, 내일은 어떡하면 좋을지 모르겠어요. 이웃 말라냐에게 구해볼게요."

 "그래, 산 입에 거미줄이야 치겠소?"

 마트료나는 한동안 가만히 누워 있었다.

 "저 청년은 좋은 사람인 것 같은데 왜 자기 자신에 대해 말을 하지 않는지 모르겠어요."

"분명히 말 못 할 사정이 있겠지."

"세묜!"

"응?"

"우리는 남을 도와주는데, 남들은 왜 우리를 도와주지 않지요?"

세묜은 대답할 말이 없었다.

"그런 생각을 해 봐야 무슨 소용이 있어."

세묜은 돌아누워 잠이 들었다.

# 5

이튿날 아침 세묜이 잠에서 깨어났다. 아이들은 아직 자고 있었고, 아내는 이웃집에 빵을 얻으러 갔다. 어제 온 청년은 헌 바지와 셔츠를 입고 의자에 앉아 천장을 쳐다보고 있었다. 표정은 어제보다 밝아 보였다. 청년을 보며 세묜이 말했다.

"어떤가, 젊은이. 배는 빵을 달라 하고 벌거벗은 몸은 옷을 달라 하지. 무슨 일을 할 줄 아는가?"

"아무 일도 할 줄 모릅니다."

세묜은 깜짝 놀랐으나 곧 이렇게 말했다.

"마음만 먹으면 사람은 무슨 일이나 배울 수 있다네."

"그러지요. 모두 일을 하니까 저도 하겠습니다."

"자네 이름은 무언가?"

"미하일입니다."

"미하일, 자네는 자신에 관해 이야기를 하지 않는데 그건 아무래도 좋지만 밥벌이는 해야겠어. 내가 시키는 일을 하면 우리 집에 있어도 좋아. 괜찮은가?"

"감사합니다. 무슨 일이든지 가르쳐 주십시오."

세묜은 실 가닥을 손가락에 감고 실을 꼬기 시작했다.

"별로 어려운 것은 아니야. 잘 보게."

미하일은 가만히 들여다보니 금세 배워 손가락에 실을 감아 매듭을 지었다. 세묜은 바느질하는 방법, 가죽을 잘라 맞추는 일, 돼지 털로 신발을 꿰매는 일도 보여주었고 미하일은 쉽게 배웠다.

세묜이 무슨 일을 가르치든 미하일은 빨리 배웠다. 3일째 되는 날부터는 이미 오래전부터 구두를 만들어 온 사람처럼 일을 하기 시작했다. 그는 열심히 일만 하고 밥은 조금밖에 먹지 않았다. 쉴 때에는 가만히 천장만 쳐다보았다. 밖에 나가는 일도 없었고 쓸데없는 말을 하지도 않았으며 농담도 안 하고 웃지도 않았다.

미하일이 유일하게 웃는 걸 본 것은 마트료나가 첫날 저녁 식사를 대접했을 때 딱 한 번뿐이었다.

# 6

하루가 가고, 1주일이 가고, 그렇게 1년이란 세월이 흘렀다. 미하일은 여전히 세묜의 집에서 일하고 있었고, 구두 장인으로서 인기가 높아졌다. 미하일만큼 튼튼하고 멋있는 구두를 만드는 사람은 없다고 소문이 퍼져서 먼 이웃 마을에서도 주문이 밀려들었고 세묜의 수입은 점점 늘어갔다.

겨울철에 접어든 어느 날, 세묜과 미하일이 같이 앉아 일을 하는 데 세 마리 말이 끄는 마차가 방울을 울리며 가게 쪽으로 달려오고 있었다. 창문으로 내다보니 마차는 세묜의 집 앞에서 멈추었다. 마차가 멈추고 젊은 마부가 뛰어내려 마차의 문을 열어주자, 모피 코트를 입은 신사가 마차에서 내렸다.

마차에서 내린 신사는 세묜의 집 계단으로 올라왔다. 마트료나가 달려 나가 문을 활짝 열었다. 신사는 허리를 굽히고 집 안으로 들어와 허리를 펴자, 머리는 거의 천장에 닿을 정도였고 몸은 방 안을 가득 채우다시피 했다.

세묜은 일어나서 인사를 하며 거구의 신사를 보고 놀랐다. 그는 지금까지 이렇게 큰 사람을 본 적이 없었기 때문이다. 세묜은 몸이 마르고 호리호리한 체격이었고 미하일 역시 깡마른 편이며 마트료나도 마른 나무막대기처럼 말랐는데, 이 사람은 마치 다른 세계에서 온 마냥 얼굴엔 붉은 윤기가 돌며 목은 황소처럼 굵은 것이 마치 몸 전체가 무쇠로 뭉쳐진 것 같았다. 신사는 숨을 크게 한번 내쉬더니 외투를 벗은 후 의자에 앉고 나서 물었다.

"이 가게 주인이 어느 쪽인가?"

세묜이 나서며 말했다.

"네, 제가 주인입니다. 나으리."

그러자 신사는 자기가 데려온 젊은 하인을 향해 소리쳐 불렀다.

"페지카! 그 물건 이리 가져와."

젊은 하인은 작은 보자기를 가지고 달려왔다. 신사는 보자기를 받아 책상 위에 놓으며 말했다.

"풀어."

젊은 하인이 보자기를 풀자 가죽이 있었다. 신사는 손가락으로 가죽을 찌르며 세묜에게 말했다.

"주인장, 이 가죽 보이지?"

"예, 나리."

"이게 무슨 가죽인지 알겠나?"

세묜이 가죽을 만져보며 말했다.

"아주 좋은 가죽입니다."

"그야 물론 좋은 가죽이지. 자네 같은 친구는 아직 본 적도 없을걸. 독일제 가죽인데 200루블이나 주었지."

세묜은 겁이 나서 떨리는 목소리로 말했다.

"우리 같은 사람이 어디서 그런 걸 구경하겠습니까?"

"그렇겠지, 자네 이걸로 내 장화를 만들 수 있겠나?"

"그럼요, 나리."

신사는 세묜에게 큰 소리로 말했다.

"만들 수 있다고? 그전에 먼저 자네는 누구의 장화를 어떤 가죽으로 만드는지 똑똑히 알아야 해. 나는 1년을 신어도 비틀어지지 않고, 터지지 않는 그런 장화를 원한다고. 그럴 수 있겠거든 일을 받고 하지 못하겠거든 일을 받지도, 가죽에 손도 대지 마. 미리 말하지만, 1년이 되기 전에 장화가 터지고 비틀어지면 자네를 감옥에 집어넣을 거야. 1년이 되어도 멀쩡하면 만든 값에 10루블을 더 주지."

세묜은 어떻게 대답해야 좋을지 몰랐다. 그는 미하일을 쳐다보았다. 그리고 팔꿈치로 쿡 찌르며 작은 소리로 물었다.

"어떡하지, 맡을까?"

미하일은 맡으라고 머리를 끄덕였다. 세묜은 미하일의 말을 듣고 1년 안에 비틀어지지도, 터지지도 않는 장화를 만들기로 했다. 신사는 젊은 하인을 불러 왼쪽 신발을 벗기라 하며 발을 내밀었다.

"치수를 재게!"

세묜은 10베르쇼크(1베르쇼크는 약 4.5센티미터) 정도 길이의 종이를 잘라 붙여 바닥에 깔았다. 그리고 두 무릎을 꿇고 신사의 양말에 때를 묻히지 않으려고 앞치마에 손을 잘 닦은 다음 치수를 재기 시작했다. 발바닥을 재고, 발등 높이를 재었다. 그리고 종아리 둘레를 재려고 했으나 종이의 양 끝이 닿지 않았다. 신사의 종아리가 통나무처럼 굵었던 것이다.

"이봐, 조심해. 종아리가 꽉 끼지 않게 만들어야 해."

세묜은 다른 종이를 덧붙였다. 신사는 의젓하게 앉은 채 양말 속의 발가락을 움직이면서 주위를 살펴보다가 미하일을 보았다.

"저 사람은 누구인가?"

"우리 가게 구두 장인입니다. 그가 장화를 만들 겁니다."

신사는 미하일에게 말했다.

"분명히 알아두라고. 1년 동안은 끄떡없는 장화를 만들어야 해."

세묜은 미하일을 바라보았다. 그런데 미하일은 신사의 얼굴은 쳐다보지도 않고 그 뒤의 한구석을 바라보고 있었다. 마치 누군가를 찾아내려고 살피는 표정이었다. 미하일은 한참 동안 그런 모습으로 있었다. 그러다가 갑자기 싱긋 웃더니만 얼굴 전체가 환하게 밝아졌다.

"이 바보 같은 녀석! 무엇을 보고 그렇게 싱글거리고 있어? 정신 차려서 기한 내에 장화를 만들어 낼 생각은 안 하고 말이야."

그러자 미하일이 대답했다.

"네, 기한 내에 만들어 놓겠습니다."

"그래? 그럼 됐어."

신사는 한쪽 신발을 신고 모피 외투를 입은 후 문 쪽으로 걸어갔다. 문을 나설 때 들어올 때와는 다르게 허리를 굽히지 않았기 때문에 이마를 세게 부딪쳤다. 신사는 화를 내며 분통을 터뜨리더니 이마를 문지르며 마차를 타고 떠났다. 신사가 사라지자 세묜이 말했다.

"정말 어마어마한 분이야. 온 집안이 흔들릴 정도로 부딪쳤는데 별로 아프지도 않은 표정이군."

마트료나도 가만히 있지 않고 거들었다.

"그렇게 호강을 하고 사니까 몸도 크지요. 저렇게 크고 튼튼한 사람에겐 죽음의 사신도 가까이 가지 못할 거예요."

# 7

세묜이 미하일에게 말했다.

"일을 맡긴 했지만 걱정이야. 만일 잘못되는 날엔 꼼짝없이 감옥에 가는 거야. 가죽은 비싸고 나리의 성질은 괴팍한데 만에 하나 실수하는 날엔 큰일이야. 이봐, 미하일. 자네는 눈도 밝고 솜씨도 좋으니까 이 치수대로 재단을 하게. 나는 나중에 가죽을 꿰매겠네."

미하일은 세묜이 하라는 대로 신사가 가지고 온 가죽을 탁자 위에 올려놓고 재단하기 시작했다. 마트료나는 미하일의 곁으로 가서 그가 재단하는 것을 보다가 무슨 일을 저렇게 하나 하고 깜짝 놀랐다. 마트료나도 장화 만드는 일을 많이 봐서 익숙한데, 미하일은 장화 모양과는 달리 가죽을 둥글게 자르고 있었다. 마트료나는 한마디 하려고 하다가 속으로 생각했다.

'아마 내가 그분의 장화를 어떻게 만들어야 하는지 잘못

알아들었는지도 몰라. 미하일이 분명 나보다 더 잘 알 테니, 방해하지 말자.'

미하일은 가죽을 자르고 실로 꿰매기 시작했다. 그러나 장화를 만들 때처럼 두 겹 실이 아니라 슬리퍼를 만들 때처럼 한 겹 실로 꿰매고 있었다. 마트료나는 그것을 보고 또 깜짝 놀랐지만 역시 참견하지 않았다.

점심때가 되자 세묜이 자리에서 일어나며 보니 미하일이 신사의 가죽으로 슬리퍼를 한 켤레를 만들고 있는 것이 아닌가! 세묜은 너무 놀라서 크게 소리를 질렀다.

"아니, 이게 뭐야! 미하일 우리 집에 1년을 같이 있으면서 한 번도 실수를 한 적이 없는데 하필이면 이럴 때 엄청난 실수를 하다니. 그 나리께 어떻게 변명을 하지? 이 비싼 가죽은 다시 구할 수도 없는데 이 일을 어떻게 하면 좋단 말인가."

그리고 미하일에게 물었다.

"자네, 이게 무슨 짓인가? 나를 아주 죽일 작정인가? 이래서야 감옥밖에 더 가겠는가? 나리는 장화를 주문했는데 도대체 무엇을 만들어 놓았는가?"

세묜이 너무 기가 막혀 꾸중을 하고 있는데 밖에서 소리가 나더니 누군가 문을 두드렸다. 창문으로 내다보니 누군가가 타고 온 말을 붙들어 매고 있었다. 문을 열고 들어오는 사람은 바로 그 신사와 함께 왔던 젊은 하인이었다.

"안녕하십니까?"

"안녕하세요. 그런데 무슨 일로 왔나요?"

"그 장화 때문에 주인마님의 심부름을 왔습니다."

"장화 때문이요?"

"네, 나리에게 장화는 더 이상 필요 없게 되었어요. 나리는 돌아가셨으니까요."

"그게 무슨 소리요!"

"이 집에서 나와 집에 도착하기도 전에 마차에서 돌아가셨어요. 마차가 집에 도착해 내리시는 걸 부축하려고 가보니 나리가 푹 고꾸라져서 죽은 채 누워 있었어요. 그래서 간신히 마차에서 끌어 내렸지요. 그리고 주인마님이 저를 여기로 보내며 말씀하셨어요. '나리가 구둣방에 가서 장화를 주문하고 가죽을 남겼는데, 이제 장화는 필요 없게 되었으니 대신 죽은 사람이 신는 슬리퍼를 빨리 만들어오너라. 다 만들 때까지 기다렸다가 가져 와라.'라고요. 그래서 이렇게 왔지요."

미하일은 남은 가죽을 돌돌 말았다. 그리고 다 만든 슬리퍼를 들도 탁탁 치더니 앞치마에 문지를 다음 하인에게 내

주었다. 젊은 하인은 슬리퍼를 받아 들고 인사했다.

"안녕히 계십시오, 여러분! 저는 그만 갑니다."

# 8

다시 1년이 지나고 2년이 지나, 미하일이 세묜의 집에 온 지도 벌써 6년이 되었다. 그는 전과 다름없는 생활을 하고 있었다. 아무 데도 나가지 않았고 쓸데없는 말도 하지 않았다. 그동안 그가 웃었던 일은 두 번 있었는데, 한 번은 마트료나가 처음 저녁 식사를 준비하고 있을 때 서로 얼굴을 마주친 순간이었고, 또 한 번은 장화를 주문하러 왔던 신사를 보았을 때였다.

세묜은 미하일을 아주 좋아하게 되었다. 그래서 이제는 그가 어디서 왔는지 더는 물어보지 않았고, 다만 어디로 가 버리지나 않을까 그것만 걱정하고 있었다.

그러던 어느 날, 온 가족이 집에 모여 있었다. 마트료나는 화덕에 냄비를 올려놓고 있었고, 아이들은 의자 사이로 뛰어다니기도 하고 창밖을 내다보기도 하였다. 세묜은 창가에 앉아 구두를 꿰매고 있었고, 미하일은 다른 창가에서 구두굽을 붙이고 있었다.

그때 세묜의 아들이 의자를 타고 미하일 곁으로 와서 그의 어깨를 흔들면서 창밖을 내다보며 말했다.

"미하일 아저씨, 저것 좀 봐요. 어떤 아주머니가 여자아이 둘을 데리고 이리로 오는 것 같아요. 그런데 한 아이는 절름발이예요."

아이가 그렇게 말하자마자 미하일은 일손을 멈추고 창문 쪽으로 고개를 돌려 밖을 내다보았다.

세묜은 그런 미하일의 행동에 놀랐다. 지금까지 미하일은 창밖을 내다본 일이 한 번도 없는데 지금은 창문에 얼굴을 갖다 대고 무엇인가를 열심히 바라보고 있었기 때문이다. 그래서 세묜도 일을 멈추고 창밖을 내다보았다.

한 여자가 집 쪽으로 걸어오고 있었다. 옷을 말쑥하게 차려입은 여인은 모피 코트에 긴 목도리를 두른 두 여자아이의 손을 잡고 있었다. 아이들은 얼굴이 똑같아 누가 누군지 분간할 수 없었다. 한 아이가 왼쪽 다리를 저는 것만 것 달랐다.

그 여자는 바깥 계단을 올라와 현관으로 와서 문을 더듬더니 손잡이를 잡아당겼다. 문이 열리자 여자는 아이들을 먼저 들여보낸 뒤 자기도 뒤따라 들어왔다.

"안녕하세요?"

"어서 오세요. 무슨 일로 오셨는지요?"

여자는 탁자 쪽으로 가서 앉았다. 두 여자아이는 낯설어하는지 여자의 무릎에 안기듯이 기대었다.

"이 아이들에게 봄에 신을 구두를 맞추려고요."

"만들어 드리죠. 이렇게 작은 구두는 만들어 보지 않았지만 할 수 있습니다. 가장자리에 장식을 한 것도 있고, 안에 천을 댄 것도 있는데 어느 것으로 할까요? 우리 집 미하일은 솜씨가 보통이 아닙니다."

세묜이 미하일을 돌아보았다. 미하일은 하던 일을 멈추고 가만히 앉아 아이들에게서 눈을 뗄 줄 몰랐다. 세묜은 그런 미하일의 모습을 보고 놀랐다. 실은 그도 두 여자아이가 귀엽다고 생각하고 있었다. 그리고 그 아이들이 입고 있는 모피 코트도 긴 목도리도 멋진 것이었지만 그렇다고 저렇게 뚫어지게 바라보는 것은 이해할 수 없었다. 마치 두 아이를 알고 있는 것만 같았다.

세묜은 이상하다고 생각하면서도 돌아서서 여자와 구두값을 흥정하고 여자아이들의 발 치수를 재려고 하였다. 그러자 그 여인은 다리가 불편한 여자아이를 무릎에 앉혀 놓으면서 말했다.

"미안하지만 이 아이의 발 치수는 두 가지로 재어야 합

37

니다. 불편한 발을 먼저 재서 구두 한 짝을 만들고 다른 쪽 발의 치수를 재서 세 짝을 만들어 주세요. 두 아이는 발 치수가 똑같거든요. 쌍둥이예요."

세묜은 치수를 재고 절름발이 아이를 가리키며 말했다.

"이 아이는 어쩌다가 이렇게 됐나요? 참 귀엽게 생겼는데. 태어날 때부터 그랬나요?"

"아니요, 그 애 어머니에게 깔려서 저렇게 됐어요."

그때 마트료나가 끼어들었다. 쌍둥이는 누구의 아이이며 여자와 관계는 어떻게 되는지 알아보고 싶었던 것이다.

"그럼 부인은 이 애들의 엄마가 아닌가요?"

"나는 아이들의 친엄마도 아니고 친척도 아니에요. 생판 남인데 아이들을 양녀로 삼았어요."

"자기가 낳은 아이도 아닌데 정말 귀여워하시네요?"

"그럴 수밖에 없지요. 내 젖으로 키웠으니까요. 나도 자식이 있었는데 하나님이 데려가셨어요. 죽은 아이는 가엾다는 생각이 들지 않았는데 이 애들은 정말 가엾어요."

"그러면 이 아이들은 누구의 자식인가요?"

# 9

여자는 말문이 터져 이야기를 시작했다.

"벌써 6년 전 일이네요. 이 아이들은 태어난 지 하루도 안 돼 고아가 되어 버렸어요. 아버지는 아이들이 태어나기 사흘 전인 화요일에, 어머니는 아이들이 태어난 지 하루도 안 된 금요일에 세상을 떠났어요. 저는 남편과 시골에서 농사를 짓고 살았는데, 이 아이들의 부모와는 이웃 간이었고 서로 한 식구처럼 살았어요. 어느 날 이 애들 아버지가 숲속에 들어가 혼자서 일을 하는데 큰 나무가 넘어지면서 허리를 다쳤지요. 간신히 집에까지 왔으나 곧 세상을 떠났어요. 그리고 사흘 뒤에 애들 어머니는 쌍둥이를 낳았어요. 하지만 워낙 가난한데다 돌보아 줄 친척도 없는데 혼자서 쌍둥이를 낳다가 그만 죽은 거예요.

다음 날 아침에 제가 궁금해서 집을 찾아갔더니 가엾게도 벌써 싸늘한 시체가 되어 있었어요. 그리고 숨이 넘어가는 순간 고통에 몸부림치다가 이 아이 위로 쓰러져서 한쪽 다리를 못 쓰게 만들었지요. 그 후 마을 사람들이 모여 시체를 수습한 뒤 깨끗한 옷을 입히고 관을 짜서 장례를 치러주었어요. 모두 착하고 정이 많은 사람들이었지요. 그런데 갓 태어난 아이들이 문제였어요. 정말 난처했지요. 그곳에 모인 사람들 중에 젖을 물릴 수 있는 사람은 저 밖에 없었어요. 전 태어난 지 겨우 8주 된 아들이 있었어요. 그래서 우선 제가 두 아이를 맡기로 하고 집에 데려왔지요. 그다음에 마을 사람들이 모여 이 아이들을 어떻게 할까 의논했지만 좋은 방법이 없어 결국 다시 부탁이 왔어요. '마리아, 이 아이들을 얼마 동안만 맡아 주세요. 그러면 우리가 곧 다른 방법을 찾아볼 테니까요.' 전 두 아이들을 계속 맡기로 했어요. 처음에는 온전한 아이에게만 젖을 먹였어요. 다리가 불편한 아이에게는 아예 젖을 줄 생각을 안 했어요. 그런 상태에서는 도저히 살 수가 없다고 생각했기 때문이지요. 그러다가 갑자기 불쌍한 생각이 들어 같이 젖을 먹이게 되었어요.

그래서 전 세 아이를 한꺼번에 젖을 먹여 키웠는데 제가 아직 젊고 기운 넘치고 아무거나 잘 먹었기 때문에 가능했지요. 두 아이에게 동시에 젖을 먹이고 한 아이가 젖을 놓으면 기다리는 아이에게 젖을 주며 힘들게 키웠어요. 그런데 이 두 아이는 하나님의 돌보심으로 건강하게 잘 자랐지만 제가 낳은 아이는 2년째 되던 해에 죽고 말았어요. 그 후에 나는 아이를 못 낳게 되었지요. 남편은 멀리 떨어진 이곳에서 일을 하고 있어요. 급료도 많아서 살림 형편은 점점 나아졌고 불평 없이 살아가고 있답니다. 그런데 저는 아이가 없잖아요. 이 두 아이들마저 없었다면 저 혼자 얼마나 적적하게 살았겠어요? 제가 이 아이들을 귀여워하는 것은 너무나 당연하지요. 이 아이들은 촛불과 같은 존재랍니다."

여자는 한 손으로 다리가 불편한 아이를 안고, 다른 한 손으로 뺨으로 흐르는 눈물을 훔쳤다. 이야기를 들은 마트료나는 한숨을 내쉬며 말했다.

"부모 없이는 살 수 있어도 하나님 없이는 살 수가 없다는 속담이 정말 사실이군요."

세 사람은 잠시 이야기를 주고받은 뒤, 여자는 이제 집에 가려고 자리에서 일어났다. 세묜과 마트료나는 여자를 배웅한 후 미하일을 돌아보았다. 그는 무릎 위에 두 손을 얹고 앉아서 천장을 쳐다보며 빙그레 웃고 있었다.

## 10

여자가 아이들을 데리고 나가자 미하일은 의자에서 일감을 놓고 앞치마를 벗은 다음 시묜과 마트료나를 보며 말했다.

"이제 작별을 해야겠습니다. 주인님, 아주머니 용서하십시오. 하나님이 저를 용서하여 주셨으니 두 분께서도 용서해 주실 줄 믿습니다."

세묜과 마트료나는 미하일의 몸에서 빛이 나는 것을 보았다. 세묜은 일어나 미하일에게 고개를 숙이며 말했다.

"미하일, 나도 알고 있었네. 자네가 보통 사람이 아니라는 것과 붙잡을 수도 없고 그 이유를 물어볼 수도 없다는 것을 말이야. 그러나 이것만은 꼭 알고 싶네. 내가 자네를 처음 집으로 데리고 왔을 때 매우 침울한 표정을 하고 있다가 아내가 저녁 준비를 하자 빙긋 웃으며 밝은 표정으로 변했는데 무슨 이유로 그랬는가? 그 후 신사 한 분이 장화를 주문했을 때 자네는 두 번째로 빙그레 웃으며 밝은 표정을 지었지. 마지막으로 여자가 아이 둘을 데리고 왔을 때 자네는 세 번째로 빙그레 웃었네. 미하일, 어째서 자네에게서 밝은 빛이 나며 왜 세 번을 웃었는지 그 이유를 알려 주게."

미하일이 대답했다.

"제 몸에서 빛이 나는 것은 제가 하나님의 벌을 받았다가 이제 용서받았기 때문입니다. 또 제가 세 번 웃었던 것은 하나님이 하신 세 가지 말씀의 뜻을 깨달았기 때문입니다. 첫 번째는 아주머니께서 저를 가련하다고 느껴 보살펴 줄 마음이 생겼을 때 깨달음이 있어서 웃었고, 두 번째는 신사가 장화를 주문했을 때에 알게 되어 웃었고, 방금 두 아이를 보았을 때 마지막 세 번째 말씀의 뜻을 알게 되어 웃었던 것입니다."

"그런데 미하일, 자네는 무슨 죄로 하나님의 벌을 받았으며, 자네가 깨달았다는 그 세 가지 말씀이 무엇인지 알아듣게 설명을 해주게나."

이에 미하일이 말했다.

"제가 벌을 받은 것은 하나님의 말씀을 따르지 않았기 때문입니다. 저는 하늘나라의 천사였는데 하나님의 말씀을 어겼습니다. 제가 하늘나라의 천사로 있을 때 하나님께서 한 여인의 영혼을 데리고 오라는 명령을 내리셨습니다. 그래서 인간 세상에 내려와 그 여인을 찾아가 보니 쌍둥이 딸을 낳은 직후였습니다. 갓난아이들은 어머니 옆에서 움직이고 있었으나 어머니는 아이를 안고 젖을 줄 힘도 없었습니다. 그때 제 모습을 발견한 여인이 하나님이 자기를 데리고 갈 사람을 보낸 줄 알고 슬프게 흐느끼며 애원했습니다. '오, 천사님! 제 남편은 숲속에서 혼자 일하다가 나무에 깔려 며칠 전에 죽었습니다. 저는 부모님도 없고 형제도 없기 때문에 갓난아이를 돌볼 사람이 없습니다. 제발 이 아이를 제 힘으로 키우도록 해주세요. 제가 없으면 이 아이들은 살지 못합니다.' 그래서 저는 고민 끝에 한 아이에게는 어머니 젖을 물려주고, 다른 아이는 어머니 품에 안기게 한 다음 그냥 하늘나라로 돌아갔습니다. 그리고 하나님께 말씀을 드렸습니다. '저는 여인의 영혼을 데리고 올 수가 없었습니다. 그 여인은 쌍둥이를 낳아 기진맥진한 상태에서 제발 자기 영혼을 데려가지 말라고 애원했습니다. 자신의 아이를 자기 손으로 키우게 해달라며 어린 생명은 부모 없이는 살 수가 없다고 했습니다. 그래서 저는 그 여인을 데려오지 못했습니다.' 그러자 하나님께서 다시 분부하셨습니다. '지금 다시 내려가 여인의 영혼을 데려오너라. 그러면 세 가지의 진리를 알게 될 것이다. 사람 안에는 무엇이 있는가? 사람에게 허락되지 않은 것이 무엇인가? 사람은 무엇으로 사는가? 이 세 가지를 알게 되는 날에 너는 다시 하늘나라로 돌아올 수 있을 것이다.' 그래서 저는 인간 세상으로 다시 내려와 그 여인의 영혼을 거두었습니다. 쌍둥이 아이들은 어머니 품에서 떨어져 있었지만 여인의 영혼이 떠나는 순간 시신이 침대 위로 쓰러지면서 한 아이를 덮쳐 한쪽 다리를 못 쓰게 만들었습니다. 저는 그 마을을 떠나 하늘로 날아올라 갔습니다. 그 여인의 영혼을 하나님께 데려가려고 날아가는데 갑자기 강한 돌풍이 불어와 제 두 날개를 부러뜨렸습니다. 그래서 여인의 영혼만 하늘나라로 올라갔고 저는 지상으로 떨어져 길바닥에 쓰러져 있었던 것입니다."

## 11

세묜과 마트료나는 자기들이 먹이고 입혀 준 사람이 누구인지, 자기들과 함께 살아온 사람이 누구인지 알자 두려움과 기쁨으로 눈물을 흘렸다. 미하일은 이야기를 계속했다.

"저는 홀로 벌거숭이가 된 채 들판에 버려졌습니다. 그때까지는 인간의 가난도 추위도 굶주림도 몰랐습니다. 그러다가 갑자기 인간이 되어 버린 것입니다. 춥고 배가 고팠지만 어떻게 해야 좋을지 몰랐습니다. 그런데 갑자기 길바닥 한가운데에 하나님을 모시는 교회가 세워져 있는 것을 발견하고 몸을 피하고자 그리로 갔습니다. 날이 저물자 저는 춥고 배가 고파 거의 죽을 지경이었습니다.

그때 어떤 사람이 장화를 신고 길을 걸어오면서 혼자 중얼거리는 소리가 들려왔습니다. 제가 사람이 되어 처음으로 본 사람은 언젠가는 죽을 얼굴이었습니다. 저는 너무나 무서워 얼굴을 돌리고 말았습니다. 그런데 그 사나이는 이 추운 겨울에 자기 몸을 감쌀 옷을 어떻게 마련해야 할지, 아내와 자식을 먹여 살리려면 어떻게 해야 할지 혼자 중얼거리고 있었습니다. 그때 저는 생각했습니다. '저기 오는 사람은 어떻게 하면 부부가 입을 모피 코트와 가족들이 먹을 빵을 마련하나 그것만 생각하고 있다. 저 사람은 나를 도와줄 수 없다.' 그 사람은 나를 보자 얼굴을 찌푸리고 더욱 무서운 얼굴이 되어 지나가 버렸습니다. 저는 낙심했습니다. 그런데 갑자기 그 사람이 되돌아오는 소리가 들렸습니다. 쳐다보니 아까 본 사람과 완전 달라 보였습니다. 죽음의 그림자가 드리워졌던 얼굴에 갑자기 생기가 돌았습니다. 저는 그의 얼굴에서 하나님의 모습을 보았습니다. 그 사람은 제 곁으로 다가와 옷을 입혀 주고 집으로 데려갔습니다.

집에 도착하자 한 여자가 나와 말을 늘어놓았습니다. 그 여자는 사내보다 한층 더 무서운 얼굴을 하고 있었습니다. 입에서는 죽음의 입김이 뿜어져 나오고 있었습니다. 나는 그 독기 때문에 숨을 쉴 수 없었습니다. 여자는 나를 추운 밖으로 몰아내려고 했습니다. 그때 만약 저를 내쫓았다면 그 여자는 죽고 말았을 것입니다. 그때 갑자기 남편이 하나님에 대한 이야기를 하자 여자의 태도가 곧 바뀌었습니다. 그리고 우리에게 저녁상을 차려주며 저를 바라보았습니다. 저도 여자를 바라보았습니다. 그러자 그 여자의 얼굴에는 이미 죽음의 그림자가 사라지고 생기가 돌고 있었습니다. 저는 그 얼굴에서 하나님의 모습을 보았습니다.

그때 저는 '사람의 마음속에 있는 것이 무엇인지 알게 되리라'는 하나님의 첫 말씀이 생각났습니다. 저는 사람의 마음속에 있는 것이 사랑이라는 것을 알았습니다. 저는 하나님이 제게 약속하신 것을 주셨다는 생각에 너무나 기뻐서 처음으로 빙그레 웃은 것입니다.

그러나 하나님의 나머지 말씀은 알 수가 없었습니다. '사람에게 주어지지 않은 것은 무엇인가, 사람은 무엇으로 사는가?' 이 말씀은 깨닫지 못한 것입니다. 그렇게 이 집에서 1년이 지났습니다.

어느 날 한 사내가 와서 1년 동안 닳지도, 터지지도 않는 장화를 만들어 달라고 했습니다. 저는 그 사람을 보고 그의 등 뒤에 제 친구였던 죽음의 천사가 있는 것을 발견했습니다. 아무도 그 천사를 보지 못했지만, 저는 날이 저물기 전에 그 남자의 영혼이 그의 곁을 떠나리라는 것을 알았습니다. 그래서 생각했습니다. '이 사람은 1년을 신어도 멀쩡한 장화를 주문했지만 오늘 저녁 안으로 죽는다는 것은 모른다.' 그때 저는 '사람에게 주어지지 않은 것은 무엇인가.'라는 하나님의 두 번째 말씀을 생각했습니다. 사람의 마음속에 무엇이 있는지는 이미 아는 바였고, 이번엔 사람에게 주어지지 않은 것이 무엇인지를 또 깨닫게 된 것입니다. 사람은 자기 몸에 필요한 것이 무엇인지 알 수 있는 힘이 주어지지 않은 것입니다. 그래서 저는 두 번째로 빙그레 웃었습니다. 제 친구이던 천사를 만난 것도 기뻤으나 하나님께서 두 번째 말씀을 계시해 주신 것도 기뻤습니다.

그러나 저는 아직 전부 깨닫지는 못했습니다. '사람은 무엇으로 사는가.'하는 문제를 아직 깨닫지 못한 것입니다. 그래서 저는 여기서 살면서 하나님께서 마지막 말씀을 제게 계시해 주실 때를 기다렸습니다.

그런데 6년째가 되는 오늘, 어떤 여자와 쌍둥이 여자아이들이 이곳에 왔습니다. 저는 그 아이들이 죽지 않고 살아있는 것을 알았을 때 속으로 생각했습니다. '자식을 위해 살려 달라는 그 어머니의 말을 믿고 나는 부모 없이는 아이들이 자라지 못하는 줄 생각했다. 그러나 이렇게 피 한 방울 섞이지 않은 여자가 아이들을 먹이고 키웠구나.' 그리고 여자가 남의 자식을 가엾이 생각하고 눈물을 흘렸을 때 그 속에 살아 계신 하나님의 모습을 발견하였고, 사람은 무엇으로 사는지를 깨닫게 되었습니다. 하나님께서 저에게 마지막 말씀을 계시해 주시고 저를 용서해 주신 것을 알았을 때 저는 세 번째로 웃은 겁니다."

## 12

그의 말이 끝나자 미하일은 천사의 모습으로 변했고, 온몸이 빛으로 둘러싸여 눈이 부셔서 똑바로 쳐다볼 수 없었다. 그는 더 큰 소리로 말했다. 그 소리는 그의 입에서 나오는 것이 아니라 하늘에서 흘러나오는 것 같았다. 천사는 이렇게 말했다.

"모든 사람은 자신에 대한 걱정으로 살아가는 것이 아니라 사랑으로 살아간다는 것을 알게 되었다. 쌍둥이를 낳고 죽어가는 여인에게는 아이들이 살아가는 데 필요한 것이 무엇인지 알 수 있는 힘이 주어지지 않았다. 또 그 부자인 신사에게도 자기에게 무엇이 필요한지 알 수 있는 힘이 주어지지 않았다. 그 사람에게는 살아있는 사람이 신을 장화인지 저녁에 죽을 사람에게 필요한 슬리퍼인지 그걸 알 만한 힘이 주어지지 않은 것이다.

내가 사람이 되었을 때 살아남게 된 것은 나 자신의 걱정에 의해서가 아니라 길을 가던 사람과 그 아내의 마음속에 사랑이 있어 나를 불쌍히 생각하고 사랑해 주었기 때문이다. 그리고 두 고아가 살아남게 된 것도 그들 자신의 걱정에 의해서가 아니라, 다른 여자의 마음속에 사랑이 있어 그들을 불쌍히 생각하고 사랑해 주었기 때문이다. 이처럼 모든 사람은 자기 자신의 걱정에 의해서가 아니라 마음속의 사랑으로 살아가고 있는 것이다.

지금까지 나는 하나님께서 사람에게 생명을 주시어 살아가도록 바라시는 걸로 알았으나, 이제 한 가지를 더 깨닫게 되었다.

하나님께서는 사람들이 떨어져 사는 것을 원하지 않기 때문에 각자 자기에게 필요한 것이 무언인지를 가르쳐 주지 않았고, 또 서로 모여 살아가기를 원하기 때문에 사람들에게 자기 자신과 모든 사람에게 필요한 것이 무엇인지를 가르쳐 주지 않은 것이다.

사람들이 오직 자기 자신에 대한 걱정으로만 살아간다는 것은 그들의 생각일 뿐, 사실은 오직 사랑에 의해서만 살아간다는 것을 나는 이제야 깨닫게 되었다. 사랑으로 살아가는 사람은 하나님 안에 사는 사람이며, 하나님은 그 사람 안에 계시다. 하나님은 곧 사랑이기 때문이다."

이렇게 말하고 천사는 하나님께 찬송을 드렸다. 그 목소리로 집이 흔들리더니 천장이 갈라지면서 불기둥이 하늘로 치솟아 올랐다. 세묜과 마트료나는 아이들과 함께 바닥에 납작 엎드렸다. 천사는 등에서 날개를 펼치더니 하늘로 올라갔다.

세묜이 다시 정신을 차려 보니 집은 전과 다름이 없었고 집 안에는 가족들 외에는 아무도 없었다.

바보 이반

# 1

옛날 어느 나라에 부유한 농부 한 사람이 살고 있었다. 농부에게는 세 아들과 딸 한 명이 있었다. 첫째 아들은 군인인 세묜이고, 둘째 아들은 배불뚝이 따라스, 셋째 아들은 바보 이반, 막내딸은 농아인 말라냐였다. 군인인 세묜은 임금님의 명령으로 전쟁에 나갔고, 배불뚝이 따라스는 시내에 있는 상인에게 장사하는 법을 배우러 갔으며, 바보 이반과 여동생 말라냐는 집에 남아 열심히 농사일을 했다.

군인 세묜은 높은 계급과 영지를 받고 어느 귀족의 딸과 결혼했는데, 봉급도 많고 땅도 많았으나 늘 돈에 허덕이는 생활을 하고 있었다. 아내인 귀족의 딸이 남편이 벌어 오는 돈을 물 쓰듯이 마구 써 버렸기 때문에 돈이 남지 않았다. 그래서 군인 세묜은 땅의 소작료라도 받기 위해 영지로 갔다. 그러나 영지 관리인은 이렇게 말했다.

"돈이 나올 데가 없습니다. 저희에게는 가축도, 농기구도 없으니 말입니다. 먼저 이런 것을 다 갖추어야 농사를 지을 수 있습니다. 그래야 수익이 나오고 돈을 드릴 수 있을 겁니다."

그래서 군인 세묜은 아버지를 찾아갔다.

"아버지, 아버지는 부자이면서도 저에게 한 푼도 주시지 않았습니다. 저에게 땅을 3분의 1만 나누어 주세요. 그 땅을 제 영지로 옮기겠습니다."

그러자 아버지가 말했다.

"너는 아무것도 집에 보태 준 게 없는데 무엇 때문에 땅의 3분의 1을 주어야 한단 말이냐? 그러면 네 동생 이반과 여동생이 기분 나쁘게 생각할 게다."

그러자 세묜이 말했다.

"이반은 바보이고, 말라냐는 농아예요. 그 애들한테 뭐가 더 필요하겠어요?"

"그렇다면 이반이 뭐라고 하는지 물어보자."

그런데 이반은 이렇게 말했다.

"어쩔 수 없지요. 주세요, 뭐."

세묜은 아버지에게 3분의 1의 땅을 얻어 다시 임금님의 명령을 받으러 성으로 떠났다.

한편 배불뚝이 따라스도 그동안 돈을 많이 모아 상인의 딸과 결혼을 했다. 그러나 그 역시 재산 문제로 불만이 있었다. 그래서 아버지에게 찾아와 이렇게 말했다.

"저도 제 몫을 주세요."

그러나 아버지는 따라스에게도 재산을 나눠 주고 싶은 생각이 없었다.

"너는 우리 집을 위해 아무것도 해 준 일이 없다. 그리고 지금 집에 있는 것은 모두 이반이 벌어들인 것이다. 나는 이반하고 말라냐를 서운하게 할 수는 없다."

"저런 바보 녀석에게 재산이 무슨 소용입니까? 저 녀석은 결혼도 할 수 없을 겁니다. 누가 저런 녀석과 결혼하겠어요? 또 농아인 말라냐도 그렇죠."

따라스는 이반을 쳐다보며 말했다.

"이반, 나에게 집에 있는 곡식 절반만 다오. 그리고 나는 농기구 같은 것은 필요 없고 가축 중에서 회색 말이나 한 마리 갖겠어. 저 말은 농사짓는 데 필요한 것도 아닐 테니까."

이반은 웃으며 말했다.

"뭐, 가져가세요. 나야 또 잡아오면 그만입니다."

이렇게 해서 따라스도 제 몫을 넘겨받았다. 따라스는 곡식을 실어 내어 말에 싣고 떠나버렸다. 그리고 이반은 늘 그랬듯이 늙은 암말 한 마리로 묵묵히 농사를 지어 아버지와 어머니를 모셨다.

# 2

한편, 그 동네에는 늙은 도깨비가 살고 있었는데, 그 늙은 도깨비는 형제들이 재산 분배로 싸우지 않고 의좋게 헤어진 것이 불만이었다. 그래서 작은 도깨비 셋을 큰소리로 불러 모았다.

"자, 봐라. 저기 기분 나쁜 세 형제가 살고 있다. 세묜이란 군인과 따라스란 배불뚝이 상인, 그리고 이반이란 바보 말이다. 나는 저 녀석들에게 싸움을 시켜야겠다. 이들은 모두 의좋게 살고 있지. 서로 아끼고 도와가면서 지내고 있다. 특히 저 바보 이반이란 놈이 어찌나 마음이 좋은지 내 일을 몽땅 망쳐 놨단 말이야. 이제부터 너희 셋이 모두 나가 세 녀석들에게 붙어 무슨 방법을 쓰더라도 서로 쥐어뜯고 싸우도록 만들어라. 그렇게 할 수 있겠지?"

"네, 쉬운 일입니다."

"그러면 어떻게 할 작정이냐?"

"먼저 저 녀석들이 먹을 것이 아무것도 없는 가난뱅이가 되게 한 다음 모두 한군데 모여 살게 하면 녀석들은 분명히 싸움을 하게 될 것입니다."

"참 좋은 생각이다. 가라, 그리고 저 녀석들의 사이를 끊어

놓기 전에는 절대로 돌아올 생각을 하지 마라. 일을 성공하지 못하면 네놈들의 가죽을 몽땅 벗겨 놓을 것이다."

작은 도깨비들은 어느 숲속으로 들어가 어떻게 할 것인가를 의논하기 시작했다. 그리고 제비를 뽑아 누가 누구를 맡을 것인지 결정짓고, 먼저 일을 끝낸 도깨비가 다른 도깨비를 도와주러 가기로 했다. 작은 도깨비들은 언제 다시 이 숲에 모일 것인지 날짜를 정하고, 누구를 도우러 가야 할 것인지는 그날 가서 이야기하기로 했다.

약속된 날이 되자 작은 도깨비들은 숲에 모였다. 그리고 서로 자기가 한 일을 설명하기 시작했다. 군인인 세묜에게 갔다가 돌아온 첫 번째 작은 도깨비가 입을 열었다.

"내가 맡은 일은 아주 잘 되어 가고 있어. 세묜은 내일 틀림없이 아버지한테 가게 될 거야."

다른 도깨비들이 묻기 시작했다.

"어떻게 했는데?"

"먼저 세묜에게 무모한 용기를 불어넣어 주었지. 그랬더니 그 녀석이 임금에게 전 세계를 정복해 보이겠다고 큰소리치며 약속을 한 거야. 그러자 임금은 세묜을 대장으로 임명하고 인도를 정복하라고 명을 내렸지. 그래서 모든 군대가 인도를 정복하러 가겠다고 모였어. 바로 그날 밤 나는 세묜이 이끄는 군대의 화약을 몽땅 물에 적셔 못쓰게 만들고 인도의 임금에게 달려가서 짚으로 허수아비 병사를 수없이 만들어 놓았지. 세묜의 병사들은 사방에서 밀려오는 인도의 허수아비 병사들을 보고는 잔뜩 겁을 먹어버렸지. 세묜이 '쏘아라!'하고 명령을 내렸지만 대포나 총이 나가지 않았거든. 세묜의 병사들은 완전히 겁에 질려 전부 달아나 버렸어. 마치 늑대를 만난 양 떼들처럼 말이야. 그때 기회를 놓칠세라 인도의 임금이 그들을 모조리 쳐부쉈지. 그래서 세묜이 전쟁에서 패하고 돌아오자 임금은 세묜의 땅을 전부 몰수하고 내일 그에게 사형을 집행하려는 참이야. 나는 이제 내일 하루만 일하면 돼. 다시 말하면 그 녀석을 감옥에서 꺼내서 집으로 도망치게 하는 일만 남았어. 내일이면 모든 일이 끝나니까 너희들 중에서 누가 내 도움이 필요한지 얘기해 봐."

따라스에게 갔던 둘째 도깨비도 자기 일에 대해서 이렇게 이야기하기 시작했다.

"나는 도움이 필요 없어. 내 일도 잘 돼 가니까 말이야. 따라스란 녀석은 이제 일주일 이상 견디지 못할 거야. 나는 말이야, 우선 그 녀석의 배를 잔뜩 부르게 해서 욕심꾸러기로 만들어 놨지. 그러자 그 녀석은 남의 재산을 탐내서 뭐

든지 보이는 것이면 모조리 가지고 싶어 하는 욕심쟁이가
되고 말았어. 돈을 있는 대로 다 털어 그 많은 것을 사고서
도 모자라 아직도 여전히 사들이고 있지. 요즘 들어서는 빚
까지 얻어서 사들이고 있는 형편이야. 너무 사 모으다 보니
이제는 어떻게 처치해야 할지도 몰라 안절부절못하고 있
어. 일주일이 지나면 빚을 갚아야 할 기한이 닥치는데, 그
안에 나는 녀석의 물건들을 죄다 못 쓰게 부숴 버릴 작정이
야. 그러면 녀석은 빚을 갚을 길이 없으니 하는 수 없이 아
버지에게 달려갈 거야."

그리고 이반에게 갔다 온 셋째 도깨비에게 물어보았다.

"그런데 네 일은 어때?"

"내 일은 잘 풀리지 않아. 나는 우선 그 녀석의 배를 아프
게 하려고 크바스(보리와 호밀을 발효시켜 만든 가벼운 러시아
전통 음료) 주전자 속에다 침을 잔뜩 뱉어 놓고, 일을 못 하
게 하려고 그 녀석의 밭을 돌처럼 딱딱하게 만들었지. 그렇
게 하면 절대로 밭을 일구지 못하리라 생각했는데 그 바보
녀석이 쟁기를 가지고 와서 땅을 파기 시작하는 거야. 배가
아파 끙끙 소리를 내면서도 계속 밭을 갈더라고. 그래서 나
는 녀석의 쟁기를 부숴 놓았는데, 그 녀석은 집에 가더니 다
른 자루를 가져와서 새로 끼워서는 다시 밭을 일구는 거야.

땅에 기어들어가 쟁기 날을 붙잡아보려고 했지만, 도저히 안 되는 거야. 힘이 얼마나 세던지, 쟁기 날이 날카로워 내 손만 베이고 말았지. 밭을 거의 다 일궈서 이제 한 고랑밖에 안 남았어. 그러니 와서 나를 좀 도와주어야겠어. 그 바보 녀석을 이기지 못하면 우리 일은 모두 헛일이 되고 말지. 만약 그 바보가 계속해서 농사를 짓게 되면 남은 형제들은 고생을 하지 않게 되거든. 그 바보가 두 형제를 먹여 살릴 테니까 말이야."

군인인 세묜을 맡고 있는 작은 도깨비가 내일 도우러 가겠다고 약속하고 작은 도깨비들은 일단 헤어졌다.

# 3

이반은 무척이나 힘들여서 밭을 다 갈고 이제 한 고랑만 남게 되었다. 그래서 마저 갈아버리려고 말을 타고 밭에 나갔다. 배가 몹시 아팠지만 밭은 갈아야 했기에 고삐를 툭툭 치며 쟁기를 돌려 갈기 시작했다. 한 번 갔다가 되돌아와서 다시 가려고 하는데 마치 나무뿌리에 걸리기라도 한 듯 쟁기가 나가지 않았다. 작은 도깨비가 두 발로 쟁기를 꽉 잡고 있었기 때문이었다.

‘이상하네. 여기에 나무뿌리가 없었는데, 혹시 나무뿌리인
가?’

이반은 땅속으로 손을 넣어 보았다. 무언가 부드러운 것이
손에 닿았다. 이반은 그것을 움켜잡고 끄집어냈다. 나무뿌
리 같은 것이 나왔는데 뿌리 위에 무언가 꿈틀거리는 것이
었다. 자세히 보니 그것은 살아 있는 작은 도깨비였다.

“아니, 뭐 이런 게 다 있나!”

이반은 작은 도깨비를 번쩍 들어 쟁기 부리로 쳐내려고 했
다. 그러자 작은 도깨비가 비명을 지르면서 말했다.

“제발 죽이지 마세요. 무엇이든 원하는 대로 해드리겠습
니다.”

“무엇이든지 해주겠다는 거냐?”

“무엇이든 원하는 것이 있으면 말만 하세요.”

이반은 머리를 긁으며 말했다.

“지금 배가 몹시 아픈데 고칠 수 있겠느냐?”

“그럼요, 고쳐드리겠습니다.”

작은 도깨비는 몸을 구부리고 손톱으로 땅을 파헤쳐 뭔가
찾기 시작했다. 그리고 세 가닥으로 뻗친 작은 뿌리를 하나
뽑아 이반에게 주면서 말했다.

“여기 있습니다. 누구나 한 가닥만 먹으면 어떤 병도 낫습

니다."

이반은 그것을 받아 한 가닥을 찢어서 먹었다. 그러자 아픈 배가 금방 나았다. 작은 도깨비는 다시 애원하기 시작했다.

"이제 저를 놓아주십시오. 땅속으로 들어가 다시는 돌아다니지 않겠습니다."

"좋아, 잘 가거라!"

이반의 말이 끝나기 무섭게 작은 도깨비는 마치 물속에 빠진 돌처럼 모습을 감추어 버리고 그 자리에는 구멍 하나만 남았을 뿐이었다. 이반은 남은 뿌리를 모자 속에 쑤셔 넣고 남은 고랑을 마저 갈기 시작했다. 밭을 끝까지 다 갈고 난 이반은 쟁기를 엎어 놓고 집으로 돌아갔다.

말을 풀어 놓고 집 안으로 들어가니 맏형인 세묜이 그의 아내와 함께 앉아 저녁 식사를 하고 있었다. 그는 그의 영지를 빼앗기고 간신히 감옥에서 도망쳐 나와 여기로 달려온 것이었다. 세묜은 이반이 들어오는 것을 보자 반가운 듯이 말했다.

"너와 함께 살려고 왔다. 새로운 자리가 생길 때까지 나와 집사람을 먹여 다오."

그렇게 말하고 이반이 막 의자에 앉으려고 하는데 그의

몸에서 나는 냄새가 형수인 귀부인의 마음에 들지 않았다. 부인은 남편에게 말했다.

"나는 이렇게 냄새나는 농사꾼하고 같이 저녁을 못 먹겠어요."

그러자 세묜이 이반에게 말했다.

"우리 집사람이 네 몸에서 나는 냄새가 싫다고 하니 너는 문간에서 먹으면 좋겠는데."

"네, 그렇게 하죠. 그렇지 않아도 이제 야간 방목을 할 때예요. 말을 먹여야 하거든요."

이반은 빵과 웃옷을 들고 야간 방목을 하기 위해 밖으로 나갔다.

# 4

그날 밤, 세묜을 맡았던 작은 도깨비는 일을 마치고 이반을 맡은 도깨비를 돕기 위해 찾아왔다. 여기저기 한참 동안을 찾아다녔지만 동료의 모습은 어디에도 없었고 그저 땅위에 구멍이 하나 뚫려 있는 것을 발견했을 뿐이었다.

'아무래도 이 친구에게 무슨 좋지 않은 일이 생겼나 봐. 내가 대신 일하는 수밖에 없겠어. 밭은 다 갈았으니 이번에

는 풀밭으로 가서 그 바보를 괴롭혀 주마.'

 작은 도깨비는 이반의 목장으로 달려가 풀밭에 큰물이 들게 하여 온통 진흙 바닥으로 만들어 버렸다. 이반은 새벽에 야간 방목에서 돌아와 큰 낫을 들고 풀을 베러 나갔다. 이반은 풀밭에 도착하자 진흙투성이의 바닥을 상관하지 않고 풀을 베기 시작했다. 그런데 여느 때와는 달리 한두 번만 낫질을 해도 낫이 무뎌져 일을 할 수가 없었다. 이반은 온갖 노력을 다 해보았으나 헛수고였다.

 "이거 안 되겠는데. 집에 가서 숫돌을 가져와야지. 그 길에 빵도 가져와야지. 설령 일주일이 걸리더라도 다 베어야지."

 작은 도깨비는 이 말을 듣고 생각하기 시작했다.

 "제기랄, 이 바보는 정말 곤란한 놈이군. 이래서는 안 되겠어. 다른 방법을 써 봐야지."

 이반은 다시 돌아와 숫돌로 낫을 갈고 풀을 베기 시작했다. 작은 도깨비는 풀 속으로 숨어들어 낫 등에 달라붙어 낫을 땅에 처박기 시작했다. 이반은 힘이 들었지만 간신히 풀을 베었다. 이제 물이 깊이 찬 곳의 풀만 남아 있었다. 작은 도깨비는 물속으로 숨어 들어가 이렇게 생각했다.

 '이번만은 손가락이 잘리는 한이 있더라도 못 베개 할 테다.'

이반은 물이 들어찬 곳으로 갔다. 보기에는 풀이 그렇게 억세지도 않은데 어쩐지 낫이 말을 잘 듣지 않았다. 이반은 화가 나서 온 힘을 다해 낫질을 해댔다. 이렇게 되니 작은 도깨비는 도저히 어쩔 수가 없었다. 낫을 잡고 있기조차 어려웠다. 작은 도깨비는 숲속으로 도망가려고 했다. 그때 이반이 낫을 힘껏 휘두르는 바람에 작은 도깨비의 꼬리가 잘려 버렸다. 이반은 풀을 다 베고 나서 여동생에게 그것을 긁어모으라고 말하고 이번에는 호밀을 베러 갔다.

이반이 큰 낫을 가지고 왔는데 꼬리를 잘린 도깨비가 어느 틈에 와서 호밀을 마구 짓밟아 놓아서 가져온 낫으로는 도저히 벨 수가 없었다. 그래서 이반은 집으로 돌아가 다시 중간 크기의 낫을 들고 밭으로 가서 호밀을 베기 시작했다. 호밀을 다 베고 난 이반은 이렇게 말했다.

"자, 이젠 귀리를 베어야지."

꼬리 잘린 도깨비는 이 말을 듣고 생각했다.

'호밀밭에서는 괴롭히지 못했지만 귀리 밭에서는 맛 좀 보여줘야지. 어디 내일 아침까지만 두고 보라지.'

이튿날 아침 작은 도깨비가 귀리 밭으로 달려갔으나 귀리는 이미 다 베어져 있었다. 이반이 귀리 낱알이 덜 떨어지게 하려고 밤사이에 모두 베어 버린 것이다. 작은 도깨비는 화가 났다.

"그 바보는 내 꼬리를 잘라 버린 데다 이번에는 나를 골탕까지 먹였어. 전쟁에서도 이런 낭패를 당한 적이 없었어! 그놈은 밤에 잠도 안 자고 덤비니 내가 당해 낼 수가 있나! 이번에는 호밀 더미 속으로 들어가 호밀을 죄다 썩게 만들어야지."

작은 도깨비는 호밀 더미가 있는 곳으로 가 그 속으로 기어 들어 호밀을 썩히기 시작했다. 그런데 호밀 더미를 따뜻하게 만들다가 자기도 모르게 그만 잠이 들고 말았다.

이때 이반이 암말에 수레를 끌게 하고 여동생과 같이 호밀을 실으러 왔다. 호밀 더미 옆으로 가서 하나씩 짐수레에 싣기 시작했다. 두 단을 던져 올리고 호밀 더미를 보니 그 안에서 작은 도깨비가 자고 있었다. 이반은 그것을 치켜들어 보았다. 꼬리가 잘린 작은 도깨비가 손끝에 매달려 바둥거리면서 빠져나가려고 애를 쓰고 있었다.

"아니, 이런 못된 녀석! 너 또 왔구나?"

"아닙니다. 저는 다른 도깨비입니다. 저번에는 제 동료였어요. 저는 당신의 형인 세묜에게 붙어 다녔어요."

"네가 어떤 놈이건 혼을 좀 내줘야겠어!"

이렇게 말하고 이반이 땅에 내동댕이쳐 죽이려 하자 작은 도깨비는 애원하기 시작했다.

"한 번만 용서해 주십시오. 다시는 나타나지 않겠습니다. 놓아주신다면 무엇이든 해드리겠습니다."

"무엇이든 할 수 있다는 거냐?"

"저는 원하신다면 어떤 것으로도 병사를 만들어 낼 수 있습니다."

"그까짓 병사가 내게 무슨 소용이 있겠느냐?"

"아닙니다. 그들은 무슨 일이든 해드립니다."

"노래도 부를 수 있단 말이냐?"

"당연하죠."

"그럼 어디 한번 만들어 보아라."

그러자 작은 도깨비는 이렇게 말했다.

"이 호밀을 한 다발을 들어 땅 위에 똑바로 세워놓고 흔들면서 그저 이렇게 말하기만 하면 됩니다. 내 종이 내리는 명령이다. 다발이 아니고 지푸라기 수만큼 병사가 되어라."

이반은 호밀 한 다발을 땅바닥에 세워놓고 흔들면서 작은 도깨비가 말한 대로 명령을 내렸다. 그러자 호밀 다발이 점점 흩어지더니 수많은 병사가 되었으며 나팔을 불고 북을 치는 것이었다. 이반은 너무나 신기하고 재미있어 크게 웃었다.

"이야, 너는 여간한 재주꾼이구나! 여자애들이 이걸 보면 정말 기뻐하겠는걸?"

"그럼 이제 저를 놓아주시는 거죠?"

"아니야. 낟알을 털지 않은 호밀로 병사를 만들면 호밀을 못 얻게 되니 이 병사들을 다시 호밀로 되돌려 놓는 방법도 알려 줘야지."

그러자 작은 도깨비는 말했다.

"이렇게 말하기만 하면 됩니다. 병사의 수만큼 지푸라기가 되어라. 내 종의 명령이다."

이반이 그대로 말하니까 다시 호밀 다발이 되었다. 작은 도깨비는 다시 애원하기 시작했다.

"이제 저를 놓아주세요."

"좋아, 놓아주지. 잘 가거라."

이반의 말이 채 끝나기도 전에 작은 도깨비는 물속에 던져진 돌처럼 땅속으로 눈 깜짝할 사이에 쑥 들어가 버렸다. 그곳에는 구멍이 하나 남았을 뿐이었다.

이반이 집으로 돌아와 보니 둘째 형 배불뚝이 따라스가 아내와 함께 저녁밥을 먹고 있었다. 따라스는 빚을 갚지 못해 아버지에게 도망쳐 온 것이다. 그는 이반을 보고 말했다.

"이반, 내가 다시 장사를 해서 돈을 벌 때까지 집사람과 나를 좀 먹여 다오."

"그럼요. 우리 집에 계세요."

이반은 겉옷을 벗고 식탁으로 가서 앉았다. 그러자 따라스의 아내가 이렇게 말했다.

"나는 바보와 같이 밥을 먹을 수가 없어요. 땀 냄새가 너무 지독해요."

그러자 배불뚝이 따라스가 말했다.

"이반, 네 몸에서 나는 냄새가 고약하구나. 저기 저 문간에 가서 먹으면 어떻겠니?"

"그러죠, 뭐."

이반은 빵을 들고 바깥으로 나갔다.

"그렇잖아도 마침 야간 방목에 나갈 시간이에요. 말한테 먹이도 줘야 하고요."

# 5

그날 밤, 따라스를 맡았던 작은 도깨비는 일을 끝내고 약속대로 친구를 도와 바보 이반을 괴롭혀 주려고 갔다. 밭으로 가서 친구들을 찾아 헤맸으나 아무도 없고 구멍 하나만 발견했을 뿐이었다. 풀밭에 가 보니 물웅덩이에 잘린 동료의 꼬리가 보였다. 그리고 호밀을 베어 낸 밭에서도 또 다른 구멍 한 개를 발견하고는 이렇게 생각했다.

'아무래도 친구들에게 나쁜 일이 일어난 모양이야. 그들을 대신해서 내가 그 바보 녀석을 혼내 줘야지.'

작은 도깨비는 이반을 찾으러 갔다. 그때 이반은 벌써 밭일을 끝내고 숲속에서 나무를 베고 있었다. 두 형들은 형제 셋이 살기에는 작은 오두막이 너무 좁다고 생각했다 그래서 따로 살 오두막집을 지을 나무를 베어 달라고 이반에게 부탁한 것이었다.

작은 도깨비는 숲으로 달려가서 나무 위로 올라가 이반이 나무를 베는 것을 방해하기 시작했다. 이반은 빈터 쪽에 나무를 넘어뜨리기 위해 적당히 밑동을 베고 쓰러뜨리려고 했으나, 나무가 이상하게 비틀어지면서 엉뚱한 방향으로 기울어져 다른 나무에 걸리고 말았다. 이반은 나무를 깎아 지렛대를 만들어서 방향을 바로잡은 후에 겨우 그 나무를 쓰러뜨렸다.

이반은 다른 나무를 베기 시작했다. 역시 마찬가지였다. 이반은 몹시 힘들게 나무를 쓰러뜨렸다. 세 번째 나무를 베었다. 그것도 마찬가지였다. 이반은 쉰 그루쯤 베려고 했는데 열 그루도 못 베어 벌써 날이 저물기 시작했다. 이반은 지칠 대로 지쳤다. 그의 몸에서 숲속에 안개가 퍼지듯 김이 무럭무럭 났지만 그는 일을 멈추지 않았다. 다시 한 그루를 베었다. 그러자 등이 아프기 시작하면서 힘이 빠져 달아났다. 이반은 도끼를 나무에 박아 둔 채 그 자리에 앉아서 쉬었다. 작은 도깨비는 이반이 지쳐서 잠잠해진 것을 알고 기뻐했다.

"그러면 그렇지. 이제는 녹초가 되었군. 나도 이젠 좀 쉬어 볼까?"

작은 도깨비는 나뭇가지 위에 앉아 기뻐했다. 그런데 이반이 일어나 도끼를 뽑아 번쩍 쳐들어 나무의 반대쪽을 내려치자, 나무가 갑자기 '우지끈' 갈라지며 '쿵' 하고 넘어졌다. 워낙 갑작스럽게 벌어진 일이라 작은 도깨비가 미처 발을 뺄 틈도 없었다. 나뭇가지가 부러진 그 사이에 한쪽 발이 끼이고 말았던 것이다. 이반은 도깨비를 발견하고 깜짝 놀랐다.

"아니, 이 고약한 놈! 다시 나타났구나!"

"아닙니다. 저는 다른 도깨비입니다. 당신의 형님 따라스에게 붙어 있던 놈이에요."

"네가 어디 있었던 마찬가지다."

이반은 도끼를 치켜들어 도깨비를 내리쳐 죽이려고 했다. 작은 도깨비는 쩔쩔매며 빌기 시작했다.

"제발 살려주세요. 원하시는 것은 무엇이든 해드리겠습니다."

"대체 네가 무엇을 할 수 있다는 거냐?"

"원하시는 만큼의 돈을 만들어 드릴 수 있습니다."

"그렇다면 어디 한번 만들어 보아라."

작은 도깨비는 이반에게 이렇게 말했다.

"이 떡갈나무 잎을 들고 두 손으로 문지르십시오. 그러면 금화가 땅바닥에 떨어질 것입니다."

이반은 나뭇잎을 들고 문지르기 시작했다. 그랬더니 누런 금화가 마구 떨어졌다.

"반짝이는 게 어린애들이 갖고 놀기 좋겠어."

"그러면 저를 놓아주시는 거죠?"

이반은 지렛대를 들고 작은 도깨비를 나무 사이에서 빼내 주었다.

"잘 가거라."

이번에도 이반의 말이 떨어지기가 무섭게 작은 도깨비는 물속으로 돌이 잠기듯 금방 땅속으로 사라지고 그 자리에는 구멍 하나만 뚫려 있었다.

# 6

이반의 형제는 집을 지어 따로 살게 되었다. 이반은 밭일을 마치고 맥주를 빚어 두 형들을 초대했다. 그러나 형들은 초대에 응하지 않았다.

"우리는 농부들의 잔치에 가 본 적이 없어."

이반은 대신 마을의 농부들과 여자들을 불러 대접을 하고 같이 마셨다. 그리고 취기가 돌자 사람들이 춤을 추는 거리로 나갔다. 이반은 사람들이 모여 춤추는 곳으로 가서 여자들에게 자기를 칭찬해 달라고 했다.

"그러면 여러분이 아직 한 번도 구경해 보지 못한 것을 보여주겠습니다."

"그럼 보여주세요."

이반은 씨앗 바구니를 안고 숲속으로 뛰어갔다. 여자들은 그 광경을 보고 비웃었다.

"어머, 저 바보 좀 봐!"

그리고 그의 일은 곧 잊어버렸다. 얼마 후 이반이 돌아왔는데 그는 무엇인가를 가득 채운 상자를 들고 있었다.

"자, 나눠 줄까요?"

"그것이 무엇인데요?"

숲에서 떡갈나무 잎으로 만든 금화를 들고 온 이반은 금화를 한 줌 쥐어 여자들 앞에 뿌렸다. 그러자 갑자기 소동이 일어났다. 여자들은 그것을 주우려고 달려들고 농부들도 뛰어나와 서로 잡아당기며 뺏으려고 했다. 어떤 할머니는 하마터면 깔려 죽을 뻔했다. 이반은 이 광경을 보고 깔깔 웃었다.

 "서로 밀치지 말고 싸우지 말아요. 금화는 더 줄 테니까."

 이렇게 말하고 그는 다시 금화를 뿌렸다. 사람들이 마구 몰려오자, 이반은 바구니 안의 금화를 모두 뿌렸다. 사람들이 더 달라고 했으나 이반은 이렇게 말했다.

 "이게 다예요. 다음번에 또 드리죠. 자, 지금부터 춤이나 춰요. 노래도 부르고요."

 여자들은 노래를 부르기 시작했다.

 "당신네들 노래는 재미없어요."

 "그럼 어떤 노래가 좋아요?"

 "내가 여러분에게 보여드릴게요."

 그리고 이반은 헛간으로 가서 호밀 더미를 들어 낟알을 털어버리고 그것을 수직으로 세워놓고 흔들면서 말했다.

 "내 종이 내리는 명령이다. 다발이 아니고 지푸라기 수만큼 병사가 되어라."

그러자 호밀 더미가 흩어지면서 병사가 되더니 북을 치고 나팔을 불기 시작했다. 이반은 군인들에게 노래를 부르라고 명령하고 그들과 함께 거리로 나갔다. 사람들은 깜짝 놀랐다. 군인들이 얼마 동안 노래를 부르고 나자 이반은 아무도 뒤따라와서는 안 된다고 일러 놓고 그들을 헛간으로 데리고 들어가 다시 호밀 다발로 만들어 풀 더미 위에 내던졌다. 그리고 집으로 돌아가 마구간에서 잠들었다.

# 7

이튿날 아침, 군인인 세묜이 이 소문을 듣고 이반에게 찾아와 말했다.

"나에게 모두 털어놔라. 도대체 너는 그 군인들을 어디서 데리고 와서 어디로 끌고 갔지?"

"그건 알아서 뭘 하게요?"

"뭘 하다니? 군인만 있어 봐라. 뭐든 다 할 수 있지. 나라도 손안에 넣을 수 있어."

이반은 깜짝 놀랐다.

"예? 그럼 왜 진작 말하지 않았어요? 얼마든지 만들어 드릴 수 있는데. 다행히도 동생과 둘이서 낱알을 잔뜩 털어

놓았어요."

이반은 형을 헛간으로 데리고 가서 이렇게 말했다.

"주의하세요. 군대를 만들어 드릴 테니 꼭 데리고 가셔야 합니다. 그렇지 않고 만일 그 군대를 먹여 살려야 한다면 온 마을의 곡식이 하루 만에 동이 나고 말 거예요."

세묜이 군대를 데리고 가겠다는 약속을 하자 이반은 군대를 만들기 시작했다. 호밀 한 단을 들고 낟알을 털어내며 툭 치니 단숨에 1개 중대가 병사가 되었고, 또 한 단을 툭 치자 1개 중대 병사가 또 만들어졌다. 이반은 계속해서 마침내 온 들판을 가득 메울 만큼 군대를 만들었다.

"어때요? 이제 이만하면 됐어요?"

"그래, 됐다. 고마워. 이반."

세묜은 너무 기뻐 어쩔 줄을 몰라 하며 말했다.

"만일 더 필요하시면 언제든지 오세요. 얼마든지 더 만들어 드릴 테니. 호밀 단은 충분히 있으니까요."

세묜은 곧바로 군대를 통솔하여 행렬을 갖추게 하고 마을을 떠났다. 세묜이 떠나자 이번에는 배불뚝이 따라스가 찾아왔다. 그도 어제 일을 알고 이반에게 사정하기 시작했다.

"솔직히 말해다오. 너는 그 금화를 어디서 가져왔지? 만일 나에게 그 정도의 금화가 있었다면 온 세상의 돈을 모을 수 있을 텐데."

이반은 깜짝 놀랐다.

"그래요? 그렇다면 진작 말씀하시지 그랬어요. 원하시는 대로 얼마든지 만들어 드리지요."

따라스는 크게 기뻐했다.

"나는 씨앗 바구니로 세 개만 있으면 충분해."

"그럼 그렇게 하셔요. 숲속으로 같이 가요. 말을 준비해 가야겠어요. 운반하기 힘들 테니까요."

둘은 마차를 타고 숲속으로 갔다. 이반은 떡갈나무에서 잎을 따서 문지르기 시작했다. 금화가 우수수 떨어져 산더미같이 쌓였다.

"이거면 되겠어요?"

따라스는 기뻐서 어쩔 줄 몰랐다.

"우선 이것만 있으면 됐어. 고마워 이반."

"더 필요하시면 언제든지 오세요. 더 만들어 드릴게요. 나뭇잎은 얼마든지 있으니까요."

배불뚝이 따라스도 수레에 금화를 가득 싣고 장사를 하러 떠났다. 이렇게 하여 두 형들은 떠났다. 세묜은 전쟁을, 따라스는 장사를 시작했다. 군인인 세묜은 두 나라를 정복하고 배불뚝이 따라스는 큰 재산을 모았다.

어느 날 세묜과 따라스는 한 자리에 모였다. 그동안의 일을 숨김없이 털어놓았다. 세묜은 어디서 군대를 얻었는지, 또 따라스는 어디서 밑천을 잡았는지 서로 이야기했다. 세묜이 말했다.

"나는 나라를 손에 넣고 잘살고 있긴 하지만 돈이 모자라. 군대를 먹여 살려야 하거든."

그러자 배불뚝이 따라스가 말했다.

"나는 돈을 산더미같이 모았는데, 한 가지 곤란한 것은 그걸 지킬 사람이 없다는 거예요."

그러자 세묜이 말했다.

"우리 이반을 찾아가 보자. 나는 너의 돈을 지킬 병사들을 더 만들어 달라고 하고, 너는 나의 병사들을 먹여 살릴 돈을 만들어 달라고 부탁해 보자."

이리하여 두 사람은 이반에게 갔다. 이반의 집에 도착하자 세묜은 이렇게 말했다.

"이반, 아무래도 나는 군인이 좀 모자라. 그러니까 군대를 조금 더 만들어 주었으면 좋겠어."

그러나 이반은 고개를 저었다.

"이제는 형님에게 더 이상 군대를 만들어 드리지 않겠습니다."

"뭐라고? 전에는 얼마든지 만들어 준다고 약속했잖아."

"약속은 했지만 이제 더 만들지 않겠습니다."

"왜 그래, 이 바보 녀석아!"

"그건 형님의 군대가 사람을 죽였기 때문이에요. 얼마 전 길가의 밭을 갈고 있는데 한 여자가 관을 싣고 가며 통곡하지 않겠어요? 그래서 누가 죽었느냐고 물어보니 세묜의 군대가 전쟁에서 남편을 죽였다고 하더군요. 군대는 노래나 부르는 것으로만 알았는데 사람을 죽이다니. 이제 군인을 더 만들어 드리지 않겠어요."

이반은 이렇게 고집을 부리며 더 이상 군대를 만들어 주려고 하지 않았다. 이번에는 배불뚝이 따라스가 금화를 더 만들어 달라고 부탁했다. 이반은 고개를 저었다.

"이제 금화도 더 이상 만들어드리지 않겠습니다"

"왜 그래? 더 만들어 주겠다고 약속했잖아?"

"약속은 했지만 안 만들겠어요."

"어째서 만들지 않겠다는 거야? 이 바보 녀석아!"

"왜냐하면 형님의 금화가 미하일로브나에게서 암소를 빼앗아 갔기 때문이죠."

"왜 빼앗았다는 거냐?"

"미하일로브나에겐 암소 한 마리가 있어서 아이들이 그

암소에서 짠 우유를 마시고 있었어요. 그런데 얼마 전에 그 아이들이 내게 찾아와 우유를 달라고 자꾸만 졸라대는 거예요. 그래서 아이들에게 '너희 집 소는 어디 갔느냐?'고 물어봤지요. 그러자 '배불뚝이 따라스의 관리인이 찾아와 엄마에게 금화 세 닢을 주더니 암소를 끌고 가 버렸어요. 그래서 우리는 이제 마실 우유가 없어졌어요.'라고 하더군요. 나는 형이 금화를 장난감으로 삼는 줄 알았는데, 아이들의 암소를 빼앗아 갔어요. 이제 더는 만들어 주지 않겠어요."

바보 이반은 고집을 부리며 더 이상 금화를 만들어 주지 않았다. 그래서 두 형은 하는 수 없이 집으로 돌아갔다. 돌아가는 길에 두 형제는 자기들의 곤란한 일을 서로 도와 나갈 방법에 대해 의논했다.

세묜이 이렇게 말했다.

"그럼 이렇게 하자. 네가 나에게 군대를 먹여 살릴 돈을 주면 나는 너에게 돈을 지킬 군대와 나라의 절반을 주는 거야."

따라스는 좋다고 말했다. 두 형제는 가진 군대와 돈을 서로 나누어 가져 둘 다 왕이 되고 부자가 되었다.

# 8

그러나 이반은 줄곧 부모를 모시고 농아인 여동생과 함께 밭에서 일을 하며 살았다. 한 번은 이런 일이 있었다. 이반이 기르던 늙은 개가 병에 걸려 다 죽게 되었다. 이반은 개를 불쌍히 생각하고 여동생에게서 빵을 얻어 모자 속에 넣었다가 개에게 던져 주었다. 그런데 모자에 구멍이 뚫려 있어서 빵과 함께 나무뿌리 한 가닥이 떨어졌다. 늙은 개는 빵과 함께 그것을 받아먹었다. 그러자 갑자기 펄쩍펄쩍 뛰며 장난을 치고 짖으며 꼬리를 흔들어 댔다. 병이 나은 것이다. 이반의 부모는 그 모습을 보고 깜짝 놀랐다.

"도대체 어떻게 병이 나았지?"

"어떤 병이든 낫게 하는 뿌리를 두 가닥 가지고 있었는데 개가 그 뿌리를 하나 먹었어요."

바로 그 무렵 왕의 딸이 병을 얻어 누워 있었다. 왕은 방방곡곡에 알려 누구든지 공주의 병을 낫게 해주는 사람에게는 상을 내릴 것이며, 만약 그 사람이 미혼이라면 공주와 혼인을 시켜 주겠다고 했다. 이반의 마을에도 이 소식이 알려졌다.

아버지와 어머니는 이반을 불러 놓고 이렇게 말했다.

"너도 왕의 말씀을 들었느냐? 너는 모든 병을 낫게 하는 뿌리를 가지고 있다고 했는데 어서 가서 공주의 병을 고쳐 보렴. 그러면 너는 한평생 행복하게 될 거다."

 "그럼 그렇게 할게요."

 그리고 이반은 즉시 떠날 준비를 했다. 이반은 부모님이 입혀 준 좋은 옷을 입고 문을 열고 나가는데 손이 굽은 여자 거지가 서 있었다.

 "듣자 하니 당신은 어떤 병이든 다 고쳐 준다면서요? 제 손을 좀 고쳐주세요. 안 그러면 혼자서 신발도 신을 수 없답니다."

 "그러지요!"

 이반은 남은 뿌리 한 가닥을 꺼내어 여자 거지에게 주고 그것을 삼키라고 말했다. 거지는 뿌리를 삼키고 병이 나아 그 자리에서 손을 쓸 수 있게 되었다. 이반을 왕에게 보내려고 나온 아버지와 어머니는 이반이 하나밖에 없는 뿌리를 그 여자에게 주어 버려 이제는 공주의 병을 고칠 길이 없어졌음을 알고 아들을 꾸짖기 시작했다.

 "이 얼빠진 놈아! 거지는 불쌍하고 공주님은 불쌍하지도 않으냐?"

 그러자 이반은 공주도 가엾게 생각되었다. 그는 말에다가

수레를 채우고 급히 짚을 싣고 그 위에 앉아 떠날 준비를
했다.

"도대체 어디로 떠나려는 거냐? 이 바보 녀석아!"

"공주님을 고쳐 드리려고 떠나는 겁니다."

"하지만 너에게는 고칠 약이 없지 않으냐?"

"걱정하지 마세요."

이반이 말을 몰아 궁궐에 도착하여 대문에 내려서자마자
공주의 병이 깨끗이 나았다. 왕은 크게 기뻐하면서 신하에
게 이반을 자기 곁으로 오도록 분부했다. 그리고 좋은 옷을
입히게 했다.

"그대는 이제부터 내 사위야."

"황공하옵니다."

그리고 이반은 공주와 결혼했다. 왕은 얼마 후에 세상을
떠났고, 이반이 왕이 되었다. 이리하여 세 형제는 모두 왕
이 되었다.


# 9


세 형제는 제각기 나라를 훌륭히 다스리고 있었다. 맏형
세묜은 호화롭게 잘살고 있었다. 그는 짚으로 만든 병사들

을 밑바탕으로 진짜 병사를 모집했다. 열 집마다 한 명의 병사를 뽑되 키가 크고 살갗이 희며 얼굴이 준수해야 된다고 명령을 내렸다. 이런 군인들을 많이 모아 잘 훈련시켰다. 그리고 자기를 거스르는 사람이 있으면 당장 군대를 보내 진압하고 다스렸다. 그래서 모든 사람이 그를 두려워하게 되었다.

세묜의 생활은 화려했다. 머리에 떠오르는 것, 눈에 띄는 것은 모두 자기 것이 되었다. 병사들이 그가 원하는 것은 무엇이든 빼앗아 왔기 때문이다.

한편 배불뚝이 따라스의 생활도 호화롭기 그지없었다. 그는 이반에게서 얻은 돈을 써버리지 않고 그것을 밑천으로 큰돈을 벌었다. 그렇게 모은 자기 돈은 금고에 넣어두고 백성에게서 돈을 받아냈다. 그는 주민세, 주류세, 결혼세, 장례세, 통행세, 마차세를 비롯하여 심지어는 신발세, 의류세, 화장세까지 거두어들였다. 모든 것을 빼앗긴 백성들은 돈이 없었기 때문에 소나 돼지나 닭 등을 세금 대신 그에게 가져왔고 그것도 없는 사람은 노역으로 때우기도 했다.

바보 이반의 생활도 나쁜 편은 아니었다. 선대 왕의 장례를 치르기가 무섭게 그는 왕의 옷을 벗어 던지고 그것을 옷장에 간직하게 하였다. 그러고는 다시 편한 옷에 허름한 신발을 신었다.

"나는 답답해서 견딜 수가 없어. 배만 자꾸 나오고 먹을 수도 잠을 잘 수도 없어."

그래서 부모와 여동생을 궁궐로 불러들여 또 옛날처럼 일을 하기 시작했다. 신하들은 그에게 이렇게 말했다.

"하지만 당신은 왕이 아니십니까?"

"상관없어. 왕도 먹어야 하니까!"

어느 날 대신이 와서 말했다.

"봉급을 줄 돈이 없는데요."

"걱정할 것 없어. 돈이 없으면 주지 않아도 좋아."

"그러면 신하들이 일을 하지 않을 텐데요."

"그렇다면 일하지 않아도 좋아. 결국 먹기 위해 일들을 하게 될 테니까. 모두들 세금으로 거름이나 가져오게 해. 거름 정도는 많이 만들어 놓을 테니까."

이번에는 백성들이 재판을 해달라고 이반을 찾아왔다. 그 중 한 사람이 말했다.

"저 사람이 제 돈을 훔쳐 갔습니다."

그러자 이반이 말했다.

"하하, 괜찮다. 이 자는 금화가 필요했던 것이다."

이렇게 해서 모든 백성은 이반이 바보라는 것을 알게 되었고, 왕비는 이반에게 이렇게 말했다.

"모두 당신을 바보라고 해요."

"아, 걱정하지 말아요."

이반의 아내는 생각에 생각을 거듭했다. 그러나 그녀 역시 바보였다.

"제가 어찌 남편을 거역할 수 있겠습니까? 바늘이 가는 대로 실은 따라가야 하는 법이니까요."

이렇게 말하고 그녀도 왕비 옷을 다 벗어 옷장 속에 넣고 이반의 여동생에게 일을 배우러 갔다. 그리고 일을 다 배운 다음 남편을 돕기 시작했다.

똑똑한 사람들은 모두 이반의 나라에서 떠나 버리고 남은 사람은 모두 바보뿐이었다. 돈을 가지고 있는 사람은 아무도 없었다. 사람들은 모두 일을 하여 스스로 먹고 살며 이웃 사람들을 도우며 살아갔다.

## 10

늙은 도깨비는 작은 도깨비들로부터 세 형제를 어떻게 괴롭혔는지 그 소식이 오기를 눈이 빠지게 기다렸지만 아무 소식도 없었다. 그래서 자기가 직접 사정을 알아보려고 나섰다. 사방으로 찾아보았지만 어디서도 작은 도깨비들의 모습은 보이지 않고 세 개의 구멍만 발견했을 뿐이었다.

'아무래도 그것들이 진 것 같아. 그렇다면 내가 직접 확인해 봐야겠군.'

도깨비는 세 형제를 찾아갔으나 예전에 살던 곳에는 아무도 없었다. 그는 세 형제를 각각 다른 나라에서 찾아냈다. 셋은 모두 나라를 다스리며 살고 있었다.

그는 먼저 장군으로 변신하며 맏형인 세묜을 찾아갔다.

"듣기로 세묜 왕께서는 위대한 군인이신 것 같은데 저도 이를 잘 알고 있으니 폐하를 섬기고 싶습니다."

세묜은 그에게 여러 가지를 물어보고 나서야 그가 영리한 장군이라는 것을 알고 자기 밑에서 일을 하도록 했다.

장군은 힘이 센 군대를 만드는 방법을 세묜에게 가르쳐 주었다.

"첫째로 더 많은 군인을 모아야 합니다. 그렇지 않으면 이 나라에서는 빈둥빈둥 놀고먹는 사람이 더 많아집니다. 젊은 사람들을 모두 뽑아야 합니다. 그러면 폐하의 군대는 지금보다 다섯 배로 늘어날 것입니다. 둘째로 신식 총과 대포를 만들어야 합니다. 소인이 폐하에게 콩알이 뿌려지듯 한 번에 백 발의 총알이 나가는 총과 어떤 것이든 불로 태워 버리는 대포를 만들어 올리겠습니다. 그 대포는 사람은 물론 말이나 성벽도 모조리 불태워 버리고 말 것입니다."

세묜은 새로운 장군의 말을 듣고 젊은이를 모조리 군대에 끌어들이도록 명령하고 또 새로운 공장을 지어 신식 총과 대포를 만들게 하더니, 곧 이웃 나라의 왕에게 싸움을 걸었다. 이웃 나라의 군대들이 몰려나오자 세묜은 군대에 총과 대포를 마구 퍼부으라고 명령하여 단숨에 적군의 절반을 물리치고 불태워 버렸다. 이웃 나라의 왕은 놀라서 항복하고 자기 나라를 바쳤다. 세묜은 기분이 무척 좋았다.

"자, 이젠 인도의 왕도 쳐부수고 말 테다."

그런데 인도의 왕은 세묜의 소문을 듣고 그의 전략을 완벽히 파악하고 거기다 자신의 전략을 더했다. 인도의 왕은 젊은 남자들뿐만 아니라 여자들까지도 모두 군인으로 뽑았다. 그래서 그의 군대는 세묜보다 훨씬 많았다. 또한 이미 신식 소총과 대포 만드는 방법도 세묜에게 모조리 훔쳐 갔을 뿐만 아니라 공중으로 날아가 위에서 폭탄을 떨어뜨리는 방법도 생각해 냈다.

세묜은 인도의 왕에게 싸움을 걸었다. 지난번의 전쟁과 마찬가지로 단번에 쳐부술 것 같았는데 막상 싸움이 붙고 보니 그렇지 않았다. 인도의 왕은 세묜의 군대가 총알이 닿을 만한 거리까지 오지 못하게 해놓고 여자 병사들을 공중으로 띄워 보내 세묜의 군대 머리 위에서 폭탄을 던지도록 했다. 여자 병사들은 마치 진딧물에 약을 뿌리듯 폭탄을 퍼부었다. 세묜의 군대는 모두 도망치고 결국 세묜 혼자만 남았다. 인도의 왕은 세묜의 나라를 빼앗았고 세묜은 정신없이 도망치게 되었다.

늙은 도깨비는 맏형인 세묜을 그렇게 만들어 놓고 이번에는 따라스에게로 갔다. 그는 상인으로 변신하여 따라스의 나라에 자리를 잡고 많은 사람들에게 돈을 물 쓰듯 뿌리기 시작했다. 어떤 물건이든지 비싼 값을 쳐 주었기 때문에 백성들은 돈을 벌기 위해 모두 이 상인에게로 몰려들었다. 이렇게 하여 백성들은 돈이 많이 생겨 지금까지 밀렸던 세금을 모두 내고 어떤 세금이든지 기한 안에 다 바칠 수 있게 되었다. 따라스는 크게 기뻐했다.

'그 상인은 참 고마운 친구로군. 나도 더 많은 돈이 생기고 더욱 잘살게 되었군.'

나라의 돈이 많아지자 따라스는 새로운 궁전을 짓기로 결정했다. 새로운 궁전을 짓기 위해 백성들에게 목재와 돌을 날라 오면 품삯을 후하게 주겠다고 했다. 따라스는 백성들이 그만한 품삯이면 전과 마찬가지로 일하러 몰려올 것이

라 생각했다. 그런데 목재며 돌은 모두 그 상인에게 실려
가고 일꾼도 모두 그에게로 몰려가버렸다. 따라스가 더 많
은 품삯을 주기로 하면 그 상인은 따라스보다 더 많은 품삯
을 주었기 때문이다. 그래서 새로운 궁전은 착공만 해놓고
좀처럼 준공되지 못하고 있었다. 가을이 오자 따라스는 백
성들에게 정원을 만들러 오라고 명령을 했다. 그러나 아무
도 오지 않았으며 모두 상인의 연못을 파러 몰려갔다. 그리
고 겨울이 왔다. 따라스는 새 모피 코트를 만들기 위해 검
은담비 가죽을 사야겠다고 생각했다. 그래서 신하를 보냈더
니 그가 돌아와서 이렇게 말했다.

"그 상인이 모든 모피를 다 사들였기 때문에 검은담비 가
죽이 없습니다. 그 사람은 비싼 값으로 사들여 그걸로 양탄
자까지 만들어 쓰고 있다 하더군요."

따라스는 좋은 말을 사야겠다고 생각했다. 그래서 말을 사
러 신하를 보냈더니 돌아와서 말하기를 좋은 말은 그 상인
이 다 사서 연못에 채울 물을 실어 나르는 데 사용하고 있
다는 것이었다. 백성들은 전부 그 상인의 일만 했으며, 왕
에게는 상인에게서 번 돈을 가지고 세금만 낼 뿐이었다.

이렇게 되자 따라스는 세금으로 걷은 돈이 너무 많아져서
그것을 보관하기 어려워졌고 생활은 점점 불편해지기만 했

다. 따라스는 이제 여러 가지 계획 세우기를 그만두고 당장 먹고 살아갈 일을 걱정해야만 했다. 모든 것이 궁색해지자, 궁궐 안의 요리사, 신사, 마부, 하인들까지도 상인에게 가기 시작했다. 시장으로 사람을 보냈으나 아무것도 살 수가 없었다. 물건들을 모두 그 상인이 사들여버렸기 때문이다. 왕은 그저 세금으로 돈만 받을 뿐이었다.

따라스는 화가 나서 그 상인을 나라 밖으로 내쫓았다. 그러나 상인은 국경 근처에 버티고 앉아서 역시 같은 일을 했다. 여전히 백성들은 상인의 돈을 보고 왕에게 가지 않고 상인에게 모든 것을 가져갔다. 왕의 생활은 말이 아니었다. 며칠씩 굶기도 했을 뿐만 아니라, 상인이 왕에게서 왕비까지도 사 버리겠다고 큰소리치고 다닌다는 소문이 나돌았다. 따라스는 무엇을 어떻게 해야 할지 모르는 지경이 되었다.

어느 날 맏형인 세묜이 동생인 따라스에게 찾아와서 말했다.

"나를 좀 도와다오. 인도 왕에게 지고 말았어."

그러나 배불뚝이 따라스도 뱃가죽이 등에 달라붙을 상황이었다.

"나도 벌써 이틀이나 굶고 있어요."

# 11

늙은 도깨비는 두 형제를 멋지게 해치우고 이반의 나라로 갔다. 늙은 도깨비는 장군으로 변신하여 이반에게 찾아가 군대를 만들라고 권했다.

"왕께서 군대도 없이 지내신다는 것은 격에 맞지 않습니다. 분부만 내리시면 제가 폐하의 백성 가운데서 훌륭한 군인을 모아 군대를 만들어 드리겠습니다."

이반은 그의 말을 듣고 나서 말했다.

"좋아. 그럼 어디 한번 군대를 만들어 보시오. 그리고 그들이 노래를 잘 부르도록 가르쳐야 하오. 나는 노래를 좋아하니까."

늙은 도깨비는 이반의 나라를 돌아다니면서 지원병을 모집하기 시작했다. 군대에 들어오는 사람은 누구나 보드카 한 병과 빨간 모자를 하나씩 주겠다고 했다. 바보 백성들은 웃음을 터뜨리며 말했다.

"술 같은 것은 우리 집에도 얼마든지 있어. 술은 우리 손으로 빚고 모자는 우리가 원하는 대로 여자들이 만들어 주는걸. 여러 가지 색깔에 장식이 달린 것까지도 말이야."

결국 누구 하나 군대에 들어오려는 사람이 없었다. 늙은 도깨비는 이반에게 되돌아갔다.

"폐하의 나라 바보들은 군대에 가려고 하는 사람이 아무도 없습니다. 그러니 강제로 몰아넣을 수밖에 없습니다."

"할 수 없지. 그럼 강제로 모아 보시오."

늙은 도깨비는 백성들은 모두 군인이 되어야 하며, 만일 어기는 사람이 있으면 왕이 사형을 내릴 것이라고 했다. 바보 백성들은 장군으로 변신한 늙은 도깨비에게 와서 말했다.

"당신은 우리가 군인이 되지 않으면 왕께서 사형을 내린다고 했는데, 군인이 되면 어떻게 된다는 말을 하지 않는군요. 병사가 되면 목숨을 잃는다는 말이 있던데요."

"그럼, 그럴 수도 있지."

그 말을 듣자 백성들은 고집을 부려 응하지 않았다.

"그렇다면 우리는 군대에 가지 않겠소. 차라리 집에서 죽는 편이 낫지요. 어차피 죽을 바에는 말이오."

"너희들은 참으로 바보들이구나, 정말 바보야! 군인이 된다고 해서 반드시 죽는 건 아니잖아? 그렇지만 군대에 가지 않으면 반드시 왕에게 죽게 돼."

백성들은 곰곰이 생각을 하다가 이반에게 물어보러 갔다.

"장군님이 와서 우리에게 모두 군대에 가라고 합니다. '군대에 가면 죽을지 살지 모르지만 안 가면 폐하께서 반드시 사형에 처한다'고 하셨습니까? 그게 정말입니까, 폐하?"

이반은 껄껄 웃었다.

"어떻게 나 혼자 너희들을 다 죽일 수 있겠는가? 내가 바보가 아니라면 너희들에게 설명해 줄 수 있겠지만, 나 자신도 뭐가 뭔지 알 수가 없다."

"그러시면 저희들은 군대에 안 가겠습니다."

"그렇게들 하시오. 안 나가도 좋아."

백성들은 장군에게 나가 병사가 되는 것을 거절했다.

늙은 도깨비는 일이 잘 돼 가지 않음을 알고 이웃 나라 타라칸의 왕에게 찾아가 전쟁을 부추겼다.

"싸움을 걸어서 이반의 나라를 한번 치기로 합시다. 그 나라에는 돈은 없지만 곡식이며 가축이며 무엇이든 많이 있으니까요."

타라칸의 왕은 전쟁을 벌이기 위해 많은 군대를 모으고 총과 대포를 준비해 국경을 넘어 이반의 나라로 쳐들어가기 시작했다. 백성들이 이반에게 달려와 말했다.

"타라칸의 왕이 우리나라에 쳐들어오고 있습니다."

"뭐, 별일 있으려고. 싸움을 할 테면 하라지."

타라칸의 왕은 군대를 이끌고 국경을 넘자 우선 선발대를 보내 이반의 군대의 움직임을 살펴보았다. 선발대가 사방을 찾아보았으나 군대는 아무 곳에도 보이지 않았다. 군인들이 어디에 숨었다가 나타나지 않을까 오랫동안 기다렸으나 군대에 대해서는 아무 말도 들을 수가 없었고 싸우려고 해도 상대가 없었다.

타라칸의 왕은 군대를 보내어 마을을 점령하게 했다. 군인들이 어떤 마을에 들어서니 바보 백성들이 뛰어나와 군인들을 쳐다보며 신기하게 여겼다. 군인들은 바보 백성들한테서 곡식과 가축을 빼앗았으나 바보 백성들은 무엇이든 선선하게 다 내주었고 자기 것을 지키려는 사람이 아무도 없었다.

다른 마을로 가 보았으나 역시 마찬가지였다. 군인들은 하루 이틀 마을을 돌아다녔지만 어디서나 마찬가지였다. 있는 대로 다 내주고 자기 재산을 지키려는 사람은 하나도 없었으며, 오히려 여기 와서 자기네들과 함께 살자고 했다.

"이거 봐요. 당신네 나라에서 살기 어려우면 아예 이곳에 와서 사세요."

군인들이 또 다른 곳을 헤매고 다녔으나 군대는 보이지 않았고 백성들은 모두 스스로 일하면서 살아가거나 다른 사람들을 먹여 살렸다. 자기 것을 지키려고도 하지 않고 오히려 함께 살자고 했다. 군인들은 맥이 풀려 왕에게 와서 말했다.

"우리는 전쟁을 할 수가 없습니다. 우리를 다른 나라의 전쟁터로 보내 주십시오. 전쟁을 하고 있는 건지 모르겠습니다. 마치 약하고 힘없는 사람들을 괴롭히는 것 같아 이제 더 이상 싸울 수 없습니다."

타라칸의 왕은 화가 나서 온 나라를 돌아다니며 마을을 못 쓰게 만들어 놓고 집과 곡식을 불태우고 가축을 다 죽여 버리라고 명령했다.

"만일 이 명령을 어기는 자가 있으면 누구를 막론하고 엄벌에 처한다."

군인들은 깜짝 놀라 왕의 명령대로 하기 시작했다. 집과 곡식을 불태우고 가축을 죽이기 시작했다. 그런데도 바보 백성들은 모두 자기 재산을 지키려 하지 않고 그저 울기만 할 뿐이었다. 남녀노소 할 것 없이 모두 울었다.

"당신들은 무엇 때문에 우리를 괴롭히는 겁니까? 왜 우리 재산을 망치는 거죠? 필요하면 차라리 가져가는 편이 나을 텐데."

군인들은 어쩐지 기분이 좋지 않았다. 그들은 더 이상 돌아다니는 것을 포기하고 하나씩 뿔뿔이 흩어지고 말았다.

# 12

늙은 도깨비는 이반의 나라에서 떠나 버렸다. 군대의 힘으로는 도저히 이반을 괴롭힐 수가 없었기 때문이었다. 늙은 도깨비는 이번에는 멋진 신사로 변신하여 다시 이반의 나라에 살려고 왔다. 배불뚝이 따라스와 마찬가지로 돈으로 괴롭히고 싶었던 것이다.

"나는 당신들에게 훌륭한 지식을 가르치고 착한 일을 하고자 합니다. 먼저 이 나라에 집을 짓고 장사를 하려고 합니다."

"그거 좋은 생각이군요. 여기서 사십시오."

하룻밤을 지내고 나서 이튿날 아침, 신사는 금화가 든 큰 자루와 종이를 가지고 광장에 나와 이렇게 말했다.

"여러분은 마치 돼지처럼 생활하고 있습니다. 그래서 나는 여러분들에게 어떻게 살아가야 하는지를 가르쳐 드리고자 합니다. 먼저 이 설계도대로 집을 지으세요. 여러분은 일을 하고 지시는 내가 하겠습니다. 그리고 품삯으로는 이 금화를 드리겠습니다."

그렇게 말하고 그는 금화를 보여주었다. 바보 백성들은 깜짝 놀랐다. 그들은 지금까지 돈이라는 것을 가져 본 일이 없었고, 서로 물건과 물건을 바꾸기도 하고 품앗이를 하면서 살았기 때문이다. 우선 그들은 금화라는 물건에 놀랐다.

"거참, 근사한 물건인데."

그리하여 그 근사한 금화를 가지고 싶어 신사에게 물건을 가지고 가서 바꾸기도 하고 일을 해서 품삯으로 받기도 했다. 늙은 도깨비는 따라스의 나라에서 한 것처럼 금화를 마구 뿌리기 시작했다. 백성들은 이 금화를 얻기 위해서 어떤 물건이나 가져왔고 어떤 일이라도 하려고 들었다. 늙은 도깨비는 좋아서 어쩔 줄 모르며 생각했다.

'일이 잘되어 가는군! 이번에는 그 바보 녀석을 따라스처럼 엉망으로 만들어 버려야지. 녀석이 다시는 일어나지 못하게 말이야.'

그런데 바보 백성들은 금화를 얻자 목걸이를 만들어 여자들에게 주기도 하고 여자아이들을 꾸미는 데 쓰기도 했다. 얼마 후 아이들까지 금화를 가지고 놀게 될 정도로 금화가 흔해지자 사람들은 더 이상 금화를 얻으려고 하지 않았다. 그런데 신사는 아직 지으려던 화려한 집을 반도 짓지 못했으며 금화와 바꾼 곡식과 가축도 일 년 분이 채 못 되었다. 그래서 신사는 자신에게 곡식이나 가축을 가지고 오거나 일을 해주면 그 값으로 전보다 더 많은 금화를 주겠다고 했다.

그러나 아무도 일하러 오는 사람이 없고 아무것도 가지고 오는 사람이 없었다. 가끔 아이들이 달걀과 금화를 바꾸러 뛰어오는 정도였으며 그밖에는 아무도 오지 않았기 때문에 늙은 도깨비는 먹을 것이 없게 되었다. 배가 고파서 먹을 것을 사려고 마을에 나가 보았다. 그가 어느 집에 들어가 암탉을 사려고 금화를 내밀자 주인은 금화를 받지 않았다.

"우리 집에는 그런 것이 얼마든지 있어요."

이번에는 어느 농부네 집에 가서 먹을 것을 구하려고 금화를 내밀었다.

"그런 건 필요 없어요. 아이들이 없어서 가지고 놀 사람이 없죠. 그리고 이미 세 개나 가지고 있어요."

이번에는 빵을 사려고 농부 집에 들러 금화를 내밀었다. 그러나 이 농부도 금화를 받지 않았다.

"우리 집에는 필요 없어요. 그러나 그리스도님의 은혜로 그대에게 그냥 드릴 테니 잠시만 기다려 주세요. 집사람에게 빵을 잘라오도록 할 테니까."

늙은 도깨비는 기분이 나빠 침을 뱉고는 재빠르게 농부 집에서 도망쳐 나왔다. 이러한 선심을 받아들일 수는 없었다. 이러한 말이 그에게는 칼보다 더 무서웠던 것이다.

결국 늙은 도깨비는 빵도 구하지 못하고 말았다. 사람들은 금화를 충분히 가지고 있었다. 그래서 늙은 도깨비가 어디를 가나 누구 한 사람도 금화를 보고 어떤 물건을 주려고 하지 않고 모두 이렇게 말했다.

"그런 것보다는 뭐 다른 것을 가지고 오거나, 일을 하러 오거나 아니면 그리스도님을 위해 달라고 해요."

그러나 늙은 도깨비는 금화 외에는 아무것도 가진 것이 없었다. 더군다나 일하기는 더욱 싫었으며 그렇다고 그리스도의 이름으로 구걸할 수도 없는 일이었다. 늙은 도깨비는 잔뜩 화가 났다.

"이봐! 금화만 있으면 무엇이든 살 수도 있고 어떤 일꾼이라도 부릴 수 있단 말이야."

그러나 바보 백성들은 그의 말에 귀를 기울이지 않았다.

"그런 것은 필요 없어요. 여기서는 세금을 내거나 돈을 써야 할 일이 없으니까요. 그러니 그 돈을 어디다 써요?"

늙은 도깨비는 저녁도 먹지 못하고 잠자리에 들어야 했다. 이 이야기는 이반의 귀에까지 들어갔다. 백성들이 이반에게 찾아와서 이렇게 물었기 때문이다.

"우리들에게 말쑥한 신사 한 분이 찾아왔습니다. 그 사람은 맛있는 음식과 술을 좋아하고 깨끗한 옷을 입기는 좋아하지만 일을 전혀 하지 않고 더구나 구걸도 하지 않고 자꾸 금화만 내놓는 것입니다. 전에 금화가 모이기 전에는 그 신사에게 아무것이나 다 주었지만 지금은 어떤 것도 주는 사람이 없습니다. 이 신사를 어떻게 하면 좋습니까? 굶어 죽지는 않아야 할 텐데요."

이반은 다 듣고 나서 말했다.

"그러면 먹여 주어라. 양치는 목동들처럼 집집마다 돌아다니면서 얻어먹게 하여라."

늙은 도깨비는 하는 수 없이 이집 저집 돌아다니기 시작했다. 그렇게 하는 동안 이반의 궁궐에 들어갈 차례가 되었다. 늙은 도깨비가 점심을 얻어먹으러 갔는데, 이반의 집에는 농아인 여동생이 점심을 차리고 있었다. 농아인 여동생은 지금까지 게으름뱅이들에게 자주 속아왔다. 게으름뱅이들은 일도 하지 않고 다른 사람들보다 먼저 먹으러 와서 준비해 놓은 맛있는 음식을 전부 먹어치우곤 했다. 그래서 이반의 여동생은 점심을 얻어먹으러 온 사람들의 손만 보고도 게으름뱅이를 알아낼 수 있게 되었다. 손에 굳은살이 박인 사람은 식탁에 앉을 수 있지만 굳은살이 박이지 않은 사람은 먹고 남은 찌꺼기를 주었다. 늙은 도깨비가 식탁에 앉자 여동생은 슬쩍 그의 손을 들여다보았다. 굳은살이 박이지 않았을 뿐만 아니라 그의 손은 깨끗하고 매끈매끈하며 손톱이 길게 자라 있었다. 여동생은 무엇이라고 소리치더니 늙은 도깨비를 식탁에서 끌어 내렸다. 그러자 이반의 아내가 늙은 도깨비에게 말했다.

"화내지 마세요, 신사 양반. 우리 시누이는 손에 굳은살이 박이지 않은 사람은 식탁에 앉히지 않으니까요. 잠깐만 기다려 주세요. 모두 드신 후 남은 것을 잡수세요."

늙은 도깨비는 이런 궁궐에서 돼지에게 주는 것을 먹이려고 하는구나 생각하니 은근히 화가 났다. 그래서 이반에게 말했다.

"이 나라에는 모든 사람이 손으로 일을 해야만 하는 바보 같은 법이 있군요. 그러나 그것은 여러분들이 어리석기 때문입니다. 영리한 사람은 무엇으로 일하는지 아십니까?"

"바보인 우리가 어찌 그런 걸 다 알겠는가? 우리는 대체로 모든 일을 손으로 하고 있지."

"그렇다면 제가 어떻게 머리로 일을 하는 것인지, 그 방법을 가르쳐 드릴까 합니다. 그러면 여러분들도 아시게 될 것입니다. 손보다 머리로 일하는 편이 훨씬 이득이 많다는 것을."

이반은 놀랐다

"과연. 다 이유가 있어 우리를 바보라 하는군!"

그러자 늙은 도깨비는 설명하기 시작했다.

"그러나 머리로 일하는 것이 쉬운 일은 아닙니다. 제 손에 굳은살이 없다고 저에게 먹을 것을 안 주시는데 그것은 이러한 사실을 모르시기 때문입니다. 머리로 일하는 것이 백배나 어렵고 때로는 머리가 쪼개지게 아픈 경우도 있습니다."

이반은 생각에 잠겼다가 말했다.

"그런데 왜 그대는 자신을 그렇게 괴롭히는가? 머리가 쪼개지는 경우도 있다니 과연 쉬운 일은 아닐세. 그렇다면 차라리 손과 발을 써서 더 쉽게 일을 하면 될 것이 아닌가?"

그러자 늙은 도깨비가 말했다.

"제가 제 자신을 괴롭히는 것은 어리석은 여러분들을 불쌍히 여기기 때문입니다. 만일 제가 자신을 괴롭히지 않는다면 여러분들은 영원히 어리석은 바보로 남게 될 것입니다. 그래서 이제부터 여러분들에게 가르쳐 드리려는 겁니다."

이반은 놀랐다.

"그럼 가르쳐 주게. 손이 지치면 머리로 대신할 수 있도록 말이오."

늙은 도깨비가 가르쳐 주겠다고 약속했다. 이반은 온 나라에 알렸다.

"훌륭한 신사가 여러분에게 머리로 일하는 법을 가르쳐주게 되었다. 머리는 손보다 더 많은 일을 할 수 있다고 하니, 모두 배우러 나오라."

이반의 나라에는 높은 망루가 세워졌고 거기에 반듯한 사다리가 걸쳐져 있으며 그 위에 자리가 하나 마련되었다. 이반은 신사를 그곳으로 안내해서 많은 사람에게 잘 보이도록 했다.

신사는 높은 망루에 서서 말하기 시작했다. 바보 백성들은 구경하려고 구름처럼 모여들었다. 사람들은 신사가 손을 쓰지 않고 머리로 일하는 방법을 실제로 보여줄 것이라고 생각했다. 그러나 신사로 변신한 늙은 도깨비는 어떻게 하면 일을 하지 않고도 살아갈 수 있는지 말로만 가르칠 뿐이었다. 바보 백성들은 무슨 말인지 도무지 알 수가 없었다. 그래서 한참 동안 바라보다가 이윽고 각자의 일자리로 흩어져 버렸다.

늙은 도깨비는 하루 종일 망루 위에 서 있었고, 그다음 날도 서서 계속 말했다. 늙은 도깨비는 배가 고팠다. 그러나 바보 백성들은 손보다 머리로 백 배 일을 잘한다고 했으니 머리를 써서 자기가 먹을 빵 하나 정도야 마음대로 만들 수 있을 것으로 생각하고 아무도 그에게 빵을 주려 하지 않았다. 늙은 도깨비는 그다음 날도 망루에서 줄곧 말했다. 그러나 사람들은 가까이 와서 잠시 듣다가 곧 흩어져 버렸다. 이반은 종종 사람들에게 물어보았다.

"어때, 그 신사는 머리로 일을 시작했나?"

"아닙니다. 그는 여전히 말만 하고 있을 뿐입니다."

늙은 도깨비는 또 하루를 망루 위에 서 있었고 이제는 지쳐서 비틀거리기 시작했다. 그러다가 그만 기둥에 머리를 부딪쳤다. 한 바보 백성이 그것을 보고 이반의 아내에게 알리자 이반의 아내는 밭에 나가 일하고 있는 남편에게 달려갔다.

"자 구경하러 가시죠. 드디어 신사가 머리로 일하기 시작한 모양입니다."

"그게 정말이오?"

이반은 말을 몰아 망루가 있는 곳으로 갔다. 이반이 망루에 가까이 이르렀을 때 늙은 도깨비는 배가 고파 모든 힘이 빠져서 머리를 기둥에 박고 있었다. 이반이 더 가까이 다가가자 늙은 도깨비가 쓰러지더니 요란한 소리를 내면서 사다리의 계단을 따라 한 계단 한 계단 거꾸로 떨어져 내렸다.

이반은 이 광경을 보고 말했다.

"신사가 어떤 때는 머리가 쪼개지는 경우도 있다고 하더니 그게 정말이군. 이젠 손에 굳은살이 생기는 게 문제가 아니야. 저렇게 일을 하다가는 머리에 수많은 혹이 생길 게 아닌가?"

늙은 도깨비는 사다리 밑으로 완전히 굴러떨어져서 땅에 머리를 박고 말았다. 이반이 신사가 얼마나 일을 많이 했는지 보기 위해 가까이 다가서는 순간 땅바닥이 쫙 갈라지더니 늙은 도깨비는 땅속으로 쑥 들어가 버리고 그 자리에는 큰 구멍 하나가 뚫려 있었다. 이반은 머리를 긁적이며 말했다.

"이런 망할 자식. 또 그놈이었구나! 이번 놈은 그들의 아비임이 틀림없어! 정말 고약한 놈이야!"

그리하여 이반과 이반의 나라는 지금까지도 남아 있으며 계속 백성들이 그의 나라로 몰려오고 있다. 두 형들도 그에게 찾아오자 이반은 그들을 먹여 살리고 있다.

누가 찾아와서 '우리를 좀 먹여 살려주세요.' 하면 이렇게 말했다.

"그렇게 하세요. 우리 집에는 무엇이든 얼마든지 있으니까."

다만 이반의 나라에서는 지켜야 할 풍습이 하나 있었다. 손에 굳은살이 있는 사람은 식탁에 앉고, 없는 사람은 남은 찌꺼기를 먹는 것이었다.

사람에게는 얼마나 많은 땅이 필요한가

# 1

도시에 사는 언니가 시골의 여동생을 찾아왔다. 언니는 도시 상인의 아내였고, 동생은 시골 농부의 아내였다. 자매는 차를 마시며 이런저런 이야기를 나누었다. 그러다가 언니가 자신의 도시 생활에 대해 자랑하기 시작했다. 그녀는 자신이 얼마나 크고 안락한 집에 사는지, 아이들에게는 어떤 옷을 입히고 음식은 어떤 것을 먹는지, 그리고 어떤 마차를 타고 어디를 놀러 다니며 어떤 연극을 보러 다니는지에 대해 이야기했다. 그러자 동생은 분한 생각이 들어 상인들의 생활을 헐뜯으면서 자신들의 생활의 좋은 점을 늘어놓았다.

"누가 뭐래도 난 언니의 생활과 내 생활을 바꾸고 싶지 않아요. 우리들 사는 꼴이야 물론 보잘것없지요. 하지만 우린 지금껏 근심이란 걸 모르고 살거든요. 언니 말대로 도시 생활은 깔끔해서 좋을지 모르지만 운수가 사나워 망하기라도 하는 날엔 하루아침에 빈털터리 신세가 되는 것 아닌가요? '손해와 이득은 동전의 앞뒷면과 같다'라는 속담도 있잖아요. 오늘의 부자가 언제 알거지가 될지 누가 알겠어요? 거기에 비하면 우리들의 생활은 안전하고 확실하죠. 큰 부자는 못 될지 몰라도 굶을 일은 없으니까요."

언니가 그 말을 되받아서 말했다.

"굶을 일이 없다고? 그래서 소나 돼지처럼 살아도 좋단 말이야? 좋은 옷 한 벌 입어보지 못하고, 변변한 사교 생활도 없이? 힘들게 일하면 뭐 하니? 그래 봤자 평생 이 누추한 집을 벗어나지 못할 테고, 네 아이들도 마찬가지로 살아가게 될 텐데."

동생이 다시 입을 열었다.

"그게 우리의 방식인걸요. 대신 우리의 생활은 건전하고 자유로워요. 누구에게 굽실거릴 일도, 누군가를 두려워할 필요도 없죠. 하지만 도시 생활이란 유혹과 불안의 연속이잖아요? 오늘이 아무리 좋아도 내일은 또 무슨 일이 일어날지 모르죠. 이를테면 형부만 해도 언제 어떤 유혹에 걸려 재산을 몽땅 날리고 파산의 구렁텅이에 빠지게 될지 누가 알겠어요?"

동생의 남편 바흠이 벽난로 곁에서 자매의 이야기를 듣고 있다가 대화에 끼어들었다.

"그건 사실이죠. 우리 농부들은 어릴 때부터 어머니 품 같은 이 땅을 가꾸며 살아왔기 때문에 어리석은 짓에 한눈팔 틈이 없답니다. 다만 한 가지 아쉬운 것이 있다면 땅이 너무 적다는 거죠. 만일 나에게 원하는 만큼의 땅이 있다면

난 그 누구도 부러워하거나 두려워하지 않을 겁니다. 악마도 무섭지 않죠!"

자매는 차를 마시며 잠시 더 이야기를 나누다가 그릇을 치우고 잠자리에 들었다. 그런데 벽난로 뒤에서 악마 하나가 이들의 이야기를 빠짐없이 듣고 있었다. 농부가 아내의 말을 거들어 땅만 있으면 악마도 두렵지 않다고 큰소리치는 것을 듣고 악마는 몹시 약이 올랐다.

'좋아! 그렇다면 어디 한판 겨루어 보자. 소원하는 땅을 듬뿍 안겨주어 네놈을 홀려볼 테니까."

## 2

그 마을에 바렌카라는 애칭을 가진 여자 땅 주인이 살고 있었다. 그녀는 약 120데샤티나(약 사십만 평) 정도의 땅을 소유하고 있었는데, 이제껏 소작인들을 화나게 하거나 억울하게 하는 일 없이 서로 의좋게 지내오고 있었다.

그런데 한 퇴역 군인이 그녀의 관리인으로 들어와서는 사사건건 벌금을 매겨 농부들을 괴롭히기 시작했다. 바흠도 조심한다고 했지만, 아무리 신경을 써도 그의 말이 귀리밭을 짓밟거나 송아지들이 목초지에 들어가는 사건이 발생하곤 했다. 관리인은 그때마다 벌금을 매겼다.

 바흠은 꼬박꼬박 벌금을 물어주었지만, 그럴 때마다 애꿎은 집안사람들에게 화풀이를 하곤 했다. 새로 바뀐 관리인 때문에 파흠은 여름 동안 꽤 많은 벌금을 물었다. 그래서 가축을 우리 속에 넣어야 하는 계절이 오자 오히려 마음이 놓였다. 먹이는 부족했지만 걱정거리가 없어졌기 때문이다.

 그런데 겨울 동안 여자 지주가 땅을 팔려고 한다는 소문이 돌았다. 저택 관리인이 그 땅을 사들이려 하고 있다는 소문도 들려왔다. 소작인들은 그 소식을 듣고 한탄했다.

 "만일 땅이 그자의 손에 들어간다면, 그는 지금보다 훨씬 심한 벌금으로 우리를 못살게 굴 게 틀림없어. 우리가 그 땅 없이 산다는 건 불가능한데 말이야. 어쨌든 우리 모두는 그 땅에 살고 있으니까."

 농부들은 한꺼번에 여자 지주를 찾아가서 그 땅을 저택 관리인에게 팔지 말고 자기들에게 양도해 줄 것을 간청했다. 그들은 저택 관리인보다 더 비싼 값을 쳐주겠다고 약속했다. 이에 여자 지주는 승낙했다.

 농부들은 땅을 한꺼번에 사들일 방법을 논의했다. 그들은 계속 회의를 거듭했으나 좀처럼 결론이 나질 않았다. 악마가 훼방을 놓아 의견의 일치를 볼 수가 없었던 것이다. 결국 농부들은 각자의 능력에 맞춰 적당한 면적을 따로따로 사기로 결정했고 여자 지주도 이를 승낙했다.

바흠의 이웃 사람 하나가 20데샤티나의 땅을 샀는데 돈을 절반만 주고 나머지 절반은 1년 후에 주기로 했다는 말을 듣고 바흠은 몹시 부러운 생각이 들었다.

'동네 사람들이 땅을 모두 사버리면 나는 어떻게 되는 거지?'

그는 아내와 의논했다.

"사람들이 땅을 사들이고 있어. 우리도 10데샤티나쯤은 사야 되지 않을까? 그러지 않고는 살아갈 방도가 없어. 그 관리인이란 작자가 벌금으로 우릴 집어삼키려 드는 판이니."

부부는 땅을 살 궁리를 했다. 그들에게는 저축해 둔 돈이 100루블 정도 있었다. 거기다 망아지 한 마리와 벌통 절반을 팔고, 아들을 일꾼으로 보내 미리 돈을 받고, 처남에게도 돈을 빌려 가까스로 땅값의 절반을 마련했다. 돈이 모이자 바흠은 작은 숲이 있는 15데샤티나 정도의 땅을 골라 놓고 여자 지주를 찾아가 흥정을 하고 계약을 마친 다음 땅값의 절반은 현금으로 지불하고 나머지는 2년 후에 갚기로 약속했다.

그리하여 바흠은 마침내 자기 땅을 갖게 되었다. 그는 씨 앗을 사다가 그 땅에 뿌렸다. 첫해에 큰 풍년이 들어 1년 농사로 여자 지주와 처남에게 진 빚을 모두 갚을 수 있었 다. 이제 바흠도 명실공히 지주가 된 것이었다. 자기 땅을 갈아 씨를 뿌리고 자기 땅에서 건초를 마련하여 자기 땅에 서 땔감을 베어내고 자기 땅에서 가축을 기를 수 있게 된 것이다.

땅을 갈러 가거나, 작물의 싹이 돋아나는 밭이며 목초지를 둘러보러 나갈 때마다 바흠은 더할 나위 없이 기뻤다. 그 땅에서 피는 꽃이나 자라나는 풀들은 왠지 다른 곳에서 보 는 꽃이나 풀과는 다르게 느껴졌다. 땅은 예나 지금이나 달 라진 바가 없었지만 바흠에게는 그곳이 아주 특별한 땅이 되었다.

# 3

바흠은 기쁨으로 충만한 나날을 보냈다. 이웃 농부들이 그 의 작물이나 목초지를 짓밟는 일만 없다면 모든 것이 만족 스러웠을 것이다. 그는 제발 좀 조심해 달라고 농부들에게 부탁했다. 그러나 아무런 소용이 없었다. 풀어 놓고 키우는

118

소들이 여전히 그의 목초지를 침범했고, 때로는 우리를 뛰쳐나온 말들이 그의 경작지로 뛰어들기도 했다.

바흠은 그때마다 가축들을 달래서 몰아낼 뿐 고발하지는 않았다. 그러나 계속해서 그런 일이 일어나자 결국은 지쳐서 재판소에 고발을 하기에 이르렀다. 물론 그도 모든 문제가 땅이 워낙 좁아서 생기는 것이지, 농부들에게 나쁜 마음이 있어서는 아니라는 사실을 모르는 건 아니었다.

'그렇지만 이대로 내버려 둘 수는 없어. 계속 이런 식이면 내 땅을 다 자기네들의 방목지로 만들려고 덤빌 테니까. 절대로 그럴 순 없다는 걸 보여줘야지.'

그는 소송을 걸어 자신의 농작물에 피해를 입힌 농부에게서 벌금을 받아냈다. 그 뒤 다시 그런 일이 생기자 그는 이번에도 고발을 했고, 상대 농부는 벌금을 물었다. 이런 일이 거듭되자 이웃 농부들은 그를 흉보기 시작했고, 이젠 고의로 그의 땅을 짓밟기 시작했다. 그중 한 사람이 밤중에 그의 숲에 들어가 껍질을 얻으려고 보리수 열 그루를 베어버렸다. 다음 날 아침 바흠이 숲 근처를 지나가다 보니 뭔가 희끗희끗한 게 보였다. 가까이 다가가서 보니 껍질이 벗겨진 보리수가 여기저기 흩어져 있었으며, 잘린 밑동이 튀어나와 있었다. 바흠은 화가 머리끝까지 치밀었다.

'누군지 이 나쁜 녀석을 찾아내서 복수해줘야지.'

그는 곰곰이 생각했다.

'누가 이런 짓을 했을까? 그래, 쇼무카야! 그놈이 아니고는 이런 짓을 할 사람이 없어.'

바흠은 쇼무카의 집으로 가서 증거를 찾으려 하였으나 아무것도 찾지 못하고 말다툼만 하다가 돌아왔다. 파흠은 더욱더 쇼무카의 짓이라는 생각이 들었다. 그는 쇼무카를 고발했다. 두 사람은 법정에 출두했다. 재판은 몇 번이나 되풀이되었다. 그러나 증거가 불충분하다는 이유로 쇼무카는 결국 무죄 판결을 받았다. 바흠은 더욱 화가 나서 재판장이며 이장한테까지 행패를 부렸다.

"당신네들은 모두 도둑놈 편을 들고 있어! 당신네들이 정직하다면 도둑놈을 무죄로 석방하지 않았을 거야!"

바흠은 마을 사람들과 자주 다퉜다. 그러자 이웃들은 그의 집에 불을 질러 버리겠다고 위협했다. 바흠은 넓은 땅을 소유하게 되었으나 인심을 잃는 바람에 외톨이로 살아가는 수밖에 없었다.

이 무렵, 사람들이 새로운 땅으로 이주하려 한다는 소문이 들려왔다. 바흠은 생각했다.

"나야 이곳을 떠날 이유가 없지. 이웃들이 여길 떠나면 빈 땅이 많아질 것 아닌가. 그 땅을 사들인다면 우리 살림도 한결 나아질 거야. 이대로는 답답해서 견딜 수가 있어야 말이지."

어느 날, 그곳을 지나가던 한 농부가 바흠을 찾아왔다. 바흠은 농부를 하룻밤 재워주기로 하고 식사를 대접한 뒤 함께 세상 돌아가는 이야기를 나누었다.

바흠이 농부에게 어디서 오는 길이냐고 묻자, 농부는 그저 볼가강을 따라 내려오는 길이라면서, 자신은 지금까지 여기저기를 떠돌아다니며 일을 하고 지냈다고 대답했다. 그 농부는 자신이 일하던 곳으로 많은 사람들이 이주해 오는 것을 보았다고 말했다. 그곳에 온 사람들은 모두 조합에 가입하면 한 사람당 10데샤티나씩의 땅을 배정받았다는 것이었다.

"그런데 말입니다."

농부는 말을 이었다.

"땅이 어찌나 비옥한지 농사가 그렇게 잘될 수가 없답니다. 호밀을 심으면 말이 보이지 않을 정도로 쑥쑥 자라는데, 이게 또 어찌나 실한지 다섯 움큼으로 한 다발이 될 정도지요. 어떤 농부는 빈손으로 왔다가 지금은 말 여섯 필에 암소를 두 마리나 기르게 되었답니다."

바흠의 마음은 뜨겁게 달아올랐다.

'그렇게 살기 좋은 땅을 두고 이 좁은 곳에서 고생할 필요가 있을까? 땅과 말을 팔아 당장 그곳으로 가는 거야. 이렇게 비좁은 땅에서 살다 보면 공연한 죄나 짓게 될 뿐이지. 우선 가서 그곳 사정을 알아본 뒤에 이사를 해야겠다.'

여름이 되자 그는 그곳을 향해 떠났다. 사마라까지는 볼가강을 따라 증기선을 타고 내려갔고, 그 후에는 4백 킬로미터를 걸어갔다. 목적지에 도착해서 보니 모든 것이 들은 대로였다. 농부들은 각자 10데샤티나씩의 땅을 받아 풍족하게 살고 있었으며, 모두 조합에 가입해 있었다. 그뿐만 아니라 돈만 있으면 받은 땅 이외에도 1데샤티나당 3루블 정도에 좋은 땅을 얼마든지 살 수 있다는 것이었다.

모든 사정을 자세히 살펴본 파흠은 가을이 되자 집으로 돌아와 재산을 정리하기 시작했다. 그는 자기 땅을 좋은 값에 팔았으며 집과 가축도 매각했다. 그리고 마을 조합에서도 탈퇴한 뒤 봄이 되자 가족을 데리고 새로운 땅으로 떠났다.

# 4

바흠은 가족과 함께 새로운 땅으로 이주했다. 그리고 어느 큰 마을의 조합에 가입하기로 했다. 그는 마을 어른들을 초대하여 보드카를 대접하고 필요한 서류들을 준비했다. 얼마 후 그는 조합원이 되었고 다섯 명의 가족에 대한 50데샤티나의 땅과 목장을 받았다. 이제 그가 가진 토지는 이전의 세 배가 되었고 땅도 기름졌다. 살림은 이전보다 열 배는 나아졌다. 그는 충분한 경작지와 목장을 소유했으며 가축도 얼마든지 기를 수 있었다.

 처음에는 모든 것이 만족스럽기만 했다. 그러나 차츰 생활이 안정되고 살림이 불어나자 이곳도 역시 비좁게 생각되기 시작했다.

 이주한 첫해에 그는 밀을 심었다. 농사는 풍년이었다. 그런데도 그는 더 많은 밀을 심고 싶었다. 그러나 가진 땅만으로는 부족했다. 또 밀을 심기에는 적합하지 않은 땅도 있었다. 이 지역에서는 밀을 비어 있는 땅에 심는데 그런 땅은 1년이나 2년 농사를 짓고는 다시 잡초가 자랄 때까지 휴경지로 묵혀 둔 땅이었다.

 이런 땅은 원하는 사람이 많기 때문에 차지하기가 쉽지 않았다. 그래서 그 땅 때문에 곧잘 싸움이 일어나기도 했다. 돈이 많은 사람도 적은 사람도 모두 그런 땅을 갖길 원했다. 그러다 보니 가난한 사람들은 으레 상인들한테 빚을 지기 마련이었다.

바흠은 가능한 많은 밀을 심고 싶었다. 그래서 이듬해에는 상인을 찾아가 1년 기한으로 땅을 빌렸다. 그는 더 많은 밀을 심었다. 밀은 잘 자랐다. 그러나 밀을 심은 곳으로 가기 위해서는 마을에서 15킬로미터 정도를 걸어야 했다. 그는 주변의 농부들이 농사를 지으면서 한편으론 장사에도 손을 대 많은 돈을 버는 것을 보고 생각했다.

'나도 저 사람들처럼 땅을 살 수만 있다면 지금보다 한결 형편이 나아질 텐데.'

그래서 바흠은 무슨 수를 써서라도 땅을 자기 것으로 만들겠다고 마음먹었다. 어느덧 3년이 흘렀다. 그는 더 많은 땅을 빌려 더 많은 밀을 심었다. 해마다 풍년이 들었고 돈도 남부럽지 않게 많이 모았다.

이제 살아가는 데는 아무런 걱정이 없었다. 그러나 바흠은 해마다 남의 땅을 빌려 농사를 지어야 하는 것이 못마땅했다. 어디에 조금이라도 좋은 땅이 있다는 소리가 들리면 그곳 농부들이 이내 달려가서 몽땅 차지하곤 했다. 우물쭈물 하다가 땅을 빌리지 못하면 한 해 농사를 공치는 수밖에 없었다.

3년째 되던 해에 바흠은 한 상인과 공동으로 농부들로부터 목초지를 빌렸다. 그러나 목초지를 개간해서 경작을 마쳤을 때 농부들이 소송을 제기하는 바람에 한 해 농사가 헛일이 되고 말았다. 그는 생각했다.

'이게 만일 내 땅이라면 누구한테 머리를 숙일 필요도 없고 불쾌한 꼴을 당할 필요도 없을 텐데.'

그래서 영구히 사들일 땅을 찾고 있던 중에 바흠은 한 농부를 만났다. 그 농부는 500데샤티나의 땅을 갖고 있었는데 파산을 하여 사정이 급한 탓에 아주 싸게 판다는 것이었다. 바흠은 그 농부와 여러 차례 흥정을 한 끝에 1,500루블로 값을 정하고 절반은 현금으로 지불하며 나머지 반은 후불로 한다는 조건으로 계약을 했다.

일이 마무리 단계에 들어섰을 즈음, 지나가던 상인 하나가 바흠의 집에 방문했다. 두 사람은 차를 마시며 세상 돌아가는 이야기를 주고받았다. 상인은 그곳에서 멀리 떨어진 바시키르에서 오는 길이라고 했다. 그는 바시키르에서 그곳 주민들로부터 5,000데샤티나의 땅을 샀는데 땅값은 겨우 1,000루블밖에 되지 않았다고 말했다. 바흠이 궁금해서 이것저것 물어보자 상인은 설명했다.

"그저 노인들의 기분만 잘 맞춰주면 됩니다. 나는 옷과 양탄자를 100루블 정도 사서 나눠 주고 그 밖에 차 한 상자와 술을 대접했죠. 그리고 1데샤티나당 20코페이카라는 헐값에 그 땅을 손에 넣은 거죠."

그러면서 그는 땅문서를 보여주었다.

"이 땅은 작은 강을 끼고 있는데 풀로 뒤덮인 넓은 들판이랍니다."

바흠이 이것저것 더 묻자 상인은 자세히 대답했다.

"그 땅은 1년을 걸어도 다 돌지 못할 겁니다. 그게 모두 바시키르 사람들의 땅이지요. 그 사람들은 양같이 순해서 거의 공짜로 땅을 살 수 있어요."

상인의 말을 듣고 파흠은 생각했다.

'그렇다면 500데샤티나의 땅을 1,000루블이나 주고, 게다가 외상까지 질 필요가 있을까? 그곳에 가면 1,000루블을 가지고도 땅을 얼마든지 살 수 있을 텐데!'

# 5

바흠은 그곳으로 가는 길을 자세히 물었다. 그리고 상인이 떠나자마자 자신도 떠날 채비를 했다. 그는 집안일을 아내에게 맡기고 일꾼 한 사람을 데리고 출발했다.

도중에 그는 작은 도시에 들러 상인이 말한 대로 차 한 상

자와 선물들과 술을 샀다. 그리고 다시 길을 서둘러 500킬
로미터 이상 갔다. 7일 만에 두 사람은 바시키르 사람들의
유목지에 도착했다.

 모든 것이 상인이 말한 그대로였다. 바시키르 사람들은 작
은 강을 따라 펼쳐진 넓은 초원에서 펠트 천으로 천막을 치
고 생활하고 있었다. 그들은 스스로 땅을 경작하지도 않았
고 빵을 먹지도 않았다. 넓은 초원에는 가축들이 무리 지어
풀을 뜯고 있었으며 말들도 무리를 지어 뛰어놀고 있었다.

 천막 뒤에는 망아지들이 매여 있었는데 하루에 두 번씩
암말을 데리고 와 젖을 먹였다. 아낙네들은 말 젖으로 마유
주를 만들었고 이것을 휘저어 치즈를 만들기도 했다. 바시
키르 남자들이 하는 일이란 마유주를 마시며 양고기를 먹고
피리를 부는 것뿐이었다. 사람들은 모두 정중하고 쾌활했으
며 여름에는 매일 축제와 같은 기분으로 지내고 있었다. 모
두들 문맹이어서 러시아 말도 할 줄 몰랐지만 하나같이 매
우 친절했다.

 바흠을 보자 바시키르 사람들이 몰려나와 그 주위를 에워
쌌다. 그중에서 러시아 말을 할 줄 아는 사람이 나와 인사
를 했다. 바흠은 땅을 좀 살까 해서 왔다고 말했다.

 사람들은 매우 기뻐하며 바흠을 바닥에 양탄자가 깔려 있

는 훌륭한 천막으로 안내했다. 그들은 그를 양털 방석 위에 앉히고 마유주와 차를 권했다. 또한 양을 잡아 양고기를 대접했다.

바흠은 선물을 꺼내서 그들에게 나누어주었다. 바시키르 사람들은 좋아서 어쩔 줄 몰라 했다. 그들은 자기네끼리 왁자지껄 떠들어 대다가 무어라 이야기하자 러시아 말을 할 줄 아는 통역이 이렇게 말했다.

"당신이 자기들 마음에 들었다는 말을 해달라는군요. 그리고 우리네 관습에 따라 당신의 선물에 대한 답례를 하고 싶으니 우리의 소유물 가운데서 원하시는 것이 있으면 무엇이든 말씀하시랍니다."

바흠이 말했다.

"당신네들이 가진 것 중에서 다른 무엇보다도 땅을 조금 얻었으면 합니다. 제가 살던 곳은 땅이 워낙 부족해서요. 게다가 너무 많이 경작하여 이젠 아주 황폐해져 버렸답니다. 그런데 당신네는 땅이 아주 많군요. 토질도 아주 비옥하고요. 저는 일찍이 이렇게 좋은 땅을 본 적이 없습니다."

통역이 바흠의 말을 옮기자 바시키르 사람들은 서로 의논을 했다. 바흠은 그들이 뭐라고 하는지 전혀 알아들을 수가 없었다. 그러나 큰 소리로 웃고 떠들며 이야기하는 모습으로 보아 매우 즐거워하고 있다는 것은 알 수 있었다. 마침내 그들은 의논을 멈추고 바흠을 바라보았다. 통역이 말했다.

"이 사람들은 당신의 친절에 보답하기 위해 기꺼이 당신이 원하시는 만큼의 땅을 드리겠답니다. 말씀만 하세요. 그러면 원하시는 땅을 드리겠습니다."

사람들은 다시 뭔가를 의논하기 시작했다. 그러다가 차츰 목소리가 높아지더니 한바탕 언쟁이 벌어졌다. 바흠은 그들이 무슨 일로 다투고 있는지 물어보았다. 통역이 설명해 주었다.

"몇몇 사람들이 땅에 관한 일은 촌장에게 물어봐야 하며, 촌장의 말을 들어보지 않고 결정할 수 없다고 주장하고 있어요. 또 다른 몇몇은 촌장의 승낙 없이도 땅을 줄 수 있다는 의견이고."

# 6

바시키르 사람들은 계속 다투고 있었다. 이때 여우털 모자를 쓴 사람이 들어왔다. 떠들던 사람들은 조용해졌다. 통역이 말했다.

"이분이 촌장이십니다."

바흠은 얼른 자리에서 일어나 가지고 온 선물 중에서 제일 좋은 옷과 차를 꺼내 촌장에게 주었다. 촌장은 그것을 받아 들고 윗자리에 앉았다. 바시키르 인들이 그에게 지금까지의 일을 이야기했다. 촌장은 주의 깊게 듣고 있다가 조용히 하라는 뜻으로 사람들을 향해 고개를 끄덕여 보이고는 러시아어로 바흠에게 말했다.

"좋습니다. 어디든 당신이 원하시는 땅을 가지십시오. 여긴 땅이 얼마든지 있으니까요."

바흠은 생각했다.

'원하는 대로 얼마든지 가지라고 하는데 어떻게 가져야 좋지? 어쨌든 확실히 해둘 필요가 있어. 그렇지 않으면 내 땅이라 해놓고 나중에 도로 빼앗아 갈지 모르니까.'

그래서 바흠은 이렇게 말했다.

"친절하게 말씀해 주셔서 감사합니다. 여긴 정말 땅이 넓 군요. 하지만 제게 필요한 건 그저 농사지을 조그마한 땅입니다. 다만 어느 것이 제 땅인지, 그 점을 분명히 해두고 싶군요. 하나님께서도 생명을 주셨다가 곧 거두어 가시지요. 당신들은 좋은 분들이니까 땅을 주겠다고 하시지만 언젠가 당신들의 후손이 땅을 도로 빼앗아 갈지도 모르는 일 아닙니까?"

"옳은 말입니다. 그렇게 해드리지요."

촌장이 대답하자 바흠이 다시 말했다.

"일전에 당신들은 한 상인에게 땅을 팔면서 땅문서를 만들어 주셨다 들었습니다. 저도 그와 같이 해주시면 고맙겠습니다."

촌장은 바흠의 말을 받아들였다.

"그건 어렵지 않은 일입니다. 여기도 서기가 있으니까 도시로 나가 정식으로 문서를 작성하도록 하시지요."

"땅값은 어떻게 되나요?"

바흠이 물었다.

"가격은 일정합니다. 하루당 1,000루블이지요."

바흠은 그 말뜻을 이해할 수 없었다.

"하루당이라면 몇 데샤티나를 말하는 겁니까?"

촌장이 말했다.

"우리는 그런 식으로 계산하지 않습니다. 언제나 하루치로 계산을 해서 땅을 팔지요. 하루 동안에 당신이 돌아본 곳 전부가 당신의 땅이라는 뜻입니다. 그 하루당 가격이 1,000루블이지요."

바흠은 깜짝 놀라서 말했다.

"하루 종일 돌아본다면 상당히 넓은 땅이 될 텐데요."

그 말을 듣고 촌장은 웃으며 대꾸했다.

"어쨌든 그 전부가 당신의 땅이 되는 것입니다. 다만 거기에는 한 가지 조건이 따르지요. 해 지기 전까지 출발한 장소로 되돌아오지 못하면 당신은 땅도 갖지 못하고 돈을 되돌려 받을 수도 없다는 것입니다."

"제가 돌아본 땅을 어떻게 표시하지요?"

바흠이 물었다.

"당신이 마음에 들어 하는 곳에 우리가 같이 가서 서 있을 겁니다. 당신은 거기서 출발해서 한 바퀴 돌아오면 됩니다. 갈 때 괭이 하나를 가지고 가서 적당한 곳에 표시해두세요. 구부러지는 지점에 구덩이를 파고 나무나 풀을 두면 나중에 우리가 구덩이와 구덩이 사이를 연결하면 되니까요. 어떤 식으로 돌아오든 그건 당신의 자유입니다. 다만 해가 지기 전까지는 반드시 돌아와야 한다는 걸 잊지 마십시오. 그렇게 해서 원 안에 들어간 땅은 모두 당신의 소유가 되는 것입니다."

바흠은 뛸 듯이 기뻤다. 그들은 다음 날 아침 일찍 출발하기로 하고 다시 이런저런 이야기를 나누며 양고기를 먹고 술을 마셨다. 그러는 동안 날이 저물었다. 사람들은 바흠을 위해 포근한 털 이불을 마련해 준 다음 각자의 텐트로 돌아갔다. 그들은 다음 날 아침 해 뜰 무렵 출발 지점에 모이기로 약속했다.

# 7

바흠은 자리에 누웠다. 그러나 땅에 관한 생각 때문에 좀처럼 잠을 이룰 수가 없었다.

'할 수 있는 한 멀리 돌아와야지. 하루에 50킬로미터는 충분히 걸을 수 있어. 둘레 50킬로미터라면 굉장한 땅 아닌가? 그중 신통치 않은 부분은 팔거나 농부들에게 빌려주면 될 거야. 제일 좋은 땅을 골라 거기 정착해야지. 소 두 마리가 끄는 쟁기를 사고 일꾼도 두 명 정도는 필요할 거야. 50데샤티나 정도만 농사를 짓고 나머지는 가축을 놓고 키울 목초지로 삼아야지."

바흠은 밤새도록 잠을 이루지 못하다가 새벽녘에 깜빡 졸았다. 잠에 빠지자마자 꿈을 꾸었는데, 그는 텐트 안에 드러누운 채 누군가가 텐트 밖에서 낄낄거리는 소리에 귀를 기울이고 있었다. 그는 웃는 사람이 누군지 궁금해서 자리에서 일어나 밖으로 나갔다. 바시키르 사람들의 촌장이 텐트 밖에 주저앉아 무엇이 우스운지 배를 움켜쥔 채 낄낄대고 있었다. 그는 촌장에게 다가가서 물었다.

"무슨 일로 그렇게 웃고 계십니까?"

그런데 다시 보니 그는 촌장이 아니라 이전에 자기 집에 들러 이곳의 땅 이야기를 해 준 그 상인이었다.

"아니, 언제부터 여기 와 있었소?"

바흠이 말을 건넨 순간, 상인은 어느새 볼가강 부근에서 일했다던 그 농부의 모습으로 변해 있었다. 그러나 다시 살펴보니 농부의 모습은 사라지고 뿔 달린 악마 하나가 그곳에 앉아 낄낄거리며 웃고 있었다. 그 앞에는 속옷 바람에 맨발인 남자 하나가 쓰러져 있었다. 바흠은 조심스럽게 남자를 살펴보았다. 남자는 이미 죽어 있었는데 놀랍게도 그는 다름 아닌 바흠 자신이었다. 바흠은 깜짝 놀라 눈을 번쩍 떴다. 그것은 꿈이었다.

"뭐 이런 꿈을 꾼 거지?"

중얼거리며 열린 문틈으로 밖을 내다보니 벌써 날이 밝아 오고 있었다.

"출발할 시간이군. 사람들을 깨워야겠어."

바흠은 자리에서 일어나 자고 있는 일꾼들을 깨워 출발 준비를 하라고 말한 후 자신은 바시키르 사람들을 깨우러 갔다.

"일어나세요. 땅을 정하러 나갈 시간이 됐습니다."

바시키르 사람들이 일어나 하나둘씩 모여들었다. 조금 있으니 촌장도 왔다. 바시키르 사람들은 언제나처럼 마유주를 마시는 것으로 하루를 시작했다. 그들은 바흠이 자기들에게 차를 대접해 주기를 원했지만 바흠으로서는 그렇게 한가히 앉아 있을 시간이 없었다.

"서두릅시다. 출발할 시간이 됐습니다."

# 8

바시키르 사람들은 말이나 마차를 타고 출발했다. 바흠은 괭이를 챙기고 자기가 데리고 온 일꾼과 함께 자신의 마차를 타고 출발했다. 초원에 도착하자 날이 밝았다. 일행은 바시키르 말로 '시칸'이라 불리는 작은 언덕에 도착했다. 사람들은 각자 타고 온 말이나 마차에서 내려 한곳에 모였다. 촌장이 바흠에게 다가와 손으로 초원을 가리켜 보이면서 말했다.

"지금 보시는 모든 땅이 우리 소유입니다. 그러니 마음대로 좋은 곳을 고르세요."

바흠의 두 눈은 활활 타올랐다. 눈 앞에 펼쳐진 땅은 온통 무성한 풀로 덮여 있었고 손바닥처럼 평평하며 거무스름했다. 움푹한 곳에는 가슴 높이 정도의 키가 큰 풀들이 빽빽이 우거져 있었다. 촌장이 여우털 모자를 벗어 땅바닥에 내려놓으며 말했다.

"여기가 출발점입니다. 이곳에서 출발해서 이곳으로 돌아오세요. 당신이 보고 돌아온 곳은 모두 당신의 땅이 되는 겁니다."

바흠은 돈을 꺼내 그 모자 속에 넣었다. 그리고 카프탄(띠가 달린 깃 웃옷)을 벗고 조끼 차림에 가죽띠를 단단하게 배에 졸라매었다. 빵이 든 작은 주머니는 목에 걸고 물병은 허리띠에 묶고 신발 끈을 단단하게 조인 다음 일꾼에게서 괭이를 받아 출발 준비를 끝냈다.

그는 어느 쪽으로 가는 게 좋을지 곰곰이 생각했다. 사실 어느 쪽이나 다 좋은 땅이었으므로 어디로 가든 마찬가지였다. 그는 동쪽을 향해 가볍게 제자리걸음을 하면서 해가 떠오르기를 기다렸다.

'절대로 시간을 낭비해선 안 돼. 오전 중 선선한 시간에 많이 걸어 두어야지.'

지평선 위로 해가 떠오르자 바흠은 괭이를 둘러메고 초원을 향해 걷기 시작했다. 그는 빠르지도 느리지도 않은 속도로 걸었다. 1킬로미터쯤 가서 걸음을 멈추고 괭이로 작은 구덩이를 파고 또 가다가 구덩이를 파고 하면서 그는 쉬지 않고 걸었다.

한참 가다가 바흠은 뒤를 돌아보았다. 햇볕 아래 시칸 언덕이 또렷이 보였다. 그 위에 모여 서 있는 사람들의 모습이 보였고 쇠로 만든 마차 바퀴가 햇살을 받아 번쩍이는 것도 보였다. 그는 이제 5킬러미터쯤 걸었을 것이라 생각했다. 날이 상당히 더워져서 그는 조끼를 벗어 어깨에 둘러메고 다시 걸음을 재촉했다. 날씨는 점점 더 무더워졌다. 그는 태양을 올려다보았다. 벌써 아침식사를 할 시간이었다.

"4분의 1은 걸은 셈이군. 하지만 방향을 돌리기는 아직 좀 이른 감이 드는걸. 장화나 벗고 조금 더 걸어야지."

그는 장화를 벗어 허리띠에 매달고 계속 걸었다. 신발을 벗으니 걷기가 한결 수월했다. 그는 중얼거렸다.

"이대로 5킬로미터만 더 가서 왼쪽으로 돌아가야지. 여기 땅은 정말 훌륭한데. 이런 땅을 포기하기는 너무 아깝단 말이야."

앞으로 나아갈수록 땅은 점점 더 좋아졌다. 그래서 그는 방향을 바꾸지 못하고 계속해서 걸어갔다. 한참을 가다가 뒤를 돌아보니 이제는 시칸 언덕이 거의 보이지 않았다. 사람들은 개미처럼 보였고, 무엇인가 보일 듯 말 듯 반짝거렸다.

"됐어. 이쪽은 이 정도면 충분하겠지. 이쯤에서 방향을 돌려볼까? 이런, 땀을 너무 많이 흘렸군. 물을 좀 마셔야지."

바흠은 걸음을 멈추고 구덩이를 파서 잔디를 넣은 다음 물통 뚜껑을 열어 물을 마셨다. 그러고는 왼쪽으로 방향을 꺾어 다시 걷기 시작했다. 그는 걷고 또 걸었다. 풀은 점점 더 무성해지고 날씨는 더욱 무더워졌다. 그는 피곤함을 느끼기 시작했다. 태양을 올려다보니 그새 점심때였다.

"좋아. 조금 쉬었다 가자."

그는 땅바닥에 주저앉았다. 그러나 누울 생각은 없었다.

"누웠다간 그대로 잠들어 버릴지도 모르니까."

잠시 앉았다가 그는 또다시 걷기 시작했다. 아까보단 걷기가 조금 나아진 것 같았다. 점심을 먹은 덕분에 기력이 어느 정도 회복된 덕이었다. 그러나 이제 날은 점점 더 무더워지고 있었다. 어느덧 해가 기울기 시작했다. 그러나 그는 걸음을 멈추지 않았다.

"한 시간만 더 견디자. 그걸로 평생의 이득을 버는 셈이니까."

그는 계속해서 같은 방향으로 걸어갔다. 그러다가 마침내 왼쪽으로 돌아가야겠다고 생각한 순간, 눈앞에 촉촉한 저지대가 나타났다. 그 땅을 버리기는 너무 아깝다는 생각이 들어 그는 계속 앞으로 나아갔다. 이윽고 그 땅의 가장자리에 이르러서야 그는 구멍을 파서 표시를 한 다음 두 번째로 방향을 틀었다.

바흠은 시칸 언덕 쪽을 돌아보았다. 땅에서 피어오른 열기 때문에 아른거리는 대기 속으로 저 멀리 시칸 언덕 위의 사람들은 거의 보이지 않았다.

"좋아. 이쪽은 충분히 잡았으니 이번엔 좀 짧게 잡아야지."

그는 세 번째 방향을 향해 걸음을 재촉했다. 해는 벌써 서쪽으로 떨어져가고 있었다. 세 번째로 방향을 꺾은 후 겨우 2킬로미터밖에 걷지 못한 상태였다. 출발점까지는 아직 15킬로미터나 남아 있었다.

"땅 모양이 삐뚤어져도 이젠 곧바로 가야겠다. 더 가지려고 해서는 안 돼. 땅은 이만하면 충분해."

바흠은 급히 구덩이를 파고 곧바로 시칸 언덕을 향해 걷기 시작했다.

# 9

시칸 언덕을 향해 걸어가는 바흠은 이미 지칠 대로 지친 상태였다. 몸은 땀으로 뒤범벅이 되었고 다리는 상처투성이였으며 기운이 다 빠져 발을 떼기조차 힘들었다. 잠시라도 걸음을 멈추고 숨을 돌리고 싶었으나 그럴 수는 없었다. 부지런히 걸어도 해가 지기 전에 도착하기 빠듯했다. 태양은 잠시도 기다려 주지 않고 뉘엿뉘엿 넘어가고 있었다.

"아, 내가 잘못한 게 아닐까? 너무 욕심을 부린 것이 아닐까?"

그는 혼자 중얼거리며 시칸 언덕을 바라보았다. 지는 햇살 아래 언덕이 희미하게 보였다. 갈 길은 아직 멀었는데 해는 벌써 지평선 위에까지 내려와 있었다.

바흠은 더욱 서둘렀다. 금방이라도 쓰러질 것처럼 피곤했지만 걸음을 늦추지 않고 길을 재촉했다. 그는 걷고 또 걸었다. 그러나 언덕까지는 여전히 멀기만 했다. 그는 조끼와 장화의 물통을 벗어던지고 괭이를 지팡이 삼아 걸었다. 그는 다시 혼잣말을 중얼거렸다.

"내가 너무 욕심을 부렸어. 욕심 때문에 일을 망친 거야. 해가 지기 전에 저곳까지 간다는 건 도저히 불가능해."

이런 생각을 하자 숨이 더욱 거칠어졌다. 그는 달리기 시작했다. 땀에 젖은 옷이 몸에 찰싹 달라붙었고 입안은 바싹 바싹 타들어갔다. 가슴은 대장간의 풀무처럼 부풀어 오르고 심장은 망치질하듯 두근거렸으며 다리는 자신의 것이 아닌 것처럼 흐느적대는 것이 당장이라도 쓰러질 것만 같았다.

"그렇게 달려왔는데 여기서 멈춰 버린다면 다들 나를 바보라고 하겠지."

그는 이를 악물고 달리고 또 달렸다. 이제 목적지까지 얼마 남지 않은 것 같았다. 바시키르 사람들이 외치는 소리가 들렸다. 그들의 고함 소리를 듣자 그의 심장 고동은 더욱 격렬해졌다. 바흠은 젖 먹던 힘까지 다하여 계속 달렸다. 태양은 이미 지평선에 기울어 안개 속으로 얼굴을 감추고, 핏빛의 거대한 구슬 같은 빛덩이로만 남아 있었다. 해가 넘어가는 찰나였다. 이제 출발점은 손을 뻗으면 잡힐 듯이 가깝게 보였다. 사람들이 언덕 위에 서서 그를 향해 손을 흔들고 있는 것이 보였다. 그는 땅바닥에 놓인 여우털 모자와 그 안에 들어 있는 돈까지 볼 수 있었다. 두 손으로 배를 움켜잡고 땅바닥에 앉아 있는 촌장의 모습도 눈에 들어왔다. 바흠은 새벽녘의 꿈을 떠올렸다.

"많은 땅을 차지했지만 하나님은 내가 그 땅에서 사는 걸

허락해 주시지 않을 모양이야. 나는 스스로를 파멸시켰어. 도저히 저기까지 갈 수 없을 것 같아."

바흠은 태양을 힐끗 올려다보았다. 해는 이미 땅속으로 들어가 형체가 보이지 않았고 마지막 둥그스름한 부분마저 이내 지평선 너머로 사라지고 말았다. 바흠은 안간힘을 쓰며 두 발을 번갈아 내디뎠다. 몸은 이미 앞으로 기울어지고 있었으나 두 다리가 겨우 쓰러지는 것을 막아주고 있었다.

마침내 그는 시칸 언덕에 도착했다. 바로 그 순간, 주위가 갑자기 어두워졌다. 그는 해가 완전히 사라졌음을 알았다. 바흠은 신음 소리를 냈다.

'모든 것이 헛일이 되고 말았구나.'

그가 포기하고 멈춰 서려는 순간 바시키르 사람들이 외치는 소리가 들렸다. 그가 서 있는 곳에서 보면 해가 진 것 같지만 언덕 위에는 아직 햇살이 남아 있었던 것이다.

그는 정신을 가다듬어 시칸 언덕 위로 달려 올라갔다. 그 작은 언덕 위에는 아직도 빛이 비치고 있었다. 바흠은 모자가 놓여 있는 곳으로 달려갔다. 모자 앞에는 촌장이 배를 움켜잡고 웃으며 앉아 있었다. 바흠은 새벽에 꾸었던 꿈을 떠올리며 신음을 토했다.

"아아!"

그는 더 이상 버티지 못하고 앞으로 털썩 쓰러지면서 모자를 향해 손을 뻗었다. 촌장이 소리쳤다.

"참으로 훌륭하오! 당신은 정말 좋은 땅을 차지했소."

바흠의 일꾼이 달려들어 주인을 부축하려 했다. 그러나 바흠의 입에서는 피가 쏟아졌다. 그는 마침내 숨을 거둔 것이었다. 바시키르 사람들은 안됐다는 듯 혀를 끌끌 찼다.

일꾼이 괭이를 들어 바흠을 위해 구덩이를 팠다. 그 구덩이의 길이는 바흠의 머리끝에서 발끝까지의 키와 같은 3아르신(약 2미터)에 불과했으며 바흠은 거기에 묻혔다.

달걀만 한 씨앗

어느 날 아이들이 놀다가 산골짜기에서 씨앗처럼 생긴 것을 주웠다. 그것은 가운데 길게 줄이 있었고 달걀 정도의 크기였다. 마침 그곳을 지나가던 사람이 그것을 신기하게 보고 아이들에게 10코페이카를 주고 샀다. 그는 그것을 도시로 가지고 와서 왕에게 바쳤다.

왕은 학자들을 불러 모아 그들에게 그것이 무엇인지 알아보라고 명령했다. 학자들은 여러 번 조사하고 연구했지만, 그것이 무엇인지 도저히 알 수 없었다. 그러던 어느 날 그 물건을 창문 위에 올려놓았는데 암탉이 날아와서 그것을 쪼아 구멍을 내고 말았다. 그제야 학자들은 그것이 호밀 씨앗인 줄 알게 되었고 왕에게 달려가 말했다.

"이것은 호밀 씨앗입니다."

학자들의 말에 왕은 깜짝 놀랐다. 왕은 이런 큰 씨앗이 언제 어디에서 생겼는지 알아보라고 학자들에게 명령했다. 학자들은 수많은 문헌을 찾아보며 조사했지만, 출처를 알 수 없었다. 학자들은 왕에게 말했다.

"저희는 도저히 알아낼 수가 없습니다. 어떤 책에도 이런 씨앗에 대해서 쓰여 있지 않습니다. 그러니 농부들에게 한 번 물어봐야 할 듯합니다. 씨앗이 언제 어디에서 이 정도의 크기로 자랐는지 조상들에게 들어서 알고 있는 농부가 있을

지도 모릅니다."

그래서 왕은 나이가 많은 농부를 불러오도록 명령했다. 신하들이 농부 한 사람을 데리고 왔다. 그 농부는 늙어서 허리도 꼬부라지고 얼굴엔 병색이 완연하였으며 치아도 모두 빠져 있었다. 늙은 농부는 두 지팡이에 의지하여 겨우 비틀거리며 왕 앞에 들어왔다.

왕은 늙은 농부에게 큰 씨앗을 보여주었다. 농부는 눈이 어두워 씨앗을 제대로 보지 못했다. 그래서 농부는 씨앗을 손으로 만지작거렸다. 왕이 농부에게 물었다.

"그 씨앗이 언제 어디에서 생겼는지 알겠는가? 혹시 그런 씨앗을 밭에 뿌려 본 적이 있는가? 아니면 그런 씨앗을 시장에서 사 본 적이 있는가?"

늙은 농부는 귀가 어두워서 왕의 말을 잘 알아듣지 못했다. 몇 번을 말하자 겨우 알아들은 늙은 농부는 대답했다.

"아닙니다. 저는 밭에 이런 씨앗을 뿌려 본 적도 없고 거두어들인 적도 없습니다. 게다가 이런 씨앗을 사 본 적도 없습니다. 제가 호밀을 살 때도 씨앗 크기는 이렇지 않았습니다. 그러니 저희 아버지에게 한번 여쭈어봐야겠습니다. 어쩌면 아버지는 이 씨앗이 어디에서 생겼는지 알지도 모릅니다."

그래서 왕은 신하를 시켜 늙은 농부의 아버지를 불러왔다. 늙은 농부의 아버지는 지팡이를 하나만 짚고 들어왔다. 왕은 노인에게 큰 씨앗을 보여주었다. 노인은 아직 눈이 밝은지 씨앗을 잘 알아보았다. 그래서 왕은 노인에게 물었다.

"이런 씨앗이 어디에서 생겼는지 알고 있는가? 혹시 이런 씨앗을 밭에 심거나 시장에서 사본 적이 있는가?"

노인은 귀가 좀 어두웠으나 아들보다는 잘 알아들었다.

"아닙니다. 이런 큰 씨앗은 제 밭에 심어본 적도 없고, 수확해 본 적도 없습니다. 게다가 사 본 일은 더욱 없습니다. 왜냐하면 제가 젊었을 때는 돈이란 것을 사용하지 않았으니까요. 모두가 필요한 곡식만을 심었고 없는 것이 있으면 서로 바꾸어 썼습니다. 이런 씨앗이 어디에서 생겼는지 저도 잘 모릅니다. 물론 씨앗이 지금보다는 컸지만 이렇게 큰 것은 보지 못했습니다. 하지만 제 아버지 시대에는 훨씬 큰 씨앗을 심고 거두었다는 이야기를 들은 적이 있습니다. 제 아버지에게 물어보시는 것이 좋을 듯합니다."

그래서 왕은 다시 그 노인의 아버지를 찾아오도록 했다. 신하들은 그 노인을 찾아서 왕 앞으로 데리고 왔다.

그 노인은 지팡이를 짚지 않고 가벼운 발걸음으로 들어왔다. 두 눈도 밝았고 귀도 잘 들렸으며, 말소리도 또렷했다.

왕은 그 노인에게 큰 씨앗을 보여주었다. 노인은 그 씨앗을 살펴보고 이리저리 만져 보더니 대답했다.

"이렇게 좋은 씨앗은 참으로 오랜만에 보았습니다."

그러고 나서 노인은 그 씨앗을 깨물어 보더니 말했다.

"제가 알고 있는 호밀 씨앗이 맞습니다."

왕은 기쁜 표정을 지으며 물었다.

"그럼 이 씨앗이 언제 어디에서 생겼는지도 알고 있을 테니 말해보게."

노인이 대답했다.

"이런 큰 씨앗은 제가 젊었을 때에는 어디에서나 있었습니다. 그래서 이런 씨앗에서 자란 호밀을 먹고 살았고 또 다른 사람들도 마찬가지였습니다. 제가 젊었을 땐 직접 이런 호밀을 심고 수확했습니다."

왕은 다시 물었다.

"노인의 밭은 어디인가? 이런 씨앗을 어디에서 길러 왔는가?"

"제 밭은 하나님의 땅이었습니다. 쟁기질을 하는 곳은 어디나 제 밭이었습니다. 땅 주인이 따로 없었습니다. 누구도 자기만의 땅이라 주장하는 사람이 없었습니다. 다만 직접 심고 거두는 노동만을 내 것이라 말할 수 있었습니다."

왕이 물었다.

"그럼 두 가지만 묻겠네. 하나는 왜 옛날에는 이런 씨앗이 있었는데 지금은 없는가? 두 번째는 당신의 손자와 아들은 지팡이를 짚고 눈도 귀도 어두웠는데 당신은 이리 건강한 이유가 무엇인가? 어떻게 그럴 수 있는가?"

노인이 대답했다.

"그 이유는 단순합니다. 사람들이 자기 노동으로 살아가지 않고, 다른 사람들의 노동에 의지하여 살려고 하기 때문입니다. 그때는 사람들이 자기 것만 가지고 살았고 다른 사람 것은 탐내지 않았습니다. 이유라면 바로 그것이지요."

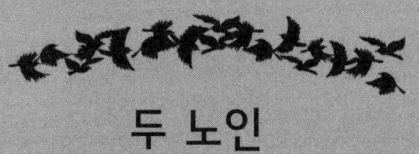

두 노인

여자가 이르되 주여 내가 보니 선지자로소이다. 우리 조상들은 이 산에서 예배하였는데 당신들의 말은 예배할 곳이 예루살렘에 있다 하더이다. 예수께서 이르시되 여자여 내 말을 믿으라. 이 산에서도 말고 예루살렘에서도 말고 너희가 아버지께 예배할 때가 이르리라. 너희는 알지 못하는 것을 예배하고 우리는 아는 것을 예배하노니 이는 구원이 유대인에게서 남이라. 아버지께 참되게 예배하는 자들은 영과 진리로 예배할 때가 오나니 곧 이때라. 아버지께서는 자기에게 이렇게 예배하는 자들을 찾으시느니라(요한복음 4:19~23)

# 1

두 노인이 옛 예루살렘으로 순례를 떠나기로 했다. 한 사람은 예핌 타라스이치 쉬베료프라는 부자 농부였고, 다른한 사람은 예리세이 보드료프라는 돈이 그다지 많지 않은 노인이었다.

예핌은 착실한 농부였으며, 술 담배를 입에 대지 않는 것은 물론 냄새조차 맡지 않았다. 거친 말도 일생동안 한 번도 해 본 적이 없고 모든 일에 엄격하고 철저한 성격이었다. 그는 두 번이나 이장을 지내면서 단 한 푼도 모자람이 없이 일을 처리했다.

그는 두 아들과 결혼한 손자까지 모두 함께 살고 있었다. 그는 아주 건강했으며 턱수염을 덥수룩하게 기르고 등도 구부러지지 않았다. 일흔 살인데도 이제 겨우 흰 수염이 나기 시작한 정도였다.

예리세이는 부자도 가난하지도 않은 평범한 노인으로, 젊었을 때는 목수로 살았으나 나이를 먹고 집에서 양봉을 하며 살고 있었다. 아들 하나는 먼 곳으로 일자리를 찾아 떠났고, 다른 아들은 집에서 함께 살았다.

그는 마음씨 좋고 명랑한 사람이었다. 음주가무를 즐겼으나 사람이 워낙 착해서 집안 식구나 이웃하고 사이좋게 지냈다. 그는 작은 키에 얼굴빛이 거무스름한 농부로 곱슬곱슬한 턱수염을 기르고 머리는 벗겨졌는데, 그 모습은 마치 같은 이름을 가진 구약성서의 예언자 예리세이와 같았다.

이들 두 노인이 함께 순례를 떠나자고 약속한 것은 아주 오래 전의 일이었다. 그러나 예핌이 늘 바빠서 시간을 낼 수 없었다. 손자의 결혼식을 치르고 나면 또 막내가 군대에서 제대해 돌아올 예정이고 거기다 이번에는 새 집을 지을 계획을 하고 있었던 것이다. 어느 축제일에 우연히 이들 두 노인이 만나 통나무 위에 나란히 걸터앉았다.

"어때? 이젠 성지 순례를 떠날 때가 되지 않았나?"

예리세이가 말했다. 그러자 예핌이 얼굴을 찡그리며 말했다.

"아니, 조금 더 기다려 줘야겠어. 올해는 일이 자꾸 꼬인단 말이지. 새 집을 짓기로 계획했을 때는 100루블 정도면 충분할 줄 알았는데, 벌써 300루블이나 들었는데도 아직 끝이 보이지 않아. 아무래도 여름까지 걸릴 것 같아. 주님의 뜻이 있다면 이번 여름에는 틀림없이 떠나게 되겠지."

"내 생각으로는 그렇게 자꾸 미룰 게 아니라 이젠 떠나야 할 것 같아. 날씨도 지금이 가장 좋은 봄이기도 하고."

156

"때도 때이지만 일단 시작한 일을 그냥 두고 떠날 수야 없잖아?"

"아니, 자네 집에는 일 맡길 사람이 그렇게도 없나? 아들이 알아서 할 텐데 뭘 그러나?"

"하긴 뭘 해! 큰아들놈이라고 어디 믿을 수가 있어야지. 술이나 마실 줄 알지."

"어차피 우리가 먼저 죽을 건데 우리가 떠나도 자기들끼리 잘 살아갈 거야. 자네 아들도 그래. 일은 지금부터 배워서 익혀야지."

"그건 그렇지만. 새 집을 다 짓는 걸 내 눈으로 보고 싶단 말이야."

"아이고, 이 사람아! 이런저런 일들을 모두 끝내자면 끝이 없지. 바로 조금 전에도 축제일이 가까웠다고 우리 집 여자들이 빨래를 한다, 집 안을 치운다, 그런저런 일로 아주 난리가 났다네. 그런데 우리 큰며느리가 참 영리하게도 이런 말을 하더군. '축제일이 우리를 기다리지 않고 빨리 다가오니까 그래도 다행이지요. 그렇지 않으면 아무리 일을 해도 다 끝내지 못할 건데요.'라고 말이야."

예핌은 잠시 생각에 잠기더니 이렇게 말했다.

"그렇지만 집 짓는 일로 돈을 너무 써 버렸어. 빈손으로 먼

157

길을 떠날 수도 없고, 한두 푼 가지곤 어림도 없을 테니 적어도 100루블은 있어야 할 텐데."

예리세이는 웃으며 말했다.

"자네의 재산은 나보다 열 배나 더 많으면서 돈 걱정을 하다니, 그런 걱정은 하지 말고 언제 떠날지 그거나 생각해 보게. 나는 한 푼도 없지만 그래도 어떻게든 마련되겠지."

예핌이 싱긋 웃으며 물었다.

"거참, 대단한 부자일세. 돈은 어디서 마련할 셈인가?"

"난 집안에 있는 돈을 모두 긁어모을 작정이네. 그래도 모자라면 밖에 늘어놓은 벌통을 열 개쯤 팔면 되겠지. 옆집에서 전부터 사려고 했으니까 말이야."

"팔고 난 뒤 꿀벌들이 많이 몰려드는 좋은 계절이 오면 속이 상할 텐데."

"속이 상한다고? 그런 말은 아예 말게! 이 세상에 속상할 일은 죄짓는 것밖에 없어. 영혼보다 귀중한 것이 어디 있겠나?"

"하긴 그래. 그래도 역시 집안일을 잘 정리해 두지 않으면 아무래도 불안해서."

"그런 일보다 더 나쁜 것은 영혼을 바로잡지 못하는 일이라네. 어떻든 약속대로 떠나도록 하세! 이번에는 꼭 떠나도록 하세."

## 2

예리세이는 이렇게 친구를 설득했다. 예핌은 밤새워 생각한 뒤 다음 날 아침 일찍 예리세이를 찾아와서 말했다.

"좋아. 떠나도록 하세. 자네 말이 맞아. 사는 것도 죽는 것도 모두 하나님의 뜻일세. 살아서 기운이 있을 때 순례를 떠나기로 하세."

일주일 동안 두 노인은 떠날 준비를 모두 끝냈다. 저축한 돈이 많은 예핌은 여비로 100루블은 자기가 지니고, 200루블은 아내에게 맡겼다.

예리세이도 떠날 준비를 했다. 밖에 늘어놓은 벌통 중에서 열 개를 옆집에 팔고, 또 거기서 생기는 애벌레도 역시 같이 팔았다. 그래서 전부 70루블의 돈을 마련했다. 나머지 30루블은 온 집안 식구들에게서 조금씩 받았다. 예리세이의 아내는 노후를 대비해 모아 둔 돈을 모두 털었고 며느리도 비상금을 내놓았다.

예핌은 맏아들에게 모든 일을 맡겼다. 잡초는 어디서 얼마 정도를 베어야 하고, 거름은 어디로 나를 것이며, 새 집 짓는 일은 어떻게 끝내야 하고, 지붕은 어떤 모양으로 올릴 것인지, 집안일을 하나도 빠뜨리지 않고 자세하게 일러주었다.

그러나 예리세이는 팔아버린 벌통에 애벌레를 잘 넣어 속이지 말고 옆집에 주라고만 아내에게 말했을 뿐, 그 이외의 일에 대해선 아무 말도 안 했다. 일을 어떻게 해야 하는지는 그 일을 맡게 되면 저절로 알게 될 것이며, 그들도 성인이니 자기가 할 일은 자기가 잘 알아서 하라는 의미였다.

두 노인은 떠날 준비를 끝냈다. 식구들은 과자도 굽고 가방도 만들고 각반(러시아 농민들이 양말 대신 발에 감는 띠)을 새로 만들고 장화도 새로 만들었다. 갈아 신을 수피화(나무껍질로 만든 러시아식 신발)까지 예비로 준비한 노인들은 드디어 길을 떠나게 되었다. 식구들이 마을 밖까지 나와 인사하고 두 노인은 여행을 시작했다.

예리세이는 마음이 들떠서 첫걸음을 내디뎠다. 그는 마을에서 멀어지자 집안일 따위는 까마득히 잊어버렸다. 그는 그저 여행하는 동안 친구에게 기분 좋게 해주자, 무례한 말을 하지 말자, 평화와 사랑 속에서 목적지에 도착하고 또 집으로 돌아오자, 이런 생각으로만 꽉 차 있었다.

예리세이는 길을 걸으면서도 속으로 기도문을 외우거나 자기가 알고 있는 성인의 일생을 외우며 길을 걸었다. 도중에 만나는 사람에게나 숙소에 들어가서도 남에게 친절하게 대하기로 마음먹고, 늘 하나님의 뜻에 맞는 말만 하기로 결심했다. 걸어가면서도 아주 기분이 좋았는데 오직 한 가지만은 어쩔 수 없었다. 담배를 끊으려고 담뱃갑을 집에 두고 출발했는데 그 생각이 간절했다. 마침 도중에 어느 사람에게서 얻은 것이 있어 친구에게 피해를 주지 않기 위해 슬쩍 뒤로 물러나 담배 냄새를 맡고 했다.

예핌도 기분이 좋은 듯 활기차게 걸어갔다. 나쁜 행동은 전혀 하지 않았으며 한마디도 쓸데없는 말을 하는 일도 없었다. 그러나 마음은 편하지 못했다. 집안 걱정이 그의 머리를 떠난 적이 없었기 때문이다.

뭔가 아들에게 지시할 것을 빠뜨리지는 않았는지, 아들이 시킨 대로 잘해 가고 있는지 궁금했다. 길을 걷는 도중에 감자를 심거나 거름을 운반하는 사람을 볼 때면 자기 집에서도 아들이 시킨 대로 잘하고 있는지 걱정이 되었다. 그래서 그만 집으로 돌아가 자기 손으로 모든 일을 처리했으면 하는 생각이 문득문득 들었다.

# 3

  두 노인은 다섯 주일을 계속 걸었다. 집에서 신고 온 수피화도 다 떨어져서 새로 사야만 했다. 이 무렵에 그들은 소러시아 지방(지금의 우크라이나)까지 갔다. 집을 나선 뒤로는 잠자는 것도 먹는 것도 모두 돈을 내야 했는데, 이 지방에 들어서니 모두들 앞다투어 두 노인을 자기 집에 초대해 잘 먹여주고 재워 준 뒤 돈도 받지 않았다. 게다가 길 가는 도중에 먹으라고 빵과 과자를 가방 속에 넣어 주기도 했다. 이렇게 두 노인은 별 어려움 없이 700킬로미터를 걸어갔다.

  큰 도시지방을 지나서 흉년이 든 지방에 도착했다. 그 지방에서는 잠은 그냥 재워 주었지만 먹을 것은 무료로 주지 않았다. 어디에 가도 빵을 무료로 주지 않았고 어떤 때는 돈을 주고도 빵을 살 수가 없었다. 그들의 말에 의하면 지난해에 심한 흉년이 들었다고 했다. 부자는 가진 물건들을 다 팔아 빈털터리가 되었고, 평범한 사람은 아무것도 남은 것이 없었으며, 가난한 사람은 다른 지방으로 떠나든지 구걸하든지, 아니면 마을에서 근근이 하루하루를 보내고 있는 형편이라고 했다. 겨울에는 밀찌꺼기와 명아주로 끼니를

이었다고 말했다.

 어느 날 두 노인은 작은 마을에서 빵을 15푼트(1푼트는 약 400그램)정도 사고 하룻밤을 묵은 뒤, 새벽 일찍 길을 나섰다. 더워지기 전에 조금이라도 더 많이 가려는 생각이었다. 10킬로미터 정도 걸은 뒤 어느 시냇가에 도착했다. 그곳에 앉아 컵으로 물을 떠서 빵과 함께 배를 채우고 수피화를 갈아 신었다. 잠시 동안 앉아서 쉬는 사이에 예리세이는 담뱃갑을 꺼냈다. 그것을 보고 예핌은 머리를 가로 저으며 말했다.

 "왜 그렇게 그 나쁜 버릇을 못 버리나!"

 예리세이는 어쩔 수 없다는 듯, 한 손을 저으며 대답했다.

 "나는 죄에 빠져 버렸네. 어쩔 수 없어."

 두 사람은 휴식을 마치고 다시 걷기 시작했다. 그곳에서 10킬로미터 정도 더 가서 큰 마을에 이르렀고, 그 마을을 다 지났을 때는 이미 햇볕이 너무나 뜨거워져 있었다. 예리세이는 너무 피곤해 잠깐 쉬면서 물이라도 좀 마시고 싶었다. 그러나 예핌은 쉬려 하지 않았다. 예핌은 잘 걸어서 예리세이는 그를 따라 걷기가 무척 힘들었다.

 "물 좀 마셨으면 좋겠네."

 "마시고 오게나. 나는 괜찮아."

예리세이는 발길을 멈추고 말했다.

"그럼 자네 먼저 가게. 나는 저 집에 가서 물 좀 얻어 마시고 뒤쫓아 갈 테니."

"그렇게 하게."

이렇게 말하고 예핌은 혼자 길을 걸어가고, 예리세이는 물을 얻어 마시기 위해 농가 쪽으로 돌아섰다.

예리세이가 농가 가까이에 가 보니 흙으로 벽을 세워 만든 작은 집이었다. 위쪽은 희고 아래쪽은 검은 집이었는데 오랫동안 손보지 못한 모양인지 칠이 벗겨져 있었다. 지붕도 한쪽이 허물어지고 없었다. 길에서 집으로 들어가는 입구가 보여 예리세이는 그 집의 마당으로 들어섰다.

그때 담 밑에 누워 있는 한 남자가 보였다. 턱수염도 없는 비쩍 마른 남자는 소러시아식으로 셔츠 자락을 바지 속에 넣고 있었다. 이 사람은 아마 처음에는 시원한 그늘을 찾아 누운 것으로 짐작이 되는데, 지금은 햇볕이 바로 위에서 내리쬐고 있었다. 그런데 그 사람은 누워서 잠든 것도 아닌데, 예리세이가 물 좀 마실 수 없느냐고 물었지만 아무 대답도 하지 않았다.

'병이라도 걸렸든지 아니면 꽤 무뚝뚝한 사람인가 보다.'

예리세이는 그렇게 생각하며 문 쪽으로 갔다. 그때 집안에서 어린아이 울음소리가 들려왔다. 예리세이는 문고리로 덜 컹덜컹 소리를 내면서 말했다.

"주인장 계십니까?"

그러나 아무 대답이 없었다.

"안녕하십니까?"

하고 말해도 아무 반응이 없었다.

"아무도 안 계십니까?"

계속 불렀으나 아무 대답이 없었다. 그런데 예리세이가 막 떠나려고 할 때 문 앞에서 누군가가 신음하고 있는 듯한 소리가 들려왔다.

'무슨 불행한 일이라도 생긴 것이 아닐까? 한번 알아보고 떠나야지!'

그렇게 생각하고 예리세이는 집 안으로 들어섰다.

## 4

예리세이가 문고리를 돌려 보니 문은 잠겨 있지 않았다. 문을 열고 현관에 들어서자 집 안으로 통하는 문이 열려 있었다. 오른쪽에는 난로가 있고, 곧바로 보이는 쪽이 성상을 놓는 윗자리였는데 그 구석에는 성상과 탁자가 놓여 있고 탁자 앞에는 의자가 있었다. 의자에는 셔츠만 입은 할머니가 머리에 스카프도 쓰지 않고 앉아서 머리를 탁자 위에 올려놓고 있었다. 그 옆에는 몸이 여위고 배만 볼록하게 튀어나왔으며 얼굴이 밀랍처럼 창백한 남자아이가 앉아서 할머니의 옷소매를 잡아당기며 목청껏 소리 내어 무언가 조르고 있었다.

예리세이가 방 안으로 들어가자 숨이 막힐 듯한 고약한 냄새가 코를 찔렀다. 난로 쪽 침대 위에 한 여자가 누워 있는 것이 보였다. 여자는 이쪽을 보려고 하지도 않고 엎어져서 가래 끓는 소리만 내며 한쪽 다리를 오므렸다 폈다 하고 있었다. 몸에서는 코를 찌르는 듯한 악취를 풍기고 이리저리 뒤척이며 괴로워하고 있는 것이었다. 여자는 대소변을 못 가리는 모양인데 뒤처리를 해줄 사람이 아무도 없는 것 같았다. 할머니가 갑자기 고개를 들고 예리세이를 쳐다보았다.

"당신은 누구요? 무슨 일로 왔어요? 무엇이 필요해서 왔어요? 누군지 모르지만 우리 집에는 아무것도 없다오."

예리세이는 할머니의 말을 알아듣고 그 옆으로 다가서며 말했다.

"할머니, 물을 좀 얻어 마시려고 들렀습니다."

166

"아무것도 없다고 했잖소. 물 떠 올 사람이 아무도 없어요. 직접 가서 떠 마시도록 해요."

 "어찌 된 일입니까? 이 집엔 건강한 사람이 한 명도 없는 모양이지요? 이 아주머니를 돌볼 사람도 없어 보이네요."

 "아무도, 아무도 없소. 마당에서 한 사람이 죽어가고 우리도 여기서 이렇게……."

 낯선 사람을 보자 잠시 동안 입을 다물고 있던 남자아이는 할머니가 말하는 것을 보고 다시 소매를 잡고 울기 시작했다.

 "빵 줘. 할머니, 빵 줘!"

 예리세이가 할머니에게 또 말을 걸려고 하는데 밖에 있던 남자가 비틀거리며 집 안으로 들어왔다. 그는 벽을 짚고 걸어가 의자에 앉으려 했으나 그러지도 못하고 문간 한구석에 기대듯이 쓰러지고 말았다. 그리고 일어나려고도 하지 않고 말하기 시작했다. 그는 한마디 하고는 쉬고, 또 한마디 하고는 숨을 몰아쉬면서 말을 이어갔다.

 "전염병에 걸렸어요. 거기다 흉년까지 들어서 저 애도 배고파하고 다 죽게 됐어요!"

 하고 그는 턱으로 남자아이를 가리키며 울기 시작했다. 예리세이는 등에 지고 있는 가방을 치켜올리더니 어깨끈을 두

167

팔에서 뺐다. 그리고 가방을 내려서 책상 위에 올려놓고 자루를 열었다. 가방에서 빵과 칼을 꺼내 농부에게 한 조각 잘라 주었다. 그 사람은 빵을 받지 않고 남자아이 쪽을 가리켰다. 그들에게 주라는 뜻이다. 예리세이는 남자아이에게 빵을 주었다. 아이는 두 손으로 빵을 움켜쥐고 정신없이 먹었다. 그러자 난로 구석에서 한 여자아이가 기어 나와 빵을 뚫어지게 쳐다보았다. 예리세이는 그 애한테도 한 조각을 주었다. 그리고 할머니에게도 한 조각 잘라 주었다. 할머니 역시 빵을 받고 정신없이 먹었다.

"물을 좀 떠다 주면 고맙겠는데, 우린 입술이 다 말라 버렸다오. 어젠지 오늘인지 내가 물을 길으러 갔었지요. 그런데 다 오지도 못하고 쓰러져 버렸다오. 누가 가져가지 않았다면 물통이 거기 그냥 있을 텐데."

하고 할머니는 말했다. 예리세이는 우물이 어디에 있는지 물었다. 할머니가 자세히 일러준 대로 가자 물통이 있었다. 물을 길어서 모두가 마시도록 했다. 할머니와 아이들은 물과 빵을 먹었지만 남자는 먹을 생각이 없다며 먹지 않았다. 여자는 아예 몸을 일으키려고도 하지 않고 그냥 정신없이 침대 위에서 몸부림만 치고 있을 뿐이었다.

예리세이는 마을의 가게로 가서 옥수수와 소금, 밀가루, 버터를 사 왔다. 그리고 도끼를 찾아 장작을 패 난로에 불을 지폈다. 여자아이가 도와주었다. 예리세이는 수프와 죽을 끓여 그 집 식구 모두에게 먹였다.

# 5

주인 남자도 수프와 죽을 먹었고 할머니도 먹었다. 여자아이와 남자아이는 그릇 바닥까지 깨끗이 핥아먹고 난 뒤 서로 껴안고 잠들어 버렸다. 잠시 후 주인 남자와 할머니는 이렇게 된 사정을 이야기했다.

"우리는 지금까지 잘살지는 못했지만 그럭저럭 밥은 먹고 살았어요. 그런데 지난 흉년으로 추수한 것이 없어서 가을부터는 남아 있던 양식으로 조금씩 먹으며 살았지요. 나중엔 그것도 다 떨어져 이웃과 친절한 분들에게 빌리게 되었답니다. 처음엔 잘 빌려줬지만 나중엔 거절당하게 되었지요. 어떤 사람은 빌려주고 싶긴 하지만 그 사람도 먹을 게 부족했지요. 저희도 매번 빌리러 가기가 부끄러웠어요. 사방에서 돈과 밀가루와 빵을 빌렸으니 말입니다."

주인 남자는 계속해서 말했다.

"저는 일을 찾아 나섰지만 일자리가 없었어요. 모두들 살기 위해 일자리를 찾아다녔기 때문이지요. 어쩌다 하루 일하면 그다음 이틀은 일자리를 찾아 헤매고 다녀야 했어요. 그래서 어머니와 딸아이가 멀리까지 동냥을 다녔지만 누구나 다 먹을 것이 없으니 제대로 얻을 수 있겠어요? 그래도 그럭저럭 입에 풀칠은 했습니다. 그럭저럭 햇보리가 날 때까지 견뎌 보자고 생각했지요. 그런데 봄이 되자 아무리 동냥을 해도 먹을 걸 주지 않았어요. 거기에 이렇게 병마까지 덮치더군요. 이젠 형편이 아주 나빠져 하루 먹으면 이틀은 굶게 됐습니다. 나중에는 풀까지 뜯어 먹게 되었지요. 그 풀이 잘못되었는지 아니면 무슨 다른 이유가 있었는지 아내가 병에 걸려 쓰러져 누웠고 저도 힘이 다 빠져 버렸으니 앞일이 캄캄합니다."

그러자 할머니가 다시 이야기를 시작했다.

"저도 먹고살려고 안간힘을 다 써 봤어요. 이젠 먹지 못해 힘도 없고 너무 약해져 버렸지요. 손녀딸도 몸이 너무 약해졌고 거기다 겁까지 집어먹어 이웃에 심부름을 시켜도 가질 않으려 해요. 움직이지도 않고 구석에만 박혀 있지요. 엊그제 무슨 볼일이 있는지 이웃 아주머니가 찾아왔다가 모두 굶고 병들어 있는 모습을 보고 도로 나가 버리더군요. 그 아주머니도 남편이 도망쳐 버리고 어린아이들을 먹여 살릴 게 없는 형편이니까요. 그래서 이렇게 죽을 날만 기다리며 누워 있었어요."

예리세이는 두 사람의 이야기를 듣고 난 뒤에 친구를 따라 잡을 생각을 잠시 미루고 그날부터 그 집에 머물렀다.

예리세이는 다음 날 아침 자리에서 일어나자 자기가 이 집 주인이나 되는 듯이 집안일을 돌보기 시작했다. 할머니와 함께 빵 반죽을 하고 난로에 불을 지폈다. 또 여자아이와 함께 근처를 돌아다니며 필요한 물건을 찾아보았다. 이것저것 골라 보아도 쓸 만한 건 하나도 없었다. 모두 먹을 것과 바꾸어 버린 것이다. 살림에 필요한 연장도 없고 걸칠 옷마저도 없는 형편이었다. 그래서 예리세이는 꼭 필요한 물건을 마련하기 시작했다. 자기가 직접 만들기도 했고, 마을의 가게에서 사 오기도 했다.

예리세이가 그러는 동안 사흘이 지났다. 남자아이는 건강을 회복하여 가게로 심부름도 다니며 예리세이를 무척 따랐다. 여자아이도 몰라보게 밝은 모습으로 바뀌었다. 무슨 일이든 도와주기 위해 항상 '할아버지, 할아버지!' 하며 예리세이 뒤를 따라다녔다.

할머니도 이웃집에 다닐 수 있을 정도로 기력을 회복했다. 주인 남자도 벽을 짚고 걸음을 옮길 수 있게 되었다. 오직 그의 아내만이 아직도 일어나지 못했다. 그러나 그 여인도 사흘째가 되자 정신을 차렸다. 예리세이는 그제야 생각했다.

'이렇게 오래 걸릴 줄은 몰랐네. 이제 그만 길을 떠나야지.'

# 6

나흘째 되는 날은 축제일 전날이었다. 예리세이는 그들과 같이 축제 전야를 보내고 선물을 좀 사 준 뒤, 저녁에 떠나자고 속으로 생각했다. 예리세이는 다시 마을에 가서 우유와 밀가루와 돼지기름을 사서 왔다. 그리고 할머니와 함께 요리를 만들었다.

다음 날 아침에는 교회의 기도식에 참석했다. 그다음에 돌아와서 그들과 같이 음식을 맛있게 먹었다. 이날은 여자도 자리에서 일어나 간신히 집 안을 걷기 시작했다. 주인 남자도 수염을 깎고, 할머니가 빨아 준 깨끗한 외투로 갈아입었다. 그러고 나서 마을의 부자 농부에게 도움을 청하러 갔다. 그는 부자 농부에게 밭과 풀밭을 저당 잡혔기 때문에 햇보리가 날 때까지 그 밭과 풀밭을 좀 쓰게 해 달라 부탁하려는 것이었다. 저녁 무렵에 어깨가 축 처져서 돌아온 남자는 울기 시작했다. 부자 농부가 자기의 사정을 봐주지 않고 어서 돈을 갚으라고 했다는 것이다. 예리세이는 다시 이런저런 생각에 잠겼다.

'이 사람들은 이제 어떻게 살아가지? 다른 사람들이 모두 풀 베러 갈 때 이 사람들은 아무 할 일 없이 가만히 있어야 해. 풀밭이 저당 잡혔으니까. 남들은 쌀보리가 익으면 추수를 할 텐데, 이 사람들에겐 아무것도 기다릴 것이 없겠구나. 밭을 부자 농부에게 팔아 버렸으니 말이야. 내가 이대로 가 버린다면 이 사람들은 다시 전처럼 굶게 되겠지.'

예리세이는 여러 가지 생각이 뒤엉켜 결국 그날 저녁 때도 출발을 하지 못하고 다음 날 아침까지 출발을 늦추었다. 마당으로 나가 기도를 드린 뒤, 자리에 누웠지만 잠이 오지 않았다. 그동안 돈도 시간도 너무 많이 써 버려 이제는 그만 떠나야 하는데도 이 집 사람들이 불쌍해서 그럴 수가 없었기 때문이다.

'모든 사람을 도울 수는 없을 것 같아. 처음엔 물이나 떠주고 빵이나 한 조각 주고 떠날 생각이었는데 어디까지 가 버린 거야? 이제는 풀밭과 밭을 찾아 주게 생겼어. 밭을 찾아 주고 나면 그다음엔 애들을 위해 젖소를 사줘야겠지. 그

173

리고 주인 남자한테는 곡식단을 날라 줄 말을 사줘야 할 거야. 이봐, 예리세이! 너 제대로 걸렸구나. 일은 벌여 놓고 어쩔 줄 모르게 되었으니!'

예리세이는 자리에서 일어나 베개로 쓰던 외투를 더듬어 펼쳐 담뱃갑을 꺼내 담배 냄새를 맡으며 생각을 가다듬으려 했지만 그렇게 되지 않았다. 아무리 생각하고 또 생각해 보아도 신통한 방법이 떠오르지 않았다. 떠나긴 떠나야 할 텐데 이 사람들이 불쌍해서 그럴 수 없었다. 그는 다시 외투를 둘둘 말아서 머리에 베고 누웠다. 그렇게 가만히 누워 있는 동안 어느새 닭이 울고 마침내 깊이 잠들어 버렸다.

그때 갑자기 누군가 예리세이를 부르는 듯했다. 어느 틈에 자기가 떠날 준비를 하고 있는 듯이 보였다. 가방을 등에 지고 손에는 지팡이를 들었다. 그는 문밖으로 나가려 했다. 문이 활짝 열려 있어 혼자 빠져나가기만 하면 되었다. 그가 막 나가려 하는데 울타리에 가방이 걸렸다. 그걸 풀려 하니까 이번에는 반대쪽 울타리에 각반이 걸려 다 풀어질 것 같았다. 다시 각반을 감으려고 보니 울타리에 걸린 것이 아니라 여자아이가 다리를 붙잡고 '할아버지, 할아버지, 빵 좀 주세요!'하고 외치고 있는 것이었다. 또 발을 내려다보니 남자아이가 신발을 붙잡고 있었다. 할머니와 주인 남자는 창문에서 그를 바라보고 있었다. 예리세이는 잠에서 깨어나 혼자 중얼거렸다.

"내일은 밭과 풀밭을 되찾아 주어야지. 또 말도 사 주고 햇보리가 날 때까지 먹을 밀가루도 사 주고 아이들에게 우유를 먹일 젖소도 사 주자. 그렇게 하지 않는다면 바다 건너 그리스도를 찾아간다 해도 오히려 내 안에 있는 그리스도를 잃게 될 것이다. 이 사람들을 돕도록 하자!"

그렇게 생각한 예리세이는 아침까지 단잠을 잤다. 아침에 일어나서 부자 농부를 찾아가 그에게 돈을 치르고 밭과 풀밭을 되돌려 받았다. 그리고 집으로 돌아오면서 낫을 사 왔다.

주인 남자는 풀을 베도록 풀밭에 보내고, 자기는 직접 마을 농부네 집을 돌아다니다가 주막집 주인이 파는 수레와 말을 흥정해 산 후 짐수레에 밀가루 한 부대를 사서 싣고 젖소를 사러 갔다.

가는 동안 그는 소러시아 지방의 두 여자 뒤를 따라가게 되었다. 여자들은 열심히 이야기를 하면서 걷고 있었다. 소러시아 말로 이야기했지만 예리세이는 알아들을 수 있었다. 그들은 예리세이에 대해 말하고 있었다.

"처음엔 그가 누군지 전혀 몰랐대요. 그저 순례자거니 했답니다. 물을 얻어 마시러 왔다가 그냥 눌러앉았다는 거예요. 오늘도 그분이 주막집에서 짐수레와 말을 사 가는 것을 봤어요. 세상에 그렇게 착한 사람이 있다니, 우리 거기 구경가지 않겠어요?"

예리세이는 자기를 칭찬하는 말을 듣고는 젖소를 사는 건 포기하고 주막집 주인에게 돌아가서 말값을 치렀다. 수레에 말을 맨 뒤 밀가루를 싣고 집으로 향했다. 문간에 도착해서 말을 세우고 마차에서 내렸다.

그 집 사람들은 말을 보고 놀랐다. 자기들을 위해서 말을 샀겠다 짐작은 했지만, 자기네들 입으로 그걸 말할 수는 없는 노릇이었다. 주인 남자는 문을 열고 물었다.

"할아버지, 이 말은 어디서 났습니까?"

"샀다네. 마침 싼 게 있어서. 오늘 밤 잘 먹도록 풀을 좀 넣어주게. 그리고 이 가방도 좀 내려 주게나."

주인 남자는 말을 풀고 밀가루 부대를 창고에 갖다 넣었다. 그리고 풀을 한 아름 베어서 구유에 넣어 주었다.

이윽고 모두 잠을 자러 갔다. 예리세이는 집 밖에서 자기로 했다. 저녁 전에 벌써 자기 가방을 밖에다 내놓은 것이다. 집안사람들이 모두 잠들자 예리세이는 가방을 짊어지고 수피화를 신은 뒤 외투를 걸치고 예핌의 뒤를 따라 길을 나섰다.

# 7

 예리세이가 5킬로미터쯤 갔을 때 날이 밝아 왔다. 그는 나무 밑에 앉아 가방을 열고, 남은 돈을 세어 보았다. 17루블 20코페이카가 남아 있었다.

 '가만있자, 이 돈으로는 바다 건너 긴 여행을 할 수 없어. 그렇다고 그리스도의 이름을 팔아 돈을 구걸하는 건 아니지. 자칫 죄라도 지으면 큰일이야. 예핌이 혼자 가서 내 몫까지 촛불을 밝혀주겠지. 나는 이제 죽을 때까지 다시는 성지 순례를 떠날 수 없겠지만, 자비로우신 그리스도께서는 고맙게도 용서해 주실 거야.'

 예리세이는 자리에서 일어서 가방을 짊어지고 오던 길을 되돌아갔다. 그 마을을 지날 때는 누구의 눈에도 띄지 않게 멀리 돌아서 갔다. 예리세이는 집을 향해 걷기 시작했다. 예루살렘을 향해 갈 때는 걷기가 무척 힘들어 예핌을 따라가기가 어려울 것 같았는데 돌아올 때는 그리스도가 도우셨는지 아무리 걸어도 지치거나 힘들지 않았다. 그는 마치 나들이라도 가듯 지팡이를 휘두르며 하루에 70킬로미터나 걸을 수 있었다.

예리세이가 집에 도착했을 때, 마침 식구들이 바깥일을 끝내고 집에 돌아왔다. 식구들은 예리세이가 돌아온 것을 무척 기뻐하며 모두 이것저것 물어보았다. 구경은 잘했는지, 왜 예핌과 헤어지게 됐으며, 왜 목적지까지 가지 않고 그냥 돌아왔는지 물었다. 그러나 예리세이는 자세히 말하려 들지 않았다.

"아니, 그리스도가 인도해 주시지 않았어. 도중에 돈을 잃어버리고, 예핌을 놓쳐 버렸지. 그래서 갈 수가 없었어. 어떻든 내 잘못이니 너무 나무라지는 마라!"

그는 남은 돈을 아내에게 주었다. 그리고 예리세이는 집안일을 이것저것 물어보았다. 모든 일이 다 잘되어가고 있었다. 일은 밀리지 않고 처리되었고 식구들도 모두 화목하게 지내고 있었다.

그날 저녁, 예핌의 가족들이 예리세이가 돌아왔다는 말을 듣고 예핌의 소식을 물으러 왔다. 예리세이는 그들에게 이렇게 말했다.

"예핌은 무사히 잘 갔네. 나와는 베드로 축제일 사흘 전에 헤어졌지. 나는 뒤쫓아 갈 생각이었는데 이런 일이 생겼어. 돈을 잃어버려 갈 돈이 모자라 그냥 돌아온 거지."

사람들은 무척 놀랐다.

 '똑똑하신 분이 성지 순례를 떠났다가 중간에 돈만 낭비하고 돌아오다니, 왜 그렇게 바보짓을 했을까?'

 하고 의아해했으나 곧 잊어버렸다. 예리세이 자신도 잊어버리고 다시 일을 시작했다. 아들과 함께 겨울 동안 사용할 장작도 장만하고, 아내와 같이 곡식을 빻기도 했다. 창고에 지붕을 새로 올리기도 하고 꿀벌의 월동 준비도 했다. 벌통 열 개는 새로 태어난 애벌레와 함께 옆집으로 보냈다.

 아내는 이미 돈을 받은 통에서 태어난 애벌레의 수를 속이려 했으나 예리세이는 어떤 통이 빈 통인지, 어떤 통에서 애벌레가 태어났는지 모두 알고 있었다. 그래서 열 통이 아니라 열일곱 통을 옆집에 주었다. 예리세이는 모든 것을 정돈하고 돈을 벌라고 아들을 보낸 후 자신은 겨우내 집에 앉아 수피화를 만들고 벌통으로 쓸 통나무 속을 파며 나날을 보냈다.

# 8

예리세이가 아픈 사람이 있는 농가를 들르던 날, 예핌은 온종일 친구가 오기를 기다렸다. 그는 조금 가다가 길가에 앉아서 한참 동안 기다렸는데, 그동안에 깜박 잠이 들고 말았다. 얼마 후에 눈을 뜨고 나서 잠시 앉아 다시 친구를 기다렸지만 오지 않았다. 눈을 크게 뜨고 주위를 둘러보니 벌써 해가 기울어 가는데도 예리세이는 나타나지 않았다.

'내가 깜박 잠든 새 그냥 지나친 게 아닐까? 다른 사람의 짐수레를 얻어 타고 나를 못 보고 여기를 지나간 게 아닐까? 그렇지만 여긴 멀리까지 훤히 내다보이는 넓은 벌판이라 못 볼 리가 없는데. 내가 다시 돌아가면 예리세이는 앞서 가 버려 더 크게 어긋날 수도 있지. 나도 앞으로 가는 것이 옳아. 다음 숙소에서 만날 수 있을 거야.'

다음 마을에 도착하자 그는 촌장에게 예리세이의 용모를 설명하고 그런 사람이 오면 자기가 있는 숙소로 보내 달라고 부탁했다. 그러나 예리세이는 그 숙소에도 끝내 나타나지 않았다.

예핌은 다시 성지를 향해 길을 떠났다. 만나는 사람마다 예리세이 용모를 이야기하며 보지 못 했느냐고 물어보았다.

그러나 보았다는 사람이 아무도 없었다. 예핌은 내심 놀랐지만, 혼자서 계속 길을 갔다. '오데사 근처에서 만나거나 잘하면 배에서도 볼 수 있을 거야.' 이렇게 생각하고는 더 이상 고민하지 않기로 했다.

예핌은 길을 가다가 한 순례자를 만났다. 그는 수도복을 입고 수도모를 썼으며, 머리가 길게 자라 있었다. 아토스에 간 적도 있고 이번이 예루살렘에 두 번째로 가는 길이라고 했다. 두 사람은 숙소에서 만나 여러 가지 이야기를 나눈 뒤에 함께 길을 가자고 했다.

그들은 오데사까지 무사히 도착했다. 두 사람은 꼬박 사흘 동안 배를 기다렸다. 순례자들이 세계 곳곳에서 숱하게 모여들어 기다리고 있었다. 거기서 예핌은 다시 예리세이에 대해 물어보았으나 본 사람은 아무도 없었다.

예핌은 5루블을 내고 외국인 통행증을 받았다. 그리고 왕복 뱃삯으로 40루블을 지불한 뒤 도중에 먹을 빵과 청어 등을 샀다. 배에 짐을 싣고 난 후 순례자들 태웠다. 예핌도 순례자들과 함께 배에 탔다. 배는 닻을 올리고 바다를 헤치며 나아갔다.

하루는 잘 흘러갔지만 저녁때부터 바람이 일고 비가 내리기 시작했다. 배는 흔들리기 시작했고 바닷물이 갑판을 휩

쓸었다. 사람들은 이리저리 뒹굴고, 여인들은 비명을 지르기 시작했으며 마음 약한 남자들 중에는 배 안을 이리저리 달리며 숨을 자리를 찾는 자도 있었다. 예핌도 겁이 나기는 했지만 겉으로 드러내지는 않았다. 그는 배에 탈 때부터 앉았던 자리에 그대로 앉아 하룻밤을 꼬박 보냈고, 다음날도 온종일 그렇게 앉아 있었다. 그와 나란히 탐보프에서 온 농부들이 있었는데 그들은 자기 가방만 움켜쥔 채 말을 한마디도 하지 않았다.

사흘째가 되자 겨우 폭풍이 멎고, 닷새째 되는 날에는 콘스탄티노플에 도착했다. 어떤 순례자들은 육지로 올라가 지금은 터키인이 점령한 성 소피아 대성당을 구경하고 다녔다. 그러나 예핌은 육지에 오르지 않고 그대로 배에 남아있었다. 그저 흰 빵만 조금 사 왔다.

배는 만 하루를 항구에 머무른 뒤에 다시 넓은 바다로 나갔다. 그리고 스미르나 항구와 알렉산드리아 항구에 또 머무른 뒤에 마침내 무사히 야파에 도착했다.

순례자들은 모두 야파에서 내렸다. 여기에서 70킬로미터쯤 걸으면 예루살렘이다. 배에서 내릴 때도 사람들은 두려움에 떨었다. 배 아래에 있는 보트로 뛰어내려야 했는데, 배의 높이가 높고 배가 흔들려서 잘못하다가는 배가 아니라 바다로 떨어질 수 있었던 것이다. 두 사람 정도가 물에 젖었지만 그래도 어쨌든 모두 무사히 배에서 내렸다.

 배에서 내리자 모두들 걸어서 떠났다. 사흘째 되는 날 점심때에 예루살렘에 도착했다. 그들은 교외에 있는 러시아인 숙소에 짐을 풀고 외국인 통행증 뒷면에 도장을 받았다. 그다음 식사를 하고 예핌은 순례자들과 함께 성지 순례를 갔다.

 곧바로 그리스도의 무덤을 참배하고자 했지만, 아직 허가가 나지 않았으므로 참배 대신에 대주교 수도원으로 갔다. 수도원에서는 참배자들을 모두 모이게 한 뒤에 남자와 여자를 따로 나누고, 신발을 벗은 뒤 둥글게 둘러앉으라고 했다.

 그때 한 신부가 수건을 들고나와 사람들의 발을 닦기 시작했다. 발을 씻고 닦아준 뒤, 입을 맞추고 인사를 하면서 한 바퀴를 돌았다. 예핌의 발도 닦아준 다음 입을 맞춰 주었다.

 예핌은 저녁 예배와 아침 예배에 참석하여 기도를 드리고, 죽은 부모님을 위해 촛불을 올려 미사를 드렸다. 그때 빵과 포도주가 나와서 먹었다.

 이튿날 아침, 이집트의 마리아가 목숨을 건졌다는 기도원으로 가서 촛불을 바치고 기도를 드렸다. 그리고 아브라함이 신을 위해 아들을 제물로 바치려고 했다던 사베크의 동산도 보았다. 다음에는 그리스도가 막달라 마리아 앞에 나타난 성지와 주의 형제 야곱의 교회에도 가 보았다. 순례자는 모든 곳을 안내하며 가는 곳마다 여기서는 얼마, 저기서는 얼마 하고 돈을 어느 정도 내야 하는지 일일이 가르쳐 주었다.

한낮이 되었을 때 숙소로 돌아와서 식사를 했다. 막 잠자리에 들려고 준비를 하는데 순례가 한 명이 '앗!'하고 놀라며 자기 옷을 여기저기 뒤지기 시작했다.

"지갑을 도둑맞았네. 틀림없이 23루블이 있었는데……. 10루블짜리 두 장하고 잔돈이 3루블……."

순례자는 속이 상해 한탄을 했지만 어쩔 수 없는 일이었다. 모두 잠자리에 누웠다.

# 9

예핌도 자리에 누웠지만 의심스러운 생각이 들었다.

'저 순례자는 돈을 도둑맞았을 리가 없어. 처음부터 돈을 가지고 있지 않았던 것 같아. 어느 곳에서도 돈을 내지 않았으니까. 나한테만 내라고 하고 자기는 한 번도 낸 적이 없었어. 게다가 내 돈 1루블까지 빌려 가지 않았나.'

이렇게 생각하다가 예핌은 자기 자신을 꾸짖었다.

'내가 왜 남을 의심하고 이러지? 남을 의심하는 것은 죄를 짓는 일이야. 이런 생각은 다시는 하지 말자.'

그러나 자기의 생각을 겨우 잊을 만하면 순례자가 돈에 눈독을 들이고 있는 것과 지갑을 도둑맞았다고 터무니없이 떠들어 대던 모습이 자꾸만 떠올랐다.

'아니야. 그에게 돈은 없었어. 주의를 다른 데로 돌리기 위한 연극일 뿐이야.'

이튿날 아침 사람들이 부활 대성당에서 거행되는 새벽 예배에 참석하러 갔다. 그곳에는 그리스도의 무덤이 있었다. 순례자는 예핌의 곁을 잠시도 떠나지 않고 줄곧 따라다녔다.

그들이 성당에 도착하자 러시아인 외에도 그리스인, 아르메니아인, 터키인, 시리아인 등 여러 나라에서 온 많은 순례자가 모여 있었다. 예핌은 다른 사람들과 같이 성스러운 문안으로 들어갔다. 한 신부가 안내해 주었다. 터키인이 지키고 있는 옆을 지나서 그리스도가 십자가에서 내려져 기름을 발랐다는 자리에 이르렀다. 그곳에는 굵은 촛불이 아홉 개

켜져 있었다. 신부는 일일이 설명을 하며 보여주었다. 에핌은 여기서도 촛불을 올렸다.

다음에는 안내하는 신부의 인도대로 예핌은 오른쪽 계단으로 올라갔다. 십자가가 세워진 골고다로 안내한 것이다. 예핌은 거기서도 잠시 기도를 드렸다. 그리고 땅이 지옥까지 갈라졌다는 구멍과 그리스도의 손발이 십자가에 못 박혔다는 곳도 가 보았다. 또 그리스도의 피가 아담의 뼈에 뿌려졌다는 아담의 관도 보았다. 그다음에는 그리스도가 가시관을 쓸 때 앉았다는 바위와 그리스도가 채찍질을 당할 때 묶인 기둥에도 가 보았고, 끝으로 그리스도의 발에 채워진 구멍이 두 개 뚫린 돌도 보았다.

안내하는 신부는 그 외에 무언가 다른 곳도 보여주려 했다. 그러나 사람들이 서두르는 바람에 모두 그리스도의 무덤이 있는 동굴로 갔다. 그곳에서는 다른 교파의 의식이 끝나고 러시아 정교의 기도식이 시작되었다. 예핌도 다른 사람들과 같이 동굴로 들어갔다.

예핌은 어떻게 해서든지 순례자와 떨어지고 싶었다. 자꾸만 그가 의심스럽다는 생각을 하게 되었기 때문이다. 그러나 순례자는 예핌 곁에서 조금도 떨어지지 않았다. 그리스도 무덤 옆에서 드리는 기도식에도 함께 갔다. 두 사람은 조금이라도 무덤 가까이에 서려 했지만 이미 늦어 버렸다. 많은 사람들이 꽉 차 있어서 앞으로도 뒤로도 움직일 수가 없었기 때문이었다.

예핌은 가만히 선 채로 앞을 보며 기도드렸다. 그러면서도 수시로 지갑이 잘 있는지 확인했다. 예핌은 마음이 두 갈래로 나누어지고 있었다. 하나는 순례자가 자기를 속이고 있다는 생각이고, 다른 하나는 속이는 게 아니라 그가 정말 도둑맞았다면 자기는 제발 그렇게 되지 않기를 바라는 것이었다.

# 10

예핌은 선 채로 기도를 드리고 있었다. 그는 바로 그리스도의 무덤이 있는 작은 교회 안의 앞쪽을 바라보았다. 무덤 위에는 서른여섯 개의 등불이 켜져 있었다. 예핌은 서서 사람들의 머리 너머를 바라보았다. 그때 신기한 일이 일어났다. 성화가 타고 있는 곳 바로 아래의 맨 앞자리에 값싼 모직 외투를 입고 있는 작은 노인이 보였다. 머리가 벗겨진 모습이 예리세이와 같았다.

'예리세이를 닮았네. 그렇지만 예리세이가 여기 와 있을

리가 없지. 그 영감이 나보다 먼저 이곳에 도착할 수가 없어. 앞의 배가 일주일 먼저 떠났으니 그 친구가 나를 앞지를 수는 없기 때문이야. 또 내가 탄 배에도 없었고. 순례자들을 샅샅이 살펴보았으니 못 봤을 리 없지.'

예핌이 그런 생각을 하고 있는데 그 작은 노인이 기도를 시작하고 머리를 세 번 숙였다. 처음에는 맞은편 위를 향해 절하고, 다음에는 양옆에 있는 러시아 정교 사람들을 향해 절하는 것이었다. 노인이 오른쪽으로 얼굴을 돌렸다. 그때 예핌은 그 노인의 얼굴을 제대로 볼 수 있었다. 그 노인은 틀림없는 예리세이였다. 거무스름하고 곱슬곱슬한 턱수염, 희끗희끗한 구레나룻, 눈썹, 눈, 코 등등 모든 모습이 영락없는 예리세이엿다. 예리세이 보드료프가 틀림없었다.

예핌은 친구를 찾아서 너무나 기뻤다. 그러나 어떻게 자기보다 먼저 왔는지 놀라웠다.

'예리세이 이 친구 어떻게 앞쪽으로 잘 자리 잡았군. 그래! 아마 그럴 만한 사람을 만나 안내를 받았을 거야. 그렇지, 출구에서 저 영감을 만나야지. 수도복 입은 순례자를 떼어 버리고 이제 저 친구와 함께 다니면 되겠군. 그렇게 되면 아마 나를 앞자리로 데려가 주겠지.'

하고 예핌은 생각했다. 그래서 혹시 예리세이를 놓칠까

188

봐 줄곧 그쪽만 바라보고 있었다. 얼마 후에 기도식이 끝나고 사람들이 움직이기 시작했다. 십자가에 입을 맞추기 위해 몰려들어 서로 밀치는 바람에 예핌은 옆으로 밀려나게 되었다. 그는 또다시 잘못하면 지갑을 도둑맞게 될지도 모른다는 두려운 생각이 들었다. 예핌은 지갑을 한 손으로 꽉 잡고 오직 사람들이 덜 붐비는 곳으로 가려고 헤치고 나갔다.

예핌은 예리세이를 찾으려고 덜 붐비는 곳으로 겨우 나와 그 근처를 돌아다녔다. 대성당 안에 있는 수도사의 방들에는 여러 나라 사람들이 많이 모였다. 그 자리에서 도시락도 먹고 술도 마시고 잠도 자고 책을 읽는 사람도 있었다. 그러나 예리세이는 어디에도 보이지 않았다. 예핌은 숙소에 돌아가 보았지만 거기서도 예리세이를 찾을 수 없었다. 동행한 순례자는 그날 밤 돌아오지 않았다. 그는 끝내 1루블을 돌려주지 않고 어디론가 달아나 버리고 말았다. 예핌은 외톨이가 되었다.

다음 날, 예핌은 배 안에서 만난 탐포프에서 온 농부와 함께 그리스도의 관에 기도를 드리러 갔다. 예핌은 이번에도 앞으로 나가려 했지만 다른 사람들에게 밀려나 버렸다. 그는 기둥 옆에 서서 기도를 드렸다. 문득 앞을 보니 이번에도 역시 맨 앞, 성화 밑의 그리스도 무덤 옆에 예리세이가 서 있었다. 그는 제단 옆의 신부처럼 두 팔을 벌리고 있었는데 그의 벗겨진 머리가 빛나고 있었다.

'좋아, 이번에는 절대 놓치지 말아야지.'

하고 예핌은 생각했다. 예핌은 사람들을 헤치고 앞으로 나갔다. 그러나 겨우 앞에 이르고 보니 예리세이의 모습이 보이지 않았다. 어디론가 가 버린 것이다.

셋째 날도 눈에 제일 잘 띄는 그리스도 무덤 옆 가장 성스러운 자리에 예리세이가 있는 것을 보았다. 그는 두 팔을 벌리고 머리 위에 무엇이 보이는 듯 위를 우러러보고 서 있었다. 그의 벗겨진 머리는 여전히 빛나고 있었다.

'이번에는 정말 놓치지 말자. 출구에 지켜 서 있어야지. 거기라면 어긋날 리 없어.'

예핌은 밖으로 나와 오랫동안 지키고 서 있었다. 반나절을 서 있었지만 다른 사람들은 다 나왔는데도 끝내 예리세이만은 나오지 않았다.

예핌은 여섯 주일 동안 예루살렘에 머물며 성지를 두루 돌아보았다. 베들레헴에도 갔고, 베다니에도, 요단강에도 가 보았다. 또 그리스도 무덤 옆에서 장례 때 입을 새 셔츠에 도장을 찍고 요단강의 물을 작은 병에 담기도 했다. 예루살렘의 흙을 담고, 성화를 태운 초를 얻기도 했다. 여덟 군데에 기도 명단에 이름을 써넣기도 했다. 그렇게 해서 돈을 다쓰고 간신히 집으로 돌아갈 여비만 남겼다.

예핌은 귀갓길에 올랐다. 야파에 도착해서 배를 타고 오데사까지 간 후 거기서부터는 걸어서 집으로 향했다.

# 11

예핌은 올 때와 같은 길로 집으로 되돌아갔다. 집이 점점 가까워질수록 자기가 집을 떠난 뒤에 집안 식구들이 어떻게 지냈는지 걱정이 되었다.

'1년 동안 많이 변했겠지. 한 집안을 이루는 데는 평생이 걸리지만, 망하게 하는 것은 잠깐이야. 내가 집을 비운 사이에 아들 녀석은 집안일을 어떻게 처리했을까? 농사는 봄에 시작했을까? 겨울 동안 가축은 무사히 지냈을까? 내가 시킨 대로 새 집은 다 지었을까?'

예핌은 이런저런 생각을 했다. 그는 지난해 예리세이와 헤어지게 된 마을까지 왔다. 그 마을 사람들은 몰라보게 변해 있었다. 지난해는 몹시 가난하게 살던 사람들이 지금은 모두 여유 있는 생활을 하고 있었다. 밭에는 보리가 무르익었다. 사람들은 형편이 좋아져 지난해의 어려움을 잊은 듯이 보였다. 예핌이 마을에 막 들어섰을 때 어떤 농가에서 흰 셔츠를 입은 소녀가 달려 나왔다.

"할아버지, 할아버지! 우리 집에 들렀다 가세요!"

예핌은 그대로 지나치려 했지만 소녀는 옷자락을 붙들고 생글생글 웃으며 집으로 끌었다. 현관 계단에 나와 남자아이를 데리고 서 있던 여자도 오시라고 손짓하고 있었다.

"할아버지 오셔서 저녁도 드시고 쉬었다 가세요."

예핌은 집 안으로 들어갔다.

'안에 들어가서 예리세이에 대해 물어보자. 그 영감이 그때 물 얻으러 들른 집이 바로 여기쯤이거든.'

예핌이 방 안에 들어가니까 여자는 그의 어깨에서 가방을 내려 주었다. 그러고 나서 씻을 물까지 떠다 주고 식탁으로 안내했다. 그리고 우유와 죽, 잼을 식탁 위에 올려놓았다. 예핌은 순례자에게 이렇게 친절히 대해 주어 고맙다고 인사하며 그 가족들을 칭찬했다. 그러자 여자는 고개를 저으며 말했다.

"우리는 순례하시는 분들을 친절하게 대접 안 할 수가 없답니다. 어떤 순례자 덕분에 이 세상을 살아가는 법을 배웠으니까요. 예전에 우리는 그리스도를 잊고 살았습니다. 그래서 그리스도가 벌을 내려 우리는 거의 다 죽을 지경이 되었지요. 지난해 여름엔 끝내 모든 식구들이 먹을 것도 없이 병들어 누워 있었답니다. 그때 우리는 이미 죽은 목숨인데, 마침 그리스도께서 손님과 비슷한 할아버지를 우리 집에 보내 주셨지요. 물을 마시러 들어오셨더군요. 그때 우리를 보시고 불쌍히 여겨 그대로 우리 집에 머물렀지요. 병들고 굶주려 쓰러져 있는 우리에게 마실 것과 먹을 것을 사주셨고, 건강도 되찾게 해 주셨습니다. 또 땅도 되찾아 주셨고, 짐수레와 말까지 사 주셨지요. 그 뒤 그분은 아무 말도 없이 떠나셨답니다."

그때 할머니가 들어오며 여자가 하는 말을 가로챘다.

"우리 자신도 그분이 사람이었는지 천사였는지 알 수가 없습니다. 우리 식구 모두를 사랑하고 불쌍히 여겼는데, 아무 말도 없이 떠나 버렸지요. 그분의 이름조차 모르니 누굴 위해 그리스도께 기도드려야 할지 모르겠어요. 지금도 눈앞에 보이는 듯합니다. 나는 쓰러져 죽을 날만 기다리고 있었지요. 그런데 갑자기 평범한 대머리 할아버지가 물을 얻어 마시러 들어오지 않겠어요? 그때도 이 죄 많은 늙은이는 무엇 때문에 저분이 이렇게 어슬렁거리나 생각했지요. 그런데 그분은 방금 말한 그런 일을 해주셨답니다. 우리들을 보자 등에 짊어진 가방을 바로 내려놓고, 그래 이 자리예요. 바로 이 자리에다 놓고 끈을 풀었답니다."

이때 소녀도 말을 거들었다.

"아니에요, 할머니. 처음엔 가방을 방 한복판에 내려놓았다가 나중에 식탁 위로 올렸잖아요."

이렇게 그들은 서로 다투어가며 그 노인이 한 말과 한 일들을 모조리 이야기하기 시작했다. 어디에 앉았고, 무슨 일을 어떻게 했고, 누구에게 어떤 말을 했다는 것을 끝없이 들려주었다.

밤이 되자 주인 농부가 말을 타고 돌아왔다. 그는 역시 작년에 자기들을 도와준 할아버지에 대해 말했다. 자기 집에 있으면서 어떻게 지냈는지 들려주기 시작했다.

"만약 그분이 오시지 않았다면 우리는 모두 죄에 빠진 채 죽고 말았을 겁니다. 우리는 절망에 빠져 그리스도와 사람들을 원망하며 죽을 때만 기다리고 있었어요. 그런데 그분이 오셔서 우리를 살려주셨습니다. 그래서 우리는 그분을 통해서 그리스도의 사랑을 깨닫게 되었고, 착한 사람을 믿게도 되었지요. '하늘에 계신 예수 그리스도여, 부디 그분을 보호하여 주소서!' 예전엔 짐승과 다름없이 살았는데, 그분이 우리를 사람답게 만들어 주셨어요."

그들은 예핌에게 먹을 것과 마실 것을 주고 잠자리를 마련해 준 다음 그들도 자러 갔다.

예핌은 자리에 누웠지만 잠이 오지 않았다. 예루살렘에서 세 번이나 예리세이를 앞자리에서 본 일이 머리에서 사라지지 않았던 것이다.

'그렇구나, 예리세이는 여기서 나를 앞질렀구나! 내 고행을 그리스도가 받아들이셨을지는 모르지만, 그 친구의 고행은 흔쾌히 받아들이신 것이다.'

다음 날 아침, 그 집 식구들은 예핌에게 작별 인사를 하러 모였다. 그리고 가는 길에 먹을 고기만두를 그의 가방 속에 넣어준 다음 일터로 나갔다. 그리하여 예핌은 다시 집을 향해 길을 나섰다.

## 12

예핌은 꼭 1년이 지난 이듬해 봄에 집으로 돌아왔다. 집에 도착한 것은 저녁때였다. 아들은 집에 없었다. 술집에 있었던 것이다. 아들은 술에 잔뜩 취해 한밤중에 돌아왔다.

예핌은 아들에게 여러 가지 일을 물어보았으나 그가 집에 없는 동안 아들이 쓸데없이 시간만 보냈다는 것을 알 수 있었다. 돈은 죄다 나쁜 데 써 버렸고, 일도 모두 그대로 내팽개쳐 두고 있었다. 예핌은 아들을 꾸짖었다. 그러자 아들도 말대꾸를 했다.

"그럼 아버지가 직접 하면 되잖아요. 갑자기 순례를 떠나 놓고, 게다가 집에 있는 돈을 다 가지고 가 놓고 나보고 뭘 하란 말이에요?"

예핌은 화가 나서 아들에게 손찌검을 했다.

다음 날 아침, 예핌이 촌장에게 아들의 일을 의논하러 가는 길에 예리세이의 집 앞을 지나게 되었다. 그때 예리세이의 아내가 문 앞 계단에 서서 인사를 했다.

"안녕하세요, 영감님. 무사히 돌아오셨군요!"

예핌은 걸음을 멈추고 말했다.

"덕분에 잘 다녀왔습니다. 가는 도중에 예리세이와 헤어졌는데 먼저 돌아와 있다면서요?"

그러자 말하기 좋아하는 예리세이의 아내가 이야기를 마구 늘어놓았다.

"벌써 오래전에 돌아오신걸요. 성모 승천제(러시아 구력의 8월 15일)가 지난 뒤 곧 돌아오셨답니다. 그리스도께서 돌봐 주신 덕분이지요. 그래서 온 식구가 아주 기뻐했어요. 그이가 없으면 집안이 허전하답니다. 이젠 나이가 많아서 여러 가지 일은 못 하시지만 그래도 한 집안의 가장이니 모두 그를 의지하는 거지요. 아들도 얼마나 기뻐하는데요! 아버지가 없으면 눈에 빛이 없는 것 같다고 한답니다. 우리 식구들은 모두 그이를 의지하고 소중하게 생각한답니다."

"지금 집에 있는가요?"

"계세요. 양봉장에서 벌을 모으고 있어요. 올해 새로 태어난 애벌레는 모두 튼튼하지요. 모든 것이 그리스도의 보살핌 덕분이지요. 그이도 그렇게 기운 좋은 벌은 처음 봤다고 했어요. 우리가 죄를 짓지 않고 사니까 그리스도께서 돌보시나 봐요. 영감님, 어서 들어오세요. 무척 반가워하실 겁니다."

예핌은 현관을 통해서 마당을 지나 예리세이가 있는 양봉장으로 갔다. 양봉장에 가 보니 예리세이는 그물도 쓰지 않고 장갑도 끼지 않은 채 회색 외투를 입고 자작나무 밑에서서 두 팔을 벌리고 하늘을 쳐다보고 있었다.

그는 예루살렘의 그리스도 무덤 옆에서처럼 환히 빛났고, 머리 위에는 금빛 꿀벌이 관처럼 동그라미를 그리며 날고 있었지만 쏘지는 않았다. 예핌은 멈추어 섰다. 예리세이의 아내가 남편을 불렀다.

"예핌 영감님이 오셨어요."

예리세이는 뒤돌아보고 반가워서 친구에게 달려갔다. 그는 턱수염 속에 기어든 꿀벌을 살며시 집어내면서 물었다.

"어서 오게. 그래, 잘 갔다 왔나?"

"몸뚱이만은 잘 갔다 왔네. 자네한테 주려고 요단강 물을 가지고 왔지. 나중에 우리 집에 들러 가져가게. 그런데 그리스도께서 내 고행을 받아 주셨는지 모르겠네."

"어쨌든 기쁜 일이야. 그리스도여, 자비를 베푸소서!"

예핌은 잠시 침묵했다가 입을 열었다.

"몸은 갔다 왔지만, 아무래도 영혼은 모르겠어. 정작 누군가 딴 사람이 갔다 왔는지 모르지."

"모든 일이 그리스도의 뜻이지, 예핌. 그리스도의 뜻이고말고."

"돌아오는 길에 나도 그 농가에 들렀다네. 자네가 물 마시러 들른 그 집에 말이야."

예리세이는 깜짝 놀라 손을 저으며 서둘러 말했다.

"모든 일이 그리스도의 뜻이야 예핌. 그리스도의 뜻이고말고. 자, 안으로 들어가세. 내가 꿀을 떠 갈 테니……."

예리세이는 화제를 딴 데로 돌려 집안 이야기를 꺼내기 시작했다.

예핌은 한숨을 길게 내쉬면서도 예리세이에게 그 농가에

서 만난 사람들의 이야기나 예루살렘에서 그를 본 사실에 대해서는 한마디도 하지 않았다. 그는 이 세상 모든 사람이 죽는 날까지 사랑과 착한 일로써 자기의 의무를 다하는 것이 하나님의 분부라는 것을 깨닫게 된 것이었다.

세 가지 질문

어느 날 어떤 왕에게 이런 생각이 떠올랐다. 만약 어떤 일을 하려고 할 때 그 일을 해야 할 때를 알 수 있다면, 또한 내가 만나야 할 사람과 피해야 할 사람이 누구인지 알 수 있다면, 그리고 그 일을 위해 가장 중요한 것이 무엇인지 알 수 있다면 무슨 일을 하든지 절대로 실패하지 않을 것이라고 생각했다.

그래서 왕은 신하를 불러서 전국에 방을 붙이라고 명령했다. 모든 일을 시작할 시간을 알 수 있고, 가장 필요한 사람이 누구이고, 가장 중요하게 생각해야 할 것이 무엇인지를 왕에게 알려 주면 큰 상을 내리겠다고 했다.

그러자 학식이 뛰어난 사람들이 왕을 찾아와 왕의 세 가지 질문에 각양각색의 대답을 내놨다.

첫 번째 질문에 대한 대답으로 어떤 학자는 이렇게 대답했다. 즉 모든 일을 시작할 적절한 시간을 알기 위해서는 미리 일과표를 하루, 1개월, 1년 단위로 작성해 놓고 그 일과표를 엄격히 지키라고 말했다. 그렇게 한다면 모든 일이 정확한 시간에 행해질 수 있다고 말했다.

또 어떤 학자는 모든 일을 행할 적절한 시간을 미리 정한다는 것은 불가능하므로, 시간을 쓸데없이 낭비하지 말고 당장에 행해지고 있는 일에 신경을 쓰면서 가장 필요한 일을 행하는 것이 올바른 방향이라고 말했다.

또 어떤 학자는 왕 혼자서는 제아무리 신경을 곤두세워도 모든 일에 적합한 시간을 올바르게 정하기란 불가능하므로 슬기로운 사람들로 구성된 자문단을 만들어 두고 그들의 도움을 얻는 것이 좋다고 말했다.

그러나 어떤 학자는 자문단에게 자문을 구할 만큼 시간이 충분하지 않고, 해야 할지 말아야 할지 지금 당장 결정해야 될 일도 있으므로 자문단의 구성에 대해서 회의적이었다. 대신에 미리 어떤 일이 일어날지 알 수 있는 사람은 점술가들뿐이므로 점술가들에게 자문을 구해야 한다고 했다.

두 번째 질문에 대해서도 대답이 다양했다. 왕에게 가장 필요한 사람은 자문을 해줄 수 있는 사람이라고 주장하는 사람이 있는가 하면 성직자라고 주장하는 사람도 있었고 의사라고 말하는 사람도 있었다. 또 어떤 사람은 가장 필요한 사람은 군인이라고 말했다.

세 번째 질문에 대해서도 마찬가지로 대답이 다양했다. 어떤 사람은 세상에서 가장 중요한 일은 과학이라고 말했고, 어떤 사람은 전쟁을 이기는 기술이라고 대답했다. 또 어떤 학자는 종교적인 행위라고 대답했다.

이렇게 같은 질문에 대해서 수없이 많은 대답이 나왔다.

왕은 그 대답 중에 어떤 대답도 마음에 들지 않아서 아무에게도 상을 내리지 않았다. 결국 왕은 그 질문에 대한 올바른 대답을 듣고 싶어서 지혜가 많기로 명성이 자자한 어떤 학자를 찾으러 떠났다. 그는 어떤 곳에 은둔하고 있었다.

 그 은둔자는 숲속에 살면서 결코 그 숲을 떠난 적이 없었으며 오로지 평범한 사람들의 부탁만을 들어주었다. 그래서 왕은 일부러 수수한 옷을 입고 은둔자가 있는 숲에서 멀리 떨어진 곳에 말을 세워 둔 다음 함께 간 신하들도 떼어 놓고 혼자 은둔자를 찾아 숲으로 갔다.

 왕이 찾아갔을 때 은둔자는 오두막집 앞에서 땅을 파고 있었다. 그는 왕을 보고 가볍게 인사한 다음 다시 땅을 파기 시작했다. 은둔자는 몸이 몹시 약해 보였다. 가쁜 숨을 내쉬며 겨우 삽질하는 모습이 매우 힘들어 보였다. 왕이 그에게 가까이 다가갔다.

 "지혜로운 은둔자님, 당신에게 세 가지 질문에 대한 답을 얻고자 이렇게 왔습니다. 어떤 일을 올바른 시간에 하는 방법을 어떻게 하면 알 수 있습니까? 나에게 가장 필요한 사람은 누구입니까? 즉 내가 누구보다도 소중하게 생각해야 할 사람은 누구입니까? 그리고 가장 소중히 여겨야 할 일

205

은 무엇입니까?"

 은둔자는 왕의 말을 진지하게 듣는 것 같았는데 아무런 대답이 없었다. 그는 손에 침을 뱉고는 다시 삽을 쥐고 땅을 파기 시작했다. 왕이 말했다.

 "피곤해 보이십니다. 삽을 이리 주십시오. 내가 당신을 대신해서 잠시나마 땅을 파보겠습니다."

 "고맙습니다."

 은둔자는 이렇게 말하며 왕에게 삽을 건네준 다음 땅바닥에 주저앉았다. 왕은 화단 두 개를 판 후, 잠시 하던 일을 멈추고 다시 물었다. 그러나 은둔자는 여전히 묵묵부답이었다. 그는 말없이 왕에게 손을 내밀어 삽을 달라는 표시를 했다.

 "잠시 쉬십시오. 이번에는 내가 땅을 파겠습니다."

 그러나 왕은 삽을 주지 않고 다시 땅을 파기 시작했다. 시간이 흘러 마침내 해가 나무 뒤로 기울기 시작했다. 참다못한 왕은 삽을 땅에 꽂은 뒤에 말했다.

 "지혜로운 은둔자님, 질문에 답을 구하기 위해 이렇게 찾아온 것입니다. 당신께서 답을 주실 수 없다면 그렇다고 말해 주십시오. 그만 집으로 돌아가겠습니다."

 "저기 누군가가 이쪽으로 달려오고 있습니다."

왕은 고개를 돌렸다. 그때 수염을 덥수룩하게 기른 한 남자가 숲에서 달려오고 있었다. 그 남자는 두 손으로 배를 움켜잡고 있었고 배에서 피가 흐르고 있었다. 그는 왕 앞에 쓰러져 끙끙거리며 신음 소리를 냈다. 그의 옷을 풀어헤치자 배에 커다란 상처가 보였다. 왕은 피를 닦아 낸 다음 가지고 있던 수건으로 상처를 감싸주었다. 그러나 피는 계속 흘렀다. 왕은 피 묻은 수건을 풀고 그 수건을 물에 씻어서 다시 상처에 동여매어 주었다.

마침내 피가 멈추자 남자는 정신을 차리고 마실 물을 찾았다. 왕은 재빨리 냇가로 달려가 물을 퍼서 그 남자에게 주었다. 그러는 동안에 날이 저물었고 날씨도 쌀쌀해졌다. 그래서 왕은 은둔자의 도움을 받아 그 남자를 오두막 안으로 옮겨 자리에 눕혀 주었다. 상처를 입은 남자는 자리에 눕자 곧 눈을 감고 잠이 들었다. 왕도 오랜 여행과 땅을 파는 힘든 일로 피곤하여 눕자마자 잠이 들고 말았다. 여름의 짧은 하룻밤이 지나고 눈을 떴을 때는 다음 날 아침이었다. 왕은 잠이 깨고 나서 얼마 후에야 자신이 어디에 있는지 알 수 있었다. 또한 반짝이는 눈으로 자신을 뚫어지게 바라보고 있는 덥수룩한 수염의 남자가 누구인지 기억할 수 있었다. 덥수룩한 수염의 사내는 왕이 잠에서 깨어난 것을 보고 척

가라앉은 목소리로 왕에게 말했다.

"용서해 주십시오."

"용서라니? 그게 무슨 말이오?"

"당신은 저를 모르겠지만 저는 당신을 잘 알고 있습니다. 동생을 죽이고 저의 재산을 빼앗았기 때문에 저는 당신에게 복수하려고 마음먹었습니다. 그래서 기회를 기다리던 중 당신이 혼자 은둔자를 만나러 간다는 소식을 듣고 당신이 은둔자를 만나고 돌아올 때 당신을 죽이려고 했습니다. 하지만 해가 떨어졌는데도 당신이 돌아오지 않아서 숨어 있던 곳에서 나온 뒤 당신을 죽이려고 했습니다. 그러다가 당신의 경호원을 만나게 되었고, 이렇게 상처를 입었습니다. 저는 죽을힘을 다해 도망쳤습니다. 만약 당신이 저를 치료해 주지 않았다면 저는 피를 흘려 죽었을 것입니다. 저는 당신을 죽이려고 했는데 당신은 저의 목숨을 구해 주셨습니다. 이제 다시 몸이 완전히 회복된다면 저는 당신의 가장 충성스러운 부하가 되겠습니다. 당신의 아들에게도 충성을 하겠습니다. 제발 용서해 주십시오."

왕은 평생의 원수와 쉽게 화해를 하고 부하까지 얻게 된 것이 기뻤다. 왕은 그를 용서하고 의사를 보내 계속 돌보아 주겠다고 약속했다. 또 그의 재산도 돌려주겠다고 약속했다. 왕은 그에게 작별 인사를 한 다음, 오두막집을 나와 은둔자를 찾았다. 떠나기 전에 세 가지 질문에 대한 답을 듣고 싶었다. 은둔자는 밖에서 무릎을 꿇고 앉아 어제 만들어 놓은 화단에 씨를 뿌리고 있었다. 왕은 그에게 가까이 가서 말했다.

"마지막으로 묻겠습니다. 제 질문에 대답을 해주십시오."

은둔자는 자세를 고쳐 앉더니 왕을 올려다보며 말했다.

"당신은 이미 그 대답을 얻었습니다."

왕이 깜짝 놀라 물었다.

"대답을 얻다니 무슨 뜻입니까?"

"아직 모르시겠습니까? 당신이 어제 내 몸이 약한 것을 보고 나를 대신해 화단을 파주지 않고 그냥 돌아갔다면 저 남자가 당신을 습격했을지도 모릅니다. 그랬다면 당신은 나와 함께 머물지 않았던 것을 후회했을 것입니다. 따라서 당신이 이 화단을 파며 저와 머물던 때가 가장 소중한 시간이었으며, 당신에게 함께 있던 내가 가장 소중한 사람이었습니다. 그리고 가장 소중한 일은 나를 돕기 위해 선행을 베푼 것입니다. 그다음에 저 남자가 우리에게 달려왔을 때, 당신이 그를 치료해주었던 순간이 가장 소중한 시간이었습니다. 당신이 그의 상처를 고쳐 주지 않았다면 그는 당신과 화해도 하지 못하고 죽었을 것입니다. 당신이 치료해 주던 그가 가장 소중한 사람이었습니다. 그리고 그를 치료해 준 일이 당신에게 가장 소중한 일이었습니다.

반드시 기억해야 할 것이 있습니다. 어떤 일을 시작해야 할 시간은 그 일이 소중해지는 순간입니다. 그리고 소중한 순간은 단 한 번뿐입니다. 우리가 그것을 행할 수 있을 때가 오직 한 번뿐이기 때문에 가장 소중한 것입니다. 가장 소중한 사람은 당신과 함께 있는 사람입니다. 왜냐하면 그 사람을 제외하고는 누구와 만나게 될지 알 수 없기 때문입니다. 그리고 가장 소중한 일은 선행을 베푸는 일입니다. 왜냐하면 우리 인간은 선행을 베풀기 위해서 이 세상에 태어났기 때문입니다."

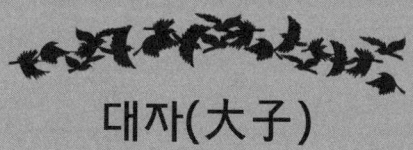

대자(大子)

눈은 눈으로, 이는 이로 갚으라 하였다는 것을 너희가 들었으나 나는
너희에게 이르노니 악한 자를 대적하지 말라(마태복음 5:38-39)

원수 갚는 것은 내게 있으니 내가 갚으리라(로마서 12:19)

# 1

어느 가난한 농부의 집에 아들이 태어났다. 농부는 크게 기뻐하며 이웃 사람한테 아들이 세례를 받을 때 대부(세례를 받을 때, 신앙의 증인으로 세우는 종교상 남자 후견인)가 되어 달라고 부탁했다. 그런데 이웃 사람은 단번에 거절하였다. 가난한 농부 아들의 대부가 되는 것이 내키지 않았던 까닭이다. 가난한 농부는 다른 사람을 찾아가 보았으나 거기서도 거절을 당했다.

온 마을을 돌아다녔지만 대부가 되어 주겠다는 사람은 아무도 없었다. 그래서 다른 마을로 가 보았다. 가는 길에 우연히 어느 행인과 마주쳤다. 행인은 걸음을 멈추었다.

"안녕하세요? 어디를 그렇게 급히 가시나요?"

농부가 대답했다.

"하나님께서 자식을 선물로 주셨습니다. 자식이란 젊어서는 즐거움이 되고, 나이가 들어서는 의지가 되며, 죽어서는 위령 예배를 올려 주는데, 제가 가난하다 보니 우리 마을에서는 아무도 대부가 되어 주려 하지 않아요. 그래서 대부가 되어 줄 분을 찾아가는 길입니다."

행인이 말했다.

"내가 대부가 되어드리죠."

농부는 크게 기뻐하며 행인에게 고마움을 표한 다음 이렇게 물었다.

"그러면 대모는 누구로 하면 좋을까요?"

행인이 말했다.

"대모는 상인의 딸에게 부탁해 보세요. 시내에 가면 돌집이 하나 있을 겁니다. 그 집 입구에서 상인을 부른 다음, 그 집 딸이 대모가 될 수 있도록 허락해 달라고 부탁해 보세요."

농부는 의아하게 생각했다.

"나 같은 농부가 어떻게 부자 상인의 딸에게 대모가 되어 달라고 부탁하러 갈 수 있겠습니까? 나 같은 사람을 꺼리며 딸을 보내주지 않을 겁니다."

"그런 걱정은 하지 않아도 돼요. 얼른 가서 부탁해 보세요. 그리고 내일 아침까지 준비해 놓으세요. 내가 가서 세례를 받게 해줄 테니까요."

가난한 농부는 집에 들른 후 시내의 상인에게 말을 타고 갔다. 마당에서 말뚝에다 말을 매고 있는데 마침 상인이 밖으로 나왔다. 상인이 물었다.

"무슨 일이오?"

"저, 실은 다름이 아니라 하나님께서 저에게 자식을 선물로 주셨습니다. 자식이란 젊어서는 즐거움이 되고, 나이 먹어서는 의지가 되며, 죽어서는 위령 예배를 올려 주지요. 제발 댁의 따님을 제 자식의 대모로 삼게 해 주십시오."

"그래, 세례는 언제 받습니까?"

"내일 아침입니다."

"좋습니다. 안심하고 돌아가 있어요. 내일 아침에 딸을 보내겠어요."

이튿날 대부가 될 사람과 대모가 될 사람이 모두 와서 가난한 농부의 아들은 무사히 세례를 받았다. 대부는 세례가 끝나자마자 떠나 버렸기 때문에 아무도 그가 누구인지 알지 못했다. 그 뒤로 그를 본 사람은 아무도 없었다.

## 2

어린아이는 자라면서 부모에게 즐거움이 되어 주었다. 힘이 세고 부지런하고 영리한 데다 온순하기까지 했다. 세월이 흘러 소년은 열 살이 되었다. 부모는 읽기와 쓰기를 배우게 했다. 다른 소년들이 5년 걸려 배우는 것을 소년은 1년 만에 다 깨우쳤다. 그리하여 얼마 후에는 더 이상 배울 것이 없게 되었다.

부활절이 돌아왔다. 소년은 대모에게 가서 부활절 인사를 하고 집으로 돌아와 이렇게 물었다.

"아버지, 어머니. 제 대부님은 어디에 계시나요? 찾아뵙고 부활절 인사를 드려야 할 텐데요."

"귀여운 내 아들아. 네 대부님이 어디에 살고 계신지는 우리도 모른단다. 우리도 그것 때문에 애석해하고 있지만, 그분은 너에게 세례를 준 뒤로 한 번도 모습을 드러내지 않으시는구나. 소문도 들은 적이 없고, 어디에서 살고 계신지도 모른단다. 살아 계신지 어쩐지도 모르겠고."

아들은 부모에게 절을 하며 말했다.

"아버지, 어머니. 대부님을 찾으러 가게 해 주세요. 꼭 찾아내어 부활절 인사를 드리고 싶어요."

부모는 아들의 청을 받아들였다. 그리하여 소년은 대부를 찾아 길을 떠났다.

# 3

소년은 집을 나와 길을 따라 걸었다. 반나절쯤 걸었을 때 행인 한 명을 만났다. 행인은 걸음을 멈추고 이렇게 물었다.

"안녕? 얘야, 어딜 가고 있니?"

소년이 말했다.

"저는 대모님께 가서 부활절 인사를 드리고 집으로 돌아왔어요. 대부님께도 부활절 인사를 드리고 싶어서 부모님께 대부님이 어디에 계시는지 여쭈었습니다. 그런데 부모님께서는 어디 계신 줄 모른다고 하셨습니다. 세례를 끝내고 가신 뒤로는 전혀 소식이 없으셔서 살아 계시는지조차 모르신다더군요. 그래서 직접 대부님을 찾아뵙기 위해 이렇게 길을 떠나는 중입니다."

그러자 행인이 말했다.

"내가 네 대부란다."

소년은 기뻐하며 대부에게 부활절 인사를 했다.

"대부님, 지금 어디로 가시는 길인가요? 저희 마을 쪽으로 가시는 거라면 저희 집에 꼭 들르세요. 그렇지 않고 댁으로 곧바로 가시는 거라면 저도 따라가고 싶어요."

대부가 말했다.

"지금은 마을마다 일이 있어서 네 집에 갈 틈이 없구나. 내일이면 내가 집에 가 있을 게다. 그때 우리 집에 오렴."

"어떻게 찾아가야 하나요, 대부님?"

"오, 그렇구나. 해가 떠오르는 쪽으로 똑바로 걸으면 숲이 나온단다. 그 숲 가운데 조그만 공터가 있는데, 그 공터에 앉아 쉬면서 거기에서 무슨 일이 일어나는지 잘 보거라. 그러고 나서 숲을 나서면 뜰이 있고, 그 뜰에는 금빛 지붕의 집이 있는데 그게 우리 집이란다. 대문으로 다가오면 내가 마중 나가마.”

대부는 이렇게 말하고 금세 사라져 버렸다.

# 4

소년은 대부가 알려 준 대로 갔다. 한참 걸어가자 정말로 숲이 나왔다. 조금 더 걸어가자 숲속에 넓은 공터가 있었다. 공터 한 가운데에 소나무가 한 그루 서 있었는데, 나뭇가지에 새끼줄이 걸려 있었다.

그 새끼줄에는 50킬로그램 정도 되어 보이는 단단한 통나무가 매달려 있었고, 그 밑에는 벌꿀이 담긴 통이 놓여 있었다. 소년은 이런 곳에 누가 꿀을 놓아두고 통나무를 매달아 놓았을까 고민하던 그때, 숲속에서 바스락거리는 소리가 났다. 곧이어 곰 몇 마리가 소나무 쪽으로 오고 있는 것이 보였다. 어미 곰이 앞장서고 그 뒤에 새끼 곰들이 따르고 있었다. 어미 곰은 코를 벌름거리며 냄새를 맡더니 꿀통

218

으로 곧장 다가갔다. 새끼 곰들도 그 뒤를 따랐다.

어미 곰이 통에 코 끝을 넣고 새끼들을 부르자 새끼 곰들이 뛰어가 함께 통에 매달렸다. 그때 단단한 통나무가 옆으로 흔들리며 밀리는가 싶더니, 이내 제자리로 되돌아오면서 새끼 곰을 툭 쳤다. 어미 곰은 그것을 보고 앞발로 통나무를 확 밀어젖혔다.

통나무는 조금 전보다 더 멀리까지 흔들리며 밀려갔다가 다시 돌아와 새끼 곰들을 후려쳤다. 어떤 녀석은 등을, 다른 녀석은 머리를 맞았다. 새끼 곰들은 비명을 지르며 물러났다. 어미 곰은 으르렁거리며 두 발로 통나무를 움켜잡고 머리 위로 들어 올린 다음 확 집어 던졌다.

통나무가 공중으로 높이 날아오르자 새끼 곰이 통으로 뛰어가 다시 통에 코를 박고 꿀을 할짝할짝 먹기 시작했다. 다른 새끼 곰들도 그쪽으로 다가갔다. 그런데 새끼 곰들이 다가가기도 전에 통나무가 다시 돌아와 꿀을 먹고 있던 새끼 곰의 머리를 치는 바람에 그 자리에서 죽고 말았다.

어미 곰은 전보다 더 크게 으르렁거리며 통나무를 움켜잡아 힘껏 위로 던졌다. 통나무는 더 높이 날아올라 가는 바람에 새끼줄이 휘청거렸다. 어미 곰은 다시 통에 다가갔고 새끼들도 그 뒤를 따랐다. 통나무는 한참을 높이 날다가 멈취서는 다시 아래로 떨어지기 시작했고, 떨어질수록 속력이 더 붙었다. 통나무는 어미 곰을 향해 빠르게 내려와 어미 곰의 머리를 치고 말았다. 어미 곰은 그 자리에서 고꾸라져서 네 발로 버둥대다가 숨을 거두고 말았다. 그것을 보고 새끼 곰들을 사방으로 달아나 버렸다.

# 5

소년은 놀라움을 감추지 못한 채 앞으로 더 걸어갔다. 잠시 후 널따란 뜰이 나왔다. 뜰에는 금빛 지붕의 큰 궁전이 있었다. 그리고 대문가에 대부가 서서 웃고 있었다. 그는 대자와 인사를 나눈 다음 정원으로 안내했다. 정원이 얼마나 아름답던지 이제껏 꿈에서조차 보지 못한 황홀함과 기쁨이 마음속으로 뿌듯이 차올랐다.

대부는 대자를 궁전 안으로 데리고 들어갔다. 궁전 안은 더 훌륭했다. 대부는 이 방 저 방 빠짐없이 보여주었다. 방 한 칸 한 칸마다 보면 볼수록 더욱더 훌륭했다. 기분 또한 즐거워졌다. 잠시 후 그는 굳게 봉인된 문 앞으로 안내받았다. 대부가 물었다.

"이 문이 보이지? 여긴 자물쇠가 없단다. 봉인되어 있을 뿐이지. 열 수는 있지만 그렇게 하지 말거라. 이제 어디서든 네 마음대로 뛰어다니며 놀아도 좋아. 무슨 놀이를 하든 상관없으나 한 가지 명심할 점은 절대로 이 문으로 들어가서는 안 된다는 거야. 알았지? 만약 이 문으로 들어가면 네가 숲속에서 본 것이 기억나게 될 거야."

대부는 그렇게 말하고는 떠나 버렸다. 대자는 그곳에서 홀로 살아가기 시작했다. 너무나 기쁘고 즐거운 나머지 기껏해야 3시간 남짓 그곳에 살았던 것같이 여겨졌으나, 실제로는 30년이나 세월이 흘렀다. 30년이 지난 어느 날, 대자는 굳게 봉인된 문에 다가가 생각했다.

'대부님은 왜 이 방에 들어가지 말라고 명하신 걸까? 가서 저 방이 어떤 방인지 알아보자.'

대자가 문을 쑥 밀자 봉인이 뜯겨 나가면서 문이 열렸다. 방은 궁전 안의 그 어느 방보다 크고 훌륭했다. 방 한가운데에는 금으로 만든 옥좌가 있었다. 대자는 방 안을 이리저리 돌아다니다가 살그머니 옥좌 쪽으로 다가갔다. 그러고는 그 위에 슬쩍 올라앉았다. 옥좌 옆에는 지팡이가 하나 있었다.

대자는 그 지팡이를 손에 잡았다. 지팡이를 잡자마자 갑자기 방의 네 벽이 모두 다 활짝 열렸다. 대자는 주위를 둘러

보았다. 온 세계가 한눈에 바라다보였다. 그 세계 사람들이 하고 있는 일들을 낱낱이 볼 수 있었다. 그는 두 눈을 부릅뜨고 똑바로 보았다.

 정면에는 바다에서 배가 항해하는 것이 보였다. 오른쪽을 보니 그리스도 교도가 아닌 낯선 나라의 사람들이 살고 있었다. 왼쪽을 보니 그리스도 교도이긴 해도 러시아인이 아닌 사람들이 살고 있었다. 뒤쪽을 바라보니 러시아인들이 살고 있었다.

 '우리 집에서는 무엇을 하나? 곡식이 잘 자라고 있는지 모르겠다.'

 자기네 밭을 바라보니 보릿단이 잔뜩 쌓여 있었다. 곡식의 수확이 얼마나 되는지 보려고 보릿단을 세기 시작하자 밭으로 짐수레가 오는 것이 보였다. 그 뒤에는 농부 한 사람이 타고 있었다. 대자는 아버지가 밤중에 보릿단을 쌓으러 오는 것이라고 생각했다.

 그런데 자세히 보니 바실리 쿠드랴쉬오프라는 도둑이었다. 도둑은 보릿단 쪽으로 가까이 가더니 보릿단을 서둘러 짐수레에 싣기 시작했다. 대자는 화가 나서 이렇게 외쳤다.

 "아버지, 보릿단을 훔쳐 가요!"

 아버지는 잠에서 깼다.

"누군가가 보릿단을 훔쳐 가는 꿈을 꿨어. 밭에 나가 봐야지."

그는 이렇게 중얼거리며 말을 몰았다. 밭으로 달려가 바실리를 발견하자, 큰 소리로 농부들을 불렀다. 바실리는 흠씬 두들겨 맞고 온몸이 묶인 채 감옥으로 보내졌다.

이번에는 대모가 살고 있는 도시 쪽을 바라보았다. 대모는 어느 상인의 아내가 되어 있었다. 대모는 마침 침대에 누워 잠을 자고 있었고, 남편은 다른 여자 집으로 가고 있었다. 대자는 대모에게 소리쳤다.

"일어나세요. 대모님의 남편이 나쁜 짓을 해요."

대모는 벌떡 일어나 옷을 입고 남편이 간 곳을 찾아내어 함께 있는 여자를 흠씬 두들겨 때리고 망신을 준 뒤, 남편을 집에서 쫓아내 버렸다.

대자는 다시 자기 어머니를 바라보았다. 어머니는 집 안에서 자고 있었는데 도둑이 들어와 금고를 부수고 있었다. 어머니는 곧 잠이 깨어 고함을 질렀다. 도둑은 깜짝 놀라 어머니를 죽이려고 도끼를 마구 휘둘렀다.

대자는 참지 못하고 손에 들고 있던 지팡이를 그 도둑에게 던졌다. 관자놀이에 정통으로 지팡이를 맞은 도둑은 그 자리에 쓰러져 죽어 버렸다.

# 6

대자가 도둑을 죽이자마자 벽이 닫히면서 방은 다시 예전 모습으로 바뀌었다. 그때 갑자기 문이 열리면서 대부가 들어왔다. 대부는 대자에게 다가가더니, 그의 손을 잡고 옥좌에서 끌어내리며 말했다.

"너는 내가 말한 것을 듣지 않았다. 네가 저지른 첫 번째 잘못은 봉인된 문을 연 것이다. 두 번째 잘못은 옥좌에 올라가 내 지팡이를 손에 잡은 것이다. 세 번째 잘못은 세상에 악을 늘린 것이다. 만약 네가 한 시간만 더 앉아 있었다면 이 세상 사람들의 절반을 버려 놓았을 것이다."

대부는 대자를 옥좌로 데리고 가더니 지팡이를 집어 들었다. 그러자 벽이 사라지면서 무엇이든 다 보이게 되었다. 대부가 말했다.

"자, 이번에는 네가 너의 아버지에게 한 짓을 보아라. 바실리는 일 년 동안 감옥에 갇혀 있으면서 온갖 나쁜 짓을 다 배워서 더욱더 사나워져 버렸다. 저자가 너희 아버지의 말을 두 필 훔치고 집에도 불을 지르려고 하지 않느냐? 저게 바로 네가 너의 아버지에게 한 짓이다."

대자는 아버지의 집이 불타는 것을 보자마자 대부는 그 장면을 가리고 다른 쪽을 보게 했다.

"자, 봐라. 네 대모의 남편은 벌써 일 년째 아내를 버리고 딴 여자들과 놀아나고 있어. 네 대모는 술로 괴로움을 달래고 있다. 그뿐만 아니라 대모의 남편과 만난 여자는 완전히 타락해 버렸다. 네가 대모에게 이런 짓을 하였다."

대부는 그 모습을 닫아 버리고, 이번에는 대자의 집을 보여주었다. 어머니가 보였다. 어머니는 자기가 지은 죄를 뉘우치고 울면서 말했다.

"차라리 그때 내가 그 도둑에게 죽었더라면 좋았을걸. 그러면 이렇게 많은 죄를 짓지 않아도 되었을 텐데."

"네가 어머니에게 한 짓이다."

대부는 그 모습을 닫아 버리고 아래쪽을 가리켰다. 대자의 눈에 도둑의 모습이 비쳤다. 두 명의 간수가 감옥 앞에서 그 도둑을 잡아 놓고 있었다. 대부가 말했다.

"저자는 아홉 명의 목숨을 빼앗았다. 그가 죗값을 치러야 하는데, 네가 죽여 버렸기 때문에 저자의 죄를 모두 네가 책임질 수밖에 없다. 이제부터 너는 저자가 지은 모든 죄에 대해 책임을 지지 않으면 안 된다. 너는 스스로에게 이런 짓을 한 것이다. 어미 곰이 통나무를 한 번 밀었을 때는 새끼 곰을 놀라게 했을 뿐이나, 두 번째로 밀었을 때는 새끼 곰을 죽이고 말았다. 세 번째로 밀었을 때는 자기가 죽고 말았다. 네가 한 짓도 꼭 그와 마찬가지다. 지금부터 너에게 삼십 년의 시간을 줄 테니, 세상에 나가서 도둑의 죗값을 대신 치르도록 해라. 만약 그 죗값을 치르지 못하면 네가 그의 자리에 서게 될 것이다."

대자가 물었다.

"어떻게 하면 도둑의 죗값을 치를 수 있나요?"

"네가 지은 만큼의 죄를 세상에 나가서 없애면, 너의 죄와 도둑의 죄가 모두 없어질 것이다."

"어떻게 하면 세상에 나가 죄를 없앨 수 있을까요?"

"태양이 떠오르는 쪽으로 똑바로 걸어가면 들이 나오고 그 들에 사람들이 있을 것이다. 그 사람들을 잘 보고 있다가 네가 알고 있는 것을 가르쳐 주어라. 그런 다음 다시 앞으로 걸어 나가면서 눈에 띄는 것들을 머리에 새겨 두어라. 나흘째 되는 날에는 숲에 도착할 것이다. 그 숲속에는 은사의 처소가 있다. 그곳에 은사가 살고 있는데, 그에게 이제까지 있었던 일을 모조리 이야기해라. 그러면 그 은사가 무언가를 가르쳐 줄 것이다. 은사가 너에게 이른 것을 모두 해내면, 그때야 너는 도둑이 지은 죄를 다 갚게 될 것이다."

대부는 이렇게 말하고 대자를 문밖으로 내보냈다.

# 7

대자는 태양이 떠오르는 쪽으로 걷기 시작했다. 걸으면서 생각했다.

'내가 어떻게 이 세상에서 죄를 없앨 수 있단 말인가? 세상에서는 죄인들을 감옥에 가두거나 형벌을 줘서 악을 없애고 있는데, 세상의 죄를 없애면서 남의 죄를 떠맡지 않으려면 어떻게 해야 한단 말인가?'

대자는 곰곰이 생각했지만 답을 찾을 수 없었다. 한참 동안 걷고 걸어서 들에 도착했다. 들에는 곡식이 잘 자라 수확을 앞두고 있었다. 그때 송아지 한 마리가 밭으로 뛰어 들어가는 것이 보였다. 사람들은 말을 타고 밭으로 들어가 송아지를 이리저리 몰았다. 송아지가 밭에서 뛰어나오려는 순간 다른 사람이 말을 몰고 다가가자 송아지는 깜짝 놀라 다시 밭으로 뛰어 들어갔다. 사람들은 그 뒤를 쫓느라 말을 몰고 밭에서 이리저리 돌아다녔다. 길에는 아주머니 한 명이 서서 사람들이 자기네 송아지를 몰아대고 있다면서 울부짖고 있었다. 대자가 농부들에게 말했다.

"왜 그렇게 하나요? 모두 밭에서 나와요. 그리고 저 아주머니에게 송아지를 불러내도록 하세요."

227

사람들은 대자의 말을 들었다. 아주머니는 밭 가장자리로 가서 송아지를 불렀다. 송아지는 귀를 세우고 가만히 듣고 있다가 아주머니에게 곧장 뛰어가 얼굴을 디밀었다. 하마터면 아주머니가 쓰러질 뻔했다. 그제야 농부들도 기뻐하고 아주머니도 기뻐하고 송아지도 기뻐했다. 대자는 다시 앞으로 걸어가면서 생각했다.

'이제야 악은 악에서 불어난다는 사실을 알았다. 사람들이 악을 몰아 대면 댈수록 더욱더 불어날 뿐이다. 악은 악으로 없앨 수 없다. 그렇다면 어떻게 없애야 하는 걸까? 마침 송아지가 아주머니의 말을 들어주었으니 망정이지, 그렇지 않았다면 어떻게 불러낼 수 있었을 것인가.'

대자는 열심히 생각했으나 이렇다 할 묘안이 떠오르지는 않았다. 그는 계속해서 앞으로 걸어 나갔다.

## 8

대자는 한참 가다가 어느 마을에 도착했다. 마을의 가장자리에 있는 집에 가서 하룻밤 재워 달라고 하자 주인아주머니가 들어오라고 했다. 집안에는 아무도 없고 주인아주머니 혼자서 청소를 하고 있었다.

대자는 방 안으로 들어가 벽난로 곁에 앉아서 주인아주머니가 하는 일을 지켜보았다. 주인아주머니는 방 안을 깨끗하게 모두 치우고 나서 식탁을 물로 씻기 시작했다. 그런 다음에 방 안을 청소하던 더러운 걸레로 닦기 시작했다.

식탁 한쪽을 닦았으나 식탁은 깨끗이 닦아지지 않았다. 더러운 걸레 때문에 식탁 위에 자국이 몇 줄 생겨났다. 이번에는 다른 쪽을 문질렀다. 그러자 먼저 생긴 자국이 없어지는 대신 새로운 자국이 생겨났다. 다시 문질러 보았으나 역시 마찬가지였다. 더러운 걸레로 닦기 때문에 식탁은 깨끗해질 수가 없었다. 먼저 있던 자국이 없어지면 다른 자국이 생겨나는 것이었다. 대자는 한참 동안 이것을 바라보고 있다가 마침내 입을 열었다.

"아주머니, 지금 무얼 하시는 거예요?"

"안 보여요? 축제일이라서 청소를 하고 있잖아요. 그런데 이놈의 식탁은 아무리 닦아도 깨끗해지질 않네요. 이젠 힘이 다 빠졌어요."

"그 걸레를 깨끗이 빨아 닦으면 될 텐데요."

대자가 말한 대로 하자, 식탁이 금방 깨끗해졌다.

"가르쳐 줘서 고마워요."

이튿날 아침, 대자는 주인아주머니와 작별 인사를 나눈 뒤 다시 길을 떠났다. 한참 걸어가자 숲이 나왔다. 거기에는 농부들이 수레바퀴를 만들 나무를 구부리고 있었다. 가까이 가 보니 농부들이 빙빙 원을 그리며 돌고 있었으나 나무는 구부러지지 않았다. 가만히 들여다보니 나무들이 꽉 박혀 있지 않아 겉돌고 있었다. 이것을 보던 대자가 말했다.

"여보세요, 무얼 하고 계신 건가요?"

"수레바퀴를 만들고 있어요. 두 번씩이나 땀을 뻘뻘 흘려 봤지만 나무가 구부러지지 않는군요. 이젠 지쳤어요."

"나무틀을 움직이지 않게 하세요. 그렇지 않으면 틀과 같이 돌게 되니까요."

농부들은 대자의 말을 듣고 나무틀을 움직이지 않게 고정하자 쉽게 일을 할 수 있었다.

대자는 그 사람들의 집에서 하룻밤을 지내고 다시 길을 떠났다. 하루 밤낮을 꼬박 걸어 새벽녘에 목동들이 모여 있는 곳을 보고 그 사람들 곁에 누웠다. 그 사람들은 소를 매어 놓고 모닥불을 피우고 있는 중이었다. 마른 나뭇가지를 모아서 불을 피우고 있었는데, 불이 활활 타오르기 전에 젖은 나뭇가지를 올려놓자 불이 피식피식 소리를 내며 꺼져 버렸다.

목동들은 다시 마른 나무를 주워 불을 피웠다. 그러나 다시 젖은 나뭇가지를 올려놓자 불이 또 꺼지고 말았다. 이렇게 목동들은 계속 애를 써봤지만 불은 활활 피어오르지 않았다. 그러자 대자가 말했다.

"젖은 나무를 너무 빨리 올리지 말고 불이 활활 타오르기를 기다렸다가 불길이 세지면 올려놓으세요."

목동들은 대자가 시키는 대로 불길이 세게 타오른 다음에 젖은 나무를 올려놓았다. 그러니 모닥불이 꺼지지 않고 활활 타올랐다.

대자는 목동들과 같이 있다가 다시 길을 떠났다. 대자는 무엇 때문에 이 세 가지 일을 겪었을까 생각해 보았지만 알 수가 없었다.

# 9

대자는 계속 걷다 보니 어느새 하루가 지났다. 마침내 숲이 나오고 숲속에 작은 집이 있었다. 대자는 그 집 쪽으로 가까이 가서 문을 두드렸다. 그러자 집 안에서 소리가 들렸다.

"누구세요?"

"큰 죄를 지은 사람입니다. 다른 사람의 죗값을 치르려고 가는 중입니다."

한 노인이 밖으로 나와 물었다.

"자네가 치러야 하는 다른 이의 죄라는 것이 무엇을 말하는가?"

대자는 지금까지 있었던 일을 모두 이야기해 주었다. 대부에 대한 이야기, 어미 곰과 새끼 곰들에 대한 이야기, 봉인된 방에 들어가 의자에 앉은 일, 대부가 자기에게 시킨 일, 그리고 밭에서 농부들을 본 일, 그들이 온 밭을 짓밟던 일, 송아지가 주인에게 달려 나오던 일 등을 빼놓지 않고 모두 이야기해 주었다.

"악은 악으로 없앨 수 없다는 것을 깨닫긴 했습니다만 악을 없애려면 어떻게 해야 하는지 모르겠습니다. 저에게 그 방법을 가르쳐주십시오."

그러자 노인이 말했다.

"그 외에 네가 여기 오면서 겪은 일을 말해 보아라."

대자는 어떤 여자가 집 안 청소를 하던 일, 농부들이 수레바퀴를 만들려고 나무를 구부리던 일, 모닥불을 피우던 목동들의 이야기를 노인에게 들려주었다. 노인은 이야기를 다 듣고 나서 집 안으로 들어가더니 이가 다 빠진 손도끼 한 자루를 들고나와서 말했다.

"자, 가자."

노인은 집에서 멀지 않은 곳으로 가서 나무 한 그루를 가리켰다.

"이 나무를 베어라."

대자가 나무를 베자 나무가 쓰러졌다.

"이번에는 그것을 세 토막으로 잘라라."

대자는 나무를 세 토막으로 잘랐다. 그러자 노인이 다시 집으로 가서 불을 가져왔다.

"이 나무토막 세 개를 태워라."

대자는 불을 피워 나무토막을 태웠다. 타다 만 나무토막의 숯 세 개가 남았다.

"이것을 땅속에 반쯤 파묻어라."

대자는 타다 만 나무토막 숯 세 개를 각각 파묻었다.

"저기 산 아래 개울이 보이지? 거기 가서 입으로 물을 떠서 이 숯에 주거라. 첫 번째 나무에는 네가 어느 여자에게 가르쳐 준 대로 물을 주고, 두 번째 나무에는 네가 수레바퀴 만드는 농부에게 가르쳐 준 대로 물을 주고, 세 번째 나무에는 네가 목동들에게 가르쳐 준 대로 물을 주어라. 이 세 숯에서 모두 싹이 나와 사과나무로 자라면 그때 너는 사람들 사이에서 악을 없애는 방법을 알게 될 것이고, 모든

233

죄도 갚게 될 것이다."

이렇게 말하고 노인은 집 안으로 들어가 버렸다. 대자는 생각하고 또 생각해 보았으나 노인의 말을 제대로 이해할 수 없었다. 그러나 대자는 노인이 시키는 대로 일을 하기 시작했다.

# 10

대자는 개울가로 가서 물을 한입 머금고 돌아와 숯에 물을 주었다. 그리고 개울가로 되돌아가고 또 되돌아가고 이렇게 반복하여 개울가를 오갔다. 그제야 한 개의 숯을 덮은 흙이 촉촉하게 젖었다. 대자는 또 다른 숯 두 개에도 이렇게 물을 주었다. 대자는 지쳤고 배가 고팠다. 그는 먹을 것을 얻으려고 노인의 집으로 갔다. 그러나 문을 열어 보니 노인이 긴 의자 위에 죽은 채로 누워 있었다.

대자는 집안을 뒤져 마른 빵을 찾아 먹었다. 그런 뒤에 작은 삽을 찾아 노인의 무덤을 파기 시작했다. 밤에는 숯에 물을 주고, 낮에는 무덤을 팠다. 이렇게 무덤을 파서 노인을 묻으려고 하는데 마을에서 사람들이 왔다.

마을 사람들은 노인이 죽으면서 그의 자리를 대자에게 물려준 것으로 생각했다. 사람들은 노인을 묻고 대자에게 빵을 남겨 둔 뒤, 다시 오겠다는 약속을 하고 떠났다.

대자는 노인의 집에서 홀로 살게 되었다. 대자는 사람들이 가져다주는 것으로 먹고 살면서 노인이 시킨 대로 일을 했다. 강에서 입으로 물을 떠서 숯에 물을 주는 일이었다.

이렇게 1년이 지났다. 그러는 동안, 대자를 찾는 사람들이 많아졌고, 그에 대한 소문이 널리 퍼졌다. 숲속에 성인이 살고 있는데 그 사람은 산 밑에서 입으로 물을 떠서 타다 만 나무토막 숯에 주면서 도를 닦고 있다는 소문이었다. 그러자 많은 사람들이 그를 찾아오게 되었다. 돈 많은 상인도 찾아와서 선물을 주고 갔으나 대자는 꼭 필요한 것 외에는 아무것도 가지지 않고 선물로 받은 것은 모두 가난한 사람들에게 나누어 주었다.

대자는 이렇게 살았다. 반나절은 입으로 물을 떠서 타다 만 나무토막 숯에 주고, 나머지 반나절은 쉬면서 사람들을 만났다. 대자는 이것이 자기에게 주어진 생활이며 이런 생활을 통해 악을 없애고 모든 죄를 갚을 수 있다고 생각하게 되었다.

대자는 그렇게 또 1년을 보냈다. 그는 하루도 거르지 않고 숯에 물을 주었지만 어느 숯에서도 싹이 돋아나지 않았다.

어느 날 대자가 집에 앉아 쉬는데 어떤 사람이 말을 타고 노래를 부르며 지나가는 소리가 들렸다. 대자가 밖에 나가서 보니 몸이 건장한 젊은 남자였다. 옷도 잘 입었고 말도 말안장도 모두 값비싼 것이었다. 대자는 남자를 불러 세워 어디서 무얼 하는 사람이며, 어디로 가는 길이냐고 물어보았다. 남자는 말을 세우고 말했다.

"나는 강도인데 길을 돌아다니며 사람을 죽인다. 나는 사람을 많이 죽일수록 기분이 좋아서 노래를 부르지."

대자는 겁에 질려 생각했다.

'저 남자의 마음속에 있는 죄악을 어떻게 하면 지워 버릴 수 있을까? 나를 찾아오는 사람들은 자기의 죄를 뉘우치며 그런 말을 내게 하기를 좋아하는데, 저 남자는 나쁜 일을 자랑하고 있지 않은가.'

대자는 아무 말도 하지 않고 그 옆에서 물러나 이렇게 생각했다.

'이제 어떻게 살아가야 하나? 저 강도가 이 부근을 돌아다니면 사람들이 무서워 나에게 오지 못할 게 아닌가. 그렇게 되면 그 사람들도 불편하겠지만, 나는 어떻게 살아가야 하나?'

그래서 대자는 강도에게 물었다.

"여기에 나를 찾아오는 사람들은 누구나 나쁜 일을 자랑하지 않고, 자기가 지은 죄를 뉘우치며 용서해 달라고 빌고 있소. 그러니 젊은이도 하나님의 도움을 받으려면 뉘우치도록 하시오. 만일 뉘우칠 생각이 없다면 이곳을 떠나 다시는 나타나지 마시오. 내 말을 듣지 않으면 하나님의 벌을 받을 것이오."

강도는 웃으면서 말했다.

"나는 하나님을 두려워하지 않으니 네놈 따위 말은 듣지 않겠다! 너는 내 주인도 아니니까 말이야. 너는 하나님께 기도를 드려 먹고살지만, 나는 강도질로 먹고살지. 사람은 저마다 먹고살아야 하지 않아? 설교 따위 너를 찾아오는 사람들에게나 하고 나한테는 집어치워. 네가 하나님 이야기를 내게 한 대가로 내일은 두 사람을 더 죽이겠다. 지금 당장 너를 죽일 수 있지만, 그런 일로 손을 더럽힐 생각은 없으니까. 그러니 앞으로 내 눈에 띄지 않도록 해라."

이렇게 위협한 뒤에 그 강도는 떠나 버렸다. 그 후로 강도는 다시 오지 않았고 대자는 전처럼 평온하게 살았다. 그렇게 8년이 지나 대자는 일상이 지루하다는 생각이 들었다.

# 11

어느 날 밤, 대자는 숲에 물을 주고 나서 집으로 돌아와 쉬고 있었다. 그리고 이제 곧 사람들이 찾아올 때가 되어 오솔길을 바라보며 앉아 있었다. 그런데 그날은 아무도 찾아오는 사람이 없었다. 대자는 저녁때까지 혼자 가만히 앉아 있었다. 그는 적적하여 지금까지 자기가 걸어온 길을 생각해 보았다. 그러다가 문득, '너는 하나님께 기도나 드리며 먹고사는 놈'이라는 강도의 비난이 떠올랐다. 그래서 대자는 지금까지 자기가 걸어온 길을 돌이켜 보며 이렇게 생각했다.

'나의 생활은 노인의 가르침과는 다른 것 같다. 노인은 나에게 벌을 내렸는데, 나는 그것을 가지고 빵이나 얻어먹고 사람들의 칭찬을 바라게 되었다. 그리고 칭찬받고 싶은 유혹에 빠져 사람들이 찾아오지 않으면 우울해지고 사람들이 찾아오면 나를 성인으로 받들어 모시는 줄 알고 좋아한다. 이런 생활을 해서는 안 된다. 사람들의 칭찬에 눈이 어두워 과거의 죄를 갚는 게 아니라 새로운 죄를 또 짓지 않았는가? 사람들의 눈에 띄지 않는 깊은 산속으로 떠나야겠다. 혼자 살면 옛날의 죄를 갚게 되고 새로운 죄를 짓지 않

게 될 것이다.'

 대자는 이렇게 생각하고 가방에 마른 빵과 삽을 넣고 집을 떠나 골짜기로 내려갔다. 깊은 산속에 움집을 짓고 사람들로부터 자취를 감추기 위해서였다. 이렇게 가고 있는데 멀리서 강도가 말을 타고 오고 있었다. 대자는 놀라서 도망치려고 했지만 강도에게 붙잡히고 말았다.

 "어딜 가는 거요?"

 강도가 물었다. 대자는 사람들을 피해 아무도 찾아오지 못할 곳으로 가고 싶다고 말했다. 강도는 이상하게 생각하며 물었다.

 "사람들이 찾아오지 않으면 무얼 먹고살 거요?"

 그런 생각은 아직 해 본 일이 없으나 강도가 그렇게 묻자 대자는 먹을 것을 생각하게 되었다.

 "하나님이 주시는 것으로 살아가면 되겠지요."

 하고 대자가 대답했다. 강도는 아무 말도 없이 떠나 버렸다. 그러자 대자는 생각했다.

 '나는 저 남자의 생활에 대해서 아무것도 물어보지 않았다. 어쩌면 지금쯤 뉘우치고 있을지도 모른다. 오늘은 사람을 죽이겠다고 위협하지도 않았다.'

 그래서 대자는 강도의 등에 대고 소리쳤다.

"아무튼 당신은 죄를 뉘우치지 않으면 안 되오. 하나님을 피할 수는 없으니까 말이요."

강도는 말머리를 돌렸다. 그리고 허리춤에서 칼을 뽑아 대자를 내리치려고 했다. 대자는 깜짝 놀라 숲속으로 도망쳤다. 강도는 뒤쫓아오지 않고 이렇게 말했다.

"두 번은 용서해 주겠지만, 세 번째는 내 눈에 띄지 않도록 해. 그땐 정말 죽여 버리겠어."

이렇게 말하고 강도는 사라졌다. 저녁에 대자는 숲에 물을 주러 갔다. 그런데 한 개의 숲에서 싹이 돋아나 있었다. 그것은 사과나무였다.

# 12

대자는 사람들 곁에서 자취를 감추고 혼자 살기 시작했다. 마침내 빵도 다 떨어졌다. 대자는 생각했다.

'이젠 풀뿌리라도 캐러 가야겠다.'

풀뿌리를 캐러 가다 보니 나뭇가지에 빵이 담긴 자루가 걸려있었다. 대자는 그것을 가져다 먹기 시작했다. 빵이 떨어지면 곧 또 다른 빵 자루가 나뭇가지에 걸려 있었다. 대자는 이렇게 살아갔다. 그에게 단 한 가지 걱정이 있다면 강도가 나타나지 않을까 하는 두려움이었다. 그래서 강도가 나타나는 느낌이 있으면 얼른 몸을 숨기며 생각했다.

'저자의 손에 잡혀 죽으면 나는 영영 죄를 갚지 못한다.'

이렇게 또 10년이 흘렀다. 사과나무는 한 그루만 자랄 뿐, 나머지 둘은 여전히 숯이었다.

하루는 대자가 아침 일찍 일어나 일을 하러 갔다. 숯 둘에게 촉촉이 물을 주고 앉아 쉬고 있었다. 앉아 쉬면서 그는 이런 생각을 해 보았다.

'나는 또 죄를 지었다. 죽음을 두려워하게 된 것이다. 하나님이 원하신다면 죽음으로 나의 죄를 갚으리라.'

이런 생각을 하는 순간 갑자기 사람 소리가 들려왔다. 강도가 욕을 하며 말을 타고 오는 소리였다. 대자는 그 소리를 듣고 생각했다.

'좋은 사람이든 나쁜 사람이든 하나님 외에 누가 나에게 사람을 보내겠는가.'

그는 강도 쪽으로 걸음을 옮겼다. 강도는 혼자가 아니라 어떤 남자를 태워 어디로 가는 길이었다. 강도에게 붙잡힌 남자는 손과 입이 묶여 있었다. 남자는 가만히 있는데 강도는 그에게 욕을 하고 있었다. 대자는 강도 쪽으로 가서 말 앞을 가로막으며 말했다.

"그 사람을 어디로 데려가는가?"

"숲속으로. 이놈은 장사꾼의 아들인데, 제 아비의 돈을 어디에 숨겨 두었는지 입을 열지 않아. 입을 열 때까지 두들겨 줄 것이다."

이렇게 말하고 강도는 지나가려 했다. 그러자 대자는 말고삐를 잡고 놓지 않았다.

"이 사람을 놔주시오!"

강도는 화를 내며 대자에게 채찍을 쳐들었다.

"너도 이런 꼴을 당하고 싶어? 약속한 대로 너를 죽여주마. 이것 놔!"

그러나 대자는 두려워하지 않았다.

"못 놓겠다. 내가 두려운 건 자네가 아니라 하나님뿐이야. 이 사람을 놓아주어라."

강도는 얼굴을 찌푸리며 칼을 뽑아 오랏줄을 끊은 뒤에 상인의 아들을 놓아주었다.

"두 놈 다 꺼져 버려. 두 번 다시 내 눈에 띄지 않도록 해."

상인의 아들은 말에서 뛰어내려 달아나기 시작했다. 강도는 그냥 가려고 했으나 대자는 다시 그를 불러 세우며 그런 나쁜 생활은 이제 그만두라고 말했다. 강도는 잠깐 동안 서서 대자의 말을 다 듣고 난 뒤 아무 말도 없이 떠나 버렸다.

이튿날 아침 대자가 숯에 물을 주려고 가보니 남은 두 개의 숯 중 하나에서 싹이 돋아나 있었다. 역시 사과나무였다.

# 13

그러는 동안, 다시 10년이 흘렀다. 어느 날 대자는 움막에 앉아 있었다. 그는 더 이상 아무것도 바랄 것이 없고 겁나는 일이 없었다. 마음은 기쁨으로 가득 차 있었다. 대자는 생각했다.

'하나님은 사람들에게 얼마나 큰 행복을 내려주시는지 모른다. 그런데 사람들은 기쁨 속에 살아갈 수 있는데도 자기 자신을 괴롭히고 있다.'

그리고 사람들이 자신을 괴롭히는 모든 죄악을 생각해 보았다. 그러자 사람들이 가엾어졌다.

'내가 왜 쓸데없이 이런 생활을 하나? 바깥세상에 나가서 내가 아는 바를 사람들에게 알려 줘야지.'

이런 생각을 하자마자 인기척을 느꼈다. 강도가 말을 타고 오는 소리였다. 대자는 강도가 지나가도록 가만히 내버려 두면서 생각했다.

'저런 놈에게 이야기해 봤자 못 알아들을 거야.'

처음에는 이렇게 생각했으나 나중에 생각을 다시 해 밖으로 나갔다. 강도는 우울한 얼굴로 땅을 내려다보면서 말을 몰고 있었다. 대자는 그를 보자 가엾은 생각이 들었다. 그래서 쫓아가서 그의 무릎을 잡고 말했다.

"사랑하는 형제여, 부디 자기의 영혼을 불쌍히 생각하게! 자네는 스스로 괴로워하며 남도 괴롭혀 왔고, 앞으로도 더 많은 괴로움을 겪게 될 것이네. 그러나 하나님께서는 자네를 얼마나 사랑하시며 어떤 행복을 주시려고 하는지 아는가? 제발 자신을 망치는 일은 하지 말게. 형제여, 자네의 생활을 고치게."

강도는 얼굴을 찌푸리고 고개를 돌리며 말했다.

"비켜라."

대자는 강도의 무릎을 더 꼭 잡고 눈물을 흘렸다. 강도가 눈을 치켜뜨며 대자를 내려다보았다. 그러다가 말에서 내려 대자 앞에 무릎을 꿇었다.

"영감님, 당신이 저를 이겼습니다. 20년 동안 저는 당신과 싸워 왔으나 결국 지고 말았습니다. 이제 저는 마음대로 할 수 없게 되었습니다. 그러니 당신 마음대로 하십시오. 당신이 처음 제게 설교하려 했을 때 나는 화만 더 났을 뿐이었습니다. 제가 당신의 말을 생각하게 된 것은 당신이 사람들로부터 아무것도 바라서는 안 된다는 것을 깨닫고 산속으로 피해 갈 때였습니다.”

그때 대자는 옛날에 농가의 아주머니가 걸레를 깨끗이 빨았을 때 비로소 식탁을 깨끗이 닦을 수 있었던 일이 떠올랐다. 그처럼 대자도 자기 걱정을 그만두고 먼저 자기 마음을 깨끗이 했을 때 남의 마음도 깨끗이 할 수 있다는 것을 알았다. 강도는 말을 이었다.

“그러나 내 마음이 변하게 된 것은 당신이 죽음을 두려워하지 않게 되었을 때부터였습니다.”

그때 대자는 농부들이 받침틀을 움직이지 않게 했을 때 비로소 수레바퀴로 쓰일 나무를 구부릴 수 있었던 일이 떠올랐다. 그처럼 대자도 죽음을 두려워하지 않고 자신의 생활을 하나님 안에 확고하게 두었을 때 순종하지 않던 마음이 길들여진다는 것을 알았다. 강도는 다시 말했다.

“내 마음이 눈처럼 완전히 녹아 버린 것은 당신이 나를 가엾게 여겨 내 앞에서 눈물을 흘렸을 때였습니다.”

대자는 몹시 기뻐하며 숯이 있는 곳으로 그를 데려갔다. 가

까이 가 보니 마지막 숲에서도 사과나무의 싹이 움트고 있
었다.

그때 대자는 목동들이 모닥불이 활활 타오르게 한 후에
비로소 젖은 나무가 타던 일이 떠올랐다. 그처럼 대자도 자
기 마음이 먼저 타오른 후에 남의 마음을 태울 수 있다는
것을 알았다.

이제야 죄를 다 갚게 된 대자는 몹시 기뻤다. 대자는 그 이
야기를 강도에게 다 들려주고 나서 영원히 눈을 감고 말았
다. 강도는 대자를 묻어주고 그가 시킨 대로 사람들을 가르
치며 살았다.

불을 놓아두면 걷잡을 수가 없다

그때에 베드로가 예수께 와서

"주님, 제 형제가 저에게 잘못을 저지르면 몇 번이나 용서해 주어야 합니까? 일곱 번이면 되겠습니까?"

하고 묻자 예수께서는 이렇게 대답하셨다.

"일곱 번뿐 아니라 일곱 번씩 일흔 번이라도 용서하여라. 하늘나라는 이렇게 비유할 수 있다. 어떤 왕이 자기 종들과 셈을 밝히려 하였다. 셈을 시작하자, 일만 달란트나 되는 돈을 빚진 사람이 왕 앞에 끌려왔다. 그에게 빚을 갚을 길이 없었으므로 왕은 '네 몸과 네 처지와 너에게 있는 것을 다 팔아서 빚을 갚아라.'고 하였다. 이 말을 듣고 종이 엎드려 왕에게 절하며 '조금만 참아 주십시오. 곧 다 갚아 드리겠습니다.'하고 애걸하였다. 왕은 그를 가엾게 여겨 빚을 탕감해 주고 놓아 보냈다. 그런데 그 종은 나가서 자기에게 백 데나리온밖에 안 되는 빚을 진 동료를 만나자 달려들어 멱살을 잡으며 '내 빚을 갚아라.'고 호통을 쳤다. 그 동료는 엎드려 '꼭 갚을 터이니 조금만 참아 주게.'하고 애원하였다. 그러나 그는 들어 주기는커녕 오히려 그 동료를 끌고 가서 빚진 돈을 다 갚을 때까지 감옥에 가두어 두었다. 다른 종들이 이 광경을 보고 매우 분개하여 왕에게 가서 낱낱이 일러바쳤다. 그러자 왕은 그 종을 불러들여 '이 몹쓸 종아, 네가 애걸하기에 나는 그 많은 빚을 탕감해 주지 않았느냐? 그렇다면 내가 너에게 자비를 베푼 것처럼 너도 네 동료에게 자비를 베풀어야 할 것이 아니냐? 하며 몹시 노하여 그 빚을 다 갚을 때까지 그를 형리에게 넘겼다. 너희가 진심으로 형제들을 서로 용서하지 않으면 하늘에 계신 내 아버지께서도 너희에게 이와 같이 하실 것이다."(마태복음 18:21-35)

어느 마을에 이반 쉬체르바코프라는 농부가 살고 있었다. 살림이 넉넉한데다 몸도 건강해서 마을에서 제일가는 일꾼으로 알려져 있었고, 그의 세 아들 또한 모두 훌륭한 어른으로 잘 성장했다. 큰아들은 벌써 결혼했고, 둘째 아들도 이제 결혼할 나이였으며, 셋째는 아직 미성년이었으나 말도 잘 몰고 다니고 농사일도 시작했다. 이반의 아내도 영리하여 알뜰하게 살림을 꾸려 나갔으며 큰며느리 또한 일 잘하고 성품이 고운 여자였다.

이반은 가족을 거느리고 아무 걱정 없이 살아가고 있었다. 집안에서 일을 안 하는 사람은 병에 걸려 누워 있는 이반의 아버지뿐이었는데, 그는 천식으로 7년째나 벽난로 근처에 누워 지냈다.

이반의 재산으로는 말이 세 필이나 되고 망아지도 있었으며 어미 소와 송아지에, 양은 열다섯 마리나 되었다. 여자들은 남자들의 신발도 만들고 옷도 꿰매고 밭일도 하였으며 남자들도 열심히 농사를 지었다. 그래서 햇곡식이 나올 때까지도 그전에 추수한 곡식이 남을 정도였고, 세금이나 그 밖의 다른 비용은 모두 귀리로 충당했으므로 이반은 그의 가족과 함께 조금 더 오래 살기만 하면 되었다.

그런데 그 이웃에 고르제이 이바노프의 아들 가브릴로 흐라모이가 살고 있었는데, 이반이 그와 싸움을 하게 되었다. 예전에는 고르제이 노인이 살아 있었고, 이반의 아버지가 살림을 맡아서 했을 때는 두 집안이 사이좋게 지내는 이웃이었다. 여자들이 체나 물통이 필요하면 서로 빌려주기도 하고, 일이 있으면 서로 도와주기도 했으며, 이따금 송아지가 곡식 터는 곳에 뛰어들면 몰아내고 나서 이렇게 말할 뿐이었다.

"여보게, 송아지가 이리 좀 못 오게 해주게. 우리는 아직 곡식을 모두 말리지 못해 그냥 널어놓아야 하거든."

하면서도 송아지를 붙잡아 곡식 창고나 헛간에 감춰 놓거나 서로 욕하는 일은 한 번도 없었다. 노인들의 시절에는 그렇게 서로 사이좋게 지냈는데, 젊은이들이 살림을 맡아서 하게 되자 사정이 달라졌다. 싸움의 시작은 아주 하찮은 데서 일어났던 것이다.

이반의 며느리가 기르는 닭이 일찍 알을 낳게 되자, 젊은 며느리는 부활절에 쓰려고 달걀을 모으고 있었다. 매일같이 헛간 안에 있는 짐마차 둥지에 가서 알을 꺼내 왔는데, 어느 날 암탉이 아이들 때문에 놀랐는지 울타리를 넘어 이웃집으로 가서 알을 낳아 버렸다.

젊은 며느리는 암탉이 우는 소리를 들었지만, 부활절이 가까워졌으니 집 안 청소를 먼저하고 나중에 가져와야겠다고 생각했다. 저녁때가 되어 헛간 안의 둥지에 가 보니 달걀이 없었다. 젊은 며느리는 시어머니와 시동생에게 알을 꺼내 오지 않았느냐고 물어보았지만 아무도 꺼내지 않았다고 했다. 그때 막내 시동생 타라스카가 암탉이 이웃집 마당에 알을 낳아 꼬꼬댁거리더니 날아오더라고 말했다.

젊은 며느리가 암탉을 보니 벌써 수탉과 나란히 홰에 올라앉아 눈을 지그시 감고 잠을 자려 하고 있었다. 닭에게 물어본 들 대답이 없을 테니 며느리는 옆집으로 갔다. 그 집의 할머니가 그녀를 맞이하며 물었다.

"무슨 일로 왔지?"

"다름이 아니라 우리 집 암탉이 이리로 날아와서 알을 낳은 것 같아서요."

"여태까지 그런 일은 없었는데, 우리도 닭이 알을 낳아 모으고 있으니 남의 달걀 같은 것은 필요가 없지. 남의 집 마당을 어슬렁거리며 달걀을 주워 올 필요 없거든."

젊은 며느리는 그 말에 기분이 나빠져서 해서는 안 될 말을 했고, 할머니도 두 마디 더 쏘아붙였다. 결국 두 여자는 욕을 하며 싸우기 시작했다. 이반의 아내가 물을 길어 오다가 싸움에 끼어들었고 그 집안의 아들인 가브릴로의 아내도 뛰어나와 욕을 하면서 끼어들어 큰 소동이 일어나게 된 것이다. 모두가 한꺼번에 소리치고 떠들며 빠르게 말했는데, 모든 대화가 듣기에 거북한 말들뿐이었다. 너는 나쁜 년이다, 도둑년이다, 몹쓸 계집이다, 노망이 났다 등 별의별 얘기가 다 나왔다.

"거지 같은 것이 남의 체에 구멍을 내놓지 않나! 네가 메고 있는 멜대는 우리 거야, 어서 이리 내놔!"

그렇게 말하고 멜대를 확 잡아채는 바람에 물이 쏟아지고 머리에 두른 수건이 찢어져 그만 치고받는 일까지 벌어졌다. 거기에 밭에서 돌아오던 가브릴로가 끼어들어 자기 아내 편을 들자, 이반도 아들과 함께 뛰어나와 그야말로 큰 난장판이 벌어졌다.

이반은 건장한 농부였으므로 사람들을 모두 밀어제치고 가브릴로의 턱수염을 한 움큼 잡아 뽑아 버렸다. 이때 동네 사람들이 몰려와 겨우 싸움을 말렸다. 이 사건이 불화의 시작이었다. 가브릴로는 뜯긴 턱수염과 진정서를 들고 마을의 재판장에 찾아가 이반을 고소했다.

"내가 턱수염을 기른 것은 곰보 이반에게 뜯기기 위해서가 아닙니다."

그러자 가브릴로의 아내는 이웃을 돌아다니면서 이제 이

252

반이 유죄 판결을 받고 추운 시베리아로 추방될 것이라고 떠들고 다녔다. 이렇게 하여 사이좋던 이웃이 원수가 되어 버렸다.

이반의 아버지는 벽난로 옆에서 아들들을 타일렀으나 젊은이들은 노인의 말을 듣지 않았다. 그래서 노인은 이렇게 말했다.

"너희들은 어리석은 짓들을 하고 있다. 잘 생각해 보거라. 처음의 사건은 달걀 한 개가 아니더냐. 옆집 어린아이가 달걀 하나를 주웠다. 그게 뭐가 나쁘냐? 도대체 달걀 한 개 값이 얼마나 되느냐. 모두 하나님의 자식인데 뭐가 부족해서 싸움을 하고 있느냐. 그래, 저쪽에서 욕을 하거든 고쳐 줘서 앞으로는 고운 말을 쓰게 가르쳐 줘야 하지 않겠니? 서로 치고받고 싸웠다 해도 같은 죄 많은 인간끼리 한 짓이 아니냐. 자, 어서 가서 빌도록 해라. 그러면 그걸로 그만이야. 서로 심술부리다 보면 더 나빠지지 않겠니."

젊은 사람들은 노인이 하는 말은 듣지 않고 오히려 노인이 노파심에 쓸데없는 잔소리만 할 뿐이라고 생각했다. 이반은 이웃에게 절대 사과하지 않았다.

"나는 녀석의 턱수염을 뽑은 일이 없어. 그 녀석이 제 손으로 뜯어 버린 거야. 그런데 녀석의 아들은 남의 머리카락

253

을 마구 쥐어뜯고 내 셔츠도 다 찢어 버렸어. 자, 이걸 봐.”

그렇게 말하며 이반도 가브릴로에 맞서 고소하러 갔다. 두 사람은 작은 재판장에서도 큰 재판장에서도 재판을 받았다. 그런 소송 싸움이 계속되고 있는 동안에 가브릴로네 짐마차의 연결 축이 없어졌다. 이에 가브릴로의 어머니와 그의 아내가 이반의 아들 짓이라고 주장했다.

“우리는 다 보고 있었어요. 그 녀석이 한밤중에 창문 앞을 지나 짐수레 있는 데로 갔으니까. 그리고 옆집 할머니 말씀이 녀석이 훔친 연결 축을 술집에 가서 억지로 팔려고 했다잖아요.”

그래서 다시 소송이 벌어졌다. 집에서 날마다 욕지거리 아니면 치고받고 싸우기 일쑤였다. 어린아이들까지 어른들이 하는 행동을 보고 배워 서로 욕하고, 며느리들은 개울에서 만나면 빨래 방망이질보다 말싸움을 더 열심히 할 정도로 일이 나빠져 버렸다.

처음에는 남자들도 서로 욕을 하는 정도였지만 나중에는 차차 심해져 실제로 서로 물건을 훔치게까지 되었다. 여자들도 아이들에게 그렇게 하도록 시켰다.

두 집안의 살림은 점점 더 나빠졌다. 이반과 가브릴로는 마을 모임에서도, 작은 재판장에서도, 큰 재판장에서도 소송을 벌여왔으므로 재판하는 측에서도 이제 넌더리가 나고 말았다.

가브릴로가 이반에게 벌금을 물리든지 유치장에 가두게 되면 이반도 가브릴로에게 똑같이 해주었다. 그러면 그럴수록 두 사람은 더 사나워져 갔다. 서로 소송을 하여 어느 한쪽이 벌금을 물거나 유치장에 가게 되면 그 때문에 더욱더 복수심에 불타는 것이었다. 이리하여 소송은 6년이나 계속되었다. 오직 이반의 아버지만이 벽난로 옆에서 언제나 같은 말을 되풀이하고 있었다. 그의 훈계는 이렇게 시작되었다.

"얘들아, 너희들 도대체 무슨 짓들을 하고 있는 게냐? 그런 싸움은 이제 그만둬야 해. 그냥 내버려 둬선 안 돼. 일이란 남에게 원한을 품지 않으면 잘 되는데, 원한을 품으면 품을수록 더 나빠지는 법이야."

그러나 아무도 노인의 말을 듣지 않았다. 7년째 되는 해에 이런 일이 일어났다. 어떤 혼인 잔치에서 이반의 며느리가 가브릴로를 여러 사람 앞에서 망신을 주었다. 가브릴로는 술에 취해 노여움을 참지 못하고 이반의 며느리를 때렸다. 이 바람에 이반의 며느리는 일주일 동안 누워 있어야 할 정도로 다쳤는데, 하필이면 그때 그녀는 임신 중이었다. 이반은 이때다 싶어 고소장을 들고 재판장에 달려갔다.

255

'이번에야말로 이웃과 손을 끊어야지. 감옥살이가 아니면 시베리아로 쫓겨날 거야.'

하지만 이반의 생각과 달리 고소장은 또다시 아무 소용이 없었다. 예심 판사는 이반의 고소장을 받아들이지 않았다. 며느리의 몸을 진찰한 결과 별다른 상처가 없었고 큰 불편 없이 일상생활을 했기 때문이었다. 이반은 치안 판사에게 찾아갔고 그는 이 사건을 재판장에 넘겼다. 이반은 이 마을 저 마을을 돌아다니며 서기와 배심원장에게 술을 대접하여 끝내 가브릴로가 등을 채찍으로 때리는 태형을 선고받게 만들었다. 재판장에서 서기는 가브릴로에 대한 판결문을 낭독했다.

"본 재판은 다음과 같이 판결한다. 재판장 태형장에서 농부 가브릴로에게 태형 스무 대를 선고함."

이반은 판결을 들으면서 가브릴로의 표정이 어떤가 하고 그쪽을 힐끗 쳐다보았다. 가브릴로는 판결문 낭독을 듣고 얼굴이 백지장처럼 새하얗게 되어 밖으로 나갔다. 이반도 그 뒤를 따라 밖으로 나가자 가브릴로의 목소리가 들렸다.

"좋아, 내 등에 매를 쳐서 불이 나게 해 놓고 너는 무사할 줄 알아? 네 집에서나 불이 더 나지 않도록 하라고."

이반은 이 말을 듣고 판사에게 달려갔다.

"공평하신 판사님! 가브릴로가 우리 집에 불을 지른다고 위협하고 있습니다. 제 말을 들어주십시오. 증인들 앞에서 그런 말을 했습니다."

판사는 가브릴로를 불러서 물었다.

"자네가 했다는 말이 정말인가?"

"저는 아무 말도 하지 않았습니다. 판사님이 그렇게 생각하신다면 저를 채찍으로 때리세요. 저 혼자만 억울하게 고통을 당하고 저 자한테는 모든 게 허용되나 봅니다."

가브릴로는 무슨 말을 더 하려고 했으나 입술과 뺨이 떨려 벽 쪽으로 돌아서 버렸다. 판사들도 그의 모습을 보고 놀랐다. 어쩌면 이번에 정말로 이웃인 이반에게 큰 잘못을 저지를지도 모르겠다고 생각했기 때문이다.

"어떤가? 자네들, 화해를 하는 게 좋지 않겠나? 이봐, 가브릴로. 자네도 임신한 여자를 때리다니 잘했다고 할 수 있는가? 하나님이 돌보셔서 무사했지, 큰 죄를 저지를 뻔했잖으냐 하는 말일세. 과연 이것이 잘한 일인가? 자네가 이반에게 사과하게. 이반도 용서해 줄 거야. 그렇게 하면 우리도 판결문을 다시 써 주겠네."

그 말을 듣고 서기가 말했다.

"그건 안 됩니다. 형법 제117조에 따라 양쪽이 합의하지 않은 채 판결이 성립된 것이니, 이젠 집행밖에 남은 게 없습니다."

그러나 판사는 서기의 말을 듣지 않았다.

"쓸데없는 소리하지 말게. 제1조는 하나님을 잊어버리지 않는 일이다. 하나님께서는 언제나 화해하라고 하셨다."

그렇게 말하고 판사는 다시 두 사람을 타일렀으나 막무가내였다. 가브릴로는 판사의 말을 들으려고 하지 않았다.

"저는 내년이면 쉰 살이 됩니다. 장가간 아들도 있습니다. 저는 태어나 한 번도 남에게 매 맞은 일이 없는데, 이반 녀석이 나를 태형에 몰아넣었습니다. 그런데도 제가 저놈에게 빌어야 한단 말입니까? 천만의 말씀이지요. 이반, 네 이놈! 어디 두고 보자!"

가브릴로의 목소리는 다시 떨리기 시작했다. 그리고 더 이상 말도 못 하고 돌아서 나가 버렸다.

재판장에서 이반의 집까지는 10킬로미터나 되는 거리여서 이반은 늦게야 집으로 돌아왔다. 여자들은 가축을 데리러 나갔다. 이반은 말을 마차에서 떼어 놓은 다음에 집 안으로 들어갔다. 아들들은 아직 들에서 돌아오지 않았고, 집 안에는 아무도 없었다.

이반은 집으로 들어가 의자에 앉아 생각에 잠겼다. 판결문이 낭독되자 가브릴로의 얼굴이 새하얗게 변해 벽 쪽으로 돌아서던 모습이 떠올랐다. 이반은 가슴이 아파졌다. 만일에 자기가 그런 선고를 받았다면 어땠을까 생각해 보았다. 그러자 가브릴로가 측은해졌다. 그때 갑자기 벽난로 옆에 누워있던 노인이 기침을 하더니 몸을 움직여 일어나는 소리가 들렸다. 노인은 의자까지 힘겹게 걸어와 앉았다. 의자까지 오는 데도 힘이 들어서 계속 기침을 했다. 마침내 기침이 가라앉자 식탁에 몸을 기대고 말했다.

"어떻게 됐어? 판결은 났겠지?"

"태형 스무 대가 선고됐습니다."

노인은 고개를 저었다.

"이반, 너는 옳지 못한 일을 하고 있어. 아아, 나쁜 짓이지. 가브릴로가 아니라 너 자신에게 말이야. 그래, 이제는 네 마음이 편할 것 같더냐?"

"앞으로 그 녀석이 나쁜 짓을 안 하게 되겠죠."

이반이 대답했다.

"뭐, 안 한다고? 그 사람이 너보다 어떤 나쁜 짓을 더 했다는 게냐?"

"아니, 그 녀석이 행패를 부렸다고요."

이반은 말하기 시작했다.

"그 녀석은 하마터면 제 며느리를 죽일 뻔했고, 이번에는 또 불을 지르겠다고 위협까지 하는데요? 그런데도 제가 사과해야 하나요?"

노인은 한숨을 지으며 말했다.

"이반, 나는 벌써 몇 년째 병석에 누워있다. 너는 세상의 모든 것을 보고 나는 아무것도 보지 못한다고 생각하겠지. 그건 너의 잘못된 생각이다. 네 눈에는 이제 아무것도 보이지 않아. 네 눈은 남을 미워하는 마음으로 가려져 있어. 남의 잘못은 보여도 네 잘못은 잘 보이지 않는다는 말이야. 너는 뭐라고 했지? 그가 나쁜 짓을 한다고? 그 사람 혼자만 나쁜 짓을 했다면 싸움이 일어날 수가 없지. 사람 간의 싸움은 혼자서는 될 수가 없지 않니? 싸움은 두 사람 사이에서 벌어지는 거다. 상대방의 잘못은 보여도 자기의 잘못은 안 보이지. 만약 그 사람만 악하고 너는 착하다고 한다면 싸움 같은 건 일어날 수도 없단다. 그 사람의 턱수염을 잡아 뜯은 건 누구냐? 곡식 다발을 훔쳐 간 것은 누구냐? 그 사람을 여러 재판장에 끌고 다닌 사람은 누구냐? 그런데도 너는 모든 잘못을 그 사람에게 돌리고 있어. 너의 그릇된 생활로 일이 잘못되고 말았다.

나는 말이다 이반, 그렇게 살아오지 않았고, 너희들에게 그렇게 가르치지 않았다. 나나 그 사람의 아버지가 그런 식으로 살아왔겠니? 우리가 어떻게 지내 왔는지 아느냐? 그 야말로 진짜 이웃사촌으로 지냈다. 그런데 지금은 어떠냐? 바로 얼마 전에 어떤 군인이 플레브나(1877년 발칸 전쟁에서 러시아와 터키가 싸움을 벌인 곳) 전투 이야기를 하는 것을 들었는데, 지금은 어떠냐? 너희가 하는 싸움이 플레브나 전투보다 더 나쁜 싸움이라고 생각되지 않느냐? 이것도 사람 사는 것이라고 할 수 있겠니? 이건 죄악이라고 밖에 볼 수 없다. 너는 남자고 한 집안의 가장이다. 모두 네 책임이다. 너는 아내와 자식들에게 무엇을 가르치고 있느냐? 그런 일은 감히 사람으로서는 도저히 할 수 없는 일이야.

며칠 전에도 타라스카 그 코흘리개 녀석이 이라나 아주머니에게 심한 소리를 하는데도 그 엄마는 그걸 보고 웃고만 있었다. 도대체 이래도 괜찮다고 생각하느냐? 네 책임이다. 그런 짓을 해도 괜찮다고 생각하느냐? 저쪽이 한 마디 하면 이쪽은 두 마디를 내뱉고, 저쪽이 한 대를 때리면 이쪽은 두 대를 때리고 이래서야 되겠느냐? 아니지. 그리스도가 세상을 두루 다니면서 우리에게 가르쳐 주신 것은 이런 게 아니다. 상대방이 뭐라 해도 잠자코 있으면 저쪽도 양심의 가책을 받는다고 그리스도는 가르치셨어. 상대방이 뺨을 때리면 반대쪽 뺨을 마저 내밀고 때릴 만한 까닭이 있으면 '이쪽 뺨도 때리시오.' 해야 한다고 말이다. 그러면 저쪽도 양심의 가책을 받아 마음이 누그러지고 잠시라도 이쪽의 말에 귀를 기울이게 된다고 말이다. 예수님께서 가르치신 것은 바로 이런 것이지 거드름이 아니다. 왜 잠자코 있느냐? 내 말이 틀렸느냐?"

이반은 아무 말없이 듣고 있었다. 노인은 한참 동안 심하게 콜록거리다가 간신히 기침을 멈추고 다시 말을 시작했다.

"너는 그리스도가 우리에게 나쁜 일을 가르쳤다고 생각하느냐? 모든 것은 우리를 위해, 좋은 일을 위해 가르치셨다. 현재 네 생활을 생각해 보아라. 너희들의 다툼이 시작된 뒤로 네 살림이 좋아졌는지 나빠졌는지 말이야. 소송으로 돈을 얼마나 버렸고 마차값, 음식값으로 돈을 또 얼마나 써 버렸는지 계산해 봐라. 아들들이 모두 자랐으니 너도 오래오래 살고 형편이 좋아져야 할 텐데 오히려 재산이 줄어들지 않았느냐. 왜 그런 줄 아느냐? 이 모든 게 쓸데없는 싸움이기 때문이다.

너는 자식들과 함께 밭으로 나가 씨를 뿌려야 할 때 악마에게 홀려 재판장에만 돌아다녔으니 시기를 놓쳐 아무것도 거둘 수 없게 된 거야. 그래, 재판에 이겨 어떤 이득을 보았지? 쓸데없는 짐만 짊어졌잖아. 자기의 생업을 잊어서는 안 된다. 농사일도 집안일도 아이들과 함께 열심히 하고 혹시 누가 화를 나게 하는 소리를 해도 하나님의 말씀대로 용서해야 한다. 그렇게 하면 일은 순조롭고 마음도 언제나 편안할 게다."

 이반은 계속 잠자코 있었다.

 "자, 어떠냐? 이반! 이 늙은 아비의 말을 잘 들어라. 지금 곧 왔던 길로 되돌아가서 재판장에 소송을 취하하고 오너라. 그리고 내일 아침에 가브릴로의 집에 가서 하나님의 가르침대로 화해하고 집으로 데리고 오너라. 내일은 마침 성모 탄생 축일 전날의 축제일이니까 차를 준비하고 보드카라도 마시며 지금까지의 잘못을 말끔히 풀어 버리는 게 좋을 것 같다. 이제 앞으로는 그런 일이 없도록 며느리들에게나 젊은 아이들에게도 잘 타이르고 말이야."

 이반도 긴 한숨을 쉬며 '과연 아버지의 말씀이 옳다.'고 생각했다. 그러자 분노가 완전히 사그라져 버렸다. 다만 어떻게 화해를 해야 할지 몰랐다. 노인은 아들의 마음을 알아차린 듯 다시 말했다.

 "이반, 어서 가거라. 일은 미루어서는 안 된다. 불은 처음에 잡아야지 놓아두면 걷잡을 수가 없게 된다."

노인은 아직 할 말이 더 있었으나 식구들이 돌아와 떠들어서 마저 할 수가 없었다. 식구들은 가브릴로에게 태형 판결이 내려진 것도, 가브릴로가 불을 지르겠다고 위협한 것도 모두 들어서 알고 있었다. 그리고 벌써 가브릴로네 집 식구들과 또 말싸움을 벌이고 오는 참이었다.

식구들이 하는 이야기에서는 가브릴로의 며느리가 판사를 들먹이며 자기네들을 위협하기까지 했다는 말도 했다. 판사가 가브릴로 편이므로 이제 사태를 뒤바꾸어 놓을 것이라 말했다고 했다. 판사는 직접 황제에게 이반의 일로 청원서를 보냈는데, 그동안의 일을 낱낱이 썼기 때문에 이반의 재산 절반이 이제 가브릴로에게 넘어간다는 것이었다. 그 이야기를 듣고 이반의 마음은 다시 돌처럼 굳어져 가브릴로와 화해하려던 생각이 멀리 달아나버리고 말았다.

이반은 식구들의 이야기를 듣다가 일어나 밖으로 나가 탈곡장을 지나 헛간 쪽으로 갔다. 헛간 쪽을 대강 치우고 뒷마당으로 돌아오니 해는 벌써 지고 있었고, 아들들이 밭에서 돌아오고 있었다. 보리를 둘이서 갈고 돌아온 것이다. 이반은 아들들에게 밭일에 관해 이것저것 물어보고 뒷정리를 거들어 주었는데, 망가진 멍에는 다음에 고치기로 하고 통나무를 헛간 밑에 넣어 두려고 했으나 이미 날이 완전히 저물고 말았다. 이반은 내일까지 통나무를 그대로 놓아두기로 하고 가축에게 먹이를 주었다. 타라스카가 야간 방목을 하러 갈 수 있게 마구간의 문을 열고 말을 밖으로 끌어낸 다음, 다시 문을 닫고 문틈을 막아 놓았다. '이제 저녁을 먹고 자야겠군.' 하고 생각하며 이반은 망가진 멍에를 들고 집으로 걸음을 옮기기 시작했다. 그러는 동안에 가브릴로의 일도 아버지가 한 말도 모두 잊어버렸다. 그런데 문고리를 잡아당겨 현관으로 들어서는 순간, 울타리 저쪽에서 옆집 주인 가브릴로가 쉰 목소리로 욕을 퍼붓고 있는 소리가 들려왔다.

"빌어먹을 놈! 그런 놈은 죽여 버려야 해!"

이렇게 누구에게 소리치고 있는 것이었다. 이 소리를 듣자 이반의 마음속에는 가브릴로에 대한 이전의 증오감이 불길처럼 치솟아 올라왔다. 이반은 잠시 서서 가브릴로가 욕하는 소리를 듣고 있다가 잠잠해지자 집으로 향했다.

집으로 들어가자 방 안에는 등불이 켜져 있었다. 젊은 며느리는 한쪽 구석에 앉아 실을 뜨고, 아내는 부엌에서 저녁 준비를 하고, 큰아들은 수피화의 가장자리를 꿰매고 있고, 둘째 아들은 식탁에 앉아 책을 읽고 있었다. 타라스카는 야간 방목을 나갈 준비를 하고 있었다.

이반은 집안이 평온하여 그 심술쟁이 이웃만 아니라면 더 없이 즐거운 가정이 되었을 것이라고 생각했으나 화난 얼굴로 안에 들어가 의자에 앉아 있는 고양이를 내던지고 세숫대야를 놓아둔 자리가 틀렸다며 여자들을 꾸짖었다. 한바탕 그러고 나자 이반은 심드렁해졌다. 자리에 앉아 찡그린 얼굴로 말의 멍에를 손보기 시작했으나 가브릴로가 재판장에서 하던 위협과 방금 쉰 목소리로 '그런 놈은 죽여 버려야 해!'라고 누군가에 대해 욕하던 말이 머리에서 떠나지 않았다.

이반의 아내는 타라스카에게 저녁밥을 차려 주었다. 타라스카는 식사를 끝내자 허름한 모피 코트 위에 외투를 걸치고 허리띠로 동여맨 다음, 빵을 챙겨 말들이 기다리고 있는 큰길로 나갔다.

큰아들이 막냇동생을 배웅하려고 했으나 이반이 일어나 입구로 나갔다. 바깥은 칠흑처럼 캄캄하고 하늘이 온통 흐려지더니 바람이 불기 시작했다. 이반은 아들을 말에 태우고 뒤에 있는 망아지에게 큰소리를 내어 따라가게 한 다음, 잠시 동안 서서 주위를 둘러보며 귀를 기울여 보았다. 타라스카가 마을로 내려가다가 동행할 젊은이들과 만난 뒤에는 아무 소리도 들리지 않았다. 이반은 대문 근처에 잠시 서 있었다. '네 집에서나 불이 나지 않도록 하라.' 던 가브릴로의 말이 그의 머릿속에서 떠나지 않았다.

'그 녀석은 제 몸도 아까워하지 않을 거야.'

이반은 생각했다.

'건조하고 바람까지 불고 있는데, 뒷마당으로 들어와 슬쩍 불을 지피면 그 악당은 남의 집을 불 지르고도 아무 잘못이 없다 하겠지. 그 녀석을 현장에서 붙잡아야지. 도망치지 못하게."

이런 생각이 떠오르자 이반은 집 안으로 돌아가지 않고 담벼락을 돌아 뒷마당 쪽으로 갔다. 이반은 마당을 살금살금 걷기 시작했다. 그리고 울타리를 쳐다보니 한쪽 구석에서 무언가 움직이는 듯한 느낌이 들었다. 마치 누군가가 나왔다가 뒤로 숨어 버린 것 같았다.

이반은 발을 멈추고 귀를 기울여 그쪽을 바라보았다. 주위는 조용한데 바람이 버드나무 가지를 흔들며 바스락거리고 있을 뿐이었다. 사방은 칠흑같이 캄캄했으나 차차 그 어둠에 눈이 익숙해졌다. 울타리와 모서리 모두 제대로 보이기 시작했다. 한참 서서 보았으나 아무도 없었다.

'내가 잘못 본 모양이야. 그래도 한 바퀴 둘러봐야지.'

이반은 발걸음 소리가 안 나도록 살금살금 걷기 시작했다.

구석까지 와서 보니 반대쪽 구석에서 무언가 번쩍하고는 다시 사라졌다. 이반은 가슴이 덜컹 내려앉아 걸음을 멈추었다. 그러자마자 그 자리에서 다시 불빛이 아까보다 더욱 밝게 빛나고 있었다.

 털모자를 쓴 남자가 이반 쪽으로 등을 돌리고 웅크리고 앉아 손에 짚단을 들고 불을 붙이는 것이 분명히 보였다. 이반의 심장이 쿵쿵 뛰기 시작했고 성큼성큼 걸어갔다. 이반이 채 도착하기도 전에 갑자기 눈부실 정도로 밝아지면서, 조그마한 불이 아니라 지붕까지 불길이 닿을 정도로 큰불이 났다. 거기에 가브릴로가 서 있었다. 이반은 가브릴로에게 달려들었다. 그때 가브릴로도 발소리를 들은 모양인지 휙 돌아보더니, 어디서 그런 힘이 솟았는지 토끼처럼 뛰어 헛간 쪽으로 도망쳤다.

 "어딜 도망가!"

 이반은 소리치며 가브릴로를 뒤쫓았다. 이반이 그의 멱살을 잡으려고 하는 순간, 가브릴로가 손아귀에서 빠져나갔고 이반은 그의 옷 끝을 잡았다. 그러나 옷이 찢어지는 바람에 이반은 쓰러지고 말았다. 이반은 벌떡 일어나 소리쳤다.

 "사람 살려! 저놈 잡아라!"

 그리고 다시 일어나 쫓아가기 시작했다. 이반이 넘어졌다가 다시 일어나는 사이에 가브릴로는 벌써 자기 집 마당으로 들어갔으나 이반은 거기까지 쫓아갔다. 그래서 막 낚아채려고 하는데 갑자기 무엇에 머리를 세게 맞고 정신을 잃고 말았다. 가브릴로가 마당에 있는 떡갈나무 막대기를 주워 들고 이반이 달려오자 머리를 힘껏 내리친 것이다.

이반은 정신이 멍해졌다. 눈에서 불꽃이 번쩍 일더니 이내 사방이 캄캄해지고 다리가 휘청거렸다. 정신이 들었을 때 이미 가브릴로는 없었다. 주위는 대낮처럼 환했는데 마당 쪽에는 무언가가 탁탁 튀는 소리가 들려왔다. 이반이 돌아보니 뒷마당의 헛간이 온통 불덩이가 되어 그 옆쪽 헛간으로 불이 옮겨붙는 중이었다. 불꽃과 연기가 치솟고 불붙은 지푸라기들이 연기와 함께 집 쪽으로 날아갔다.

"이게 어찌 된 일인가!"

이반은 그 광경을 지켜보며 이 말만 되풀이하고 있었다. 그는 소리를 지르려고 했으나 숨이 차서 목소리가 나오지 않았다. 달려가려고 해도 다리가 말을 듣지 않고 서로 꼬였다. 다시 걸음을 떼어 놓는데 비틀비틀하더니 또 숨이 막혔다. 잠시 멈춰 서서 호흡을 가다듬고 다시 걷기 시작했다. 헛간을 돌아 불이 난 곳에 이르렀을 때, 온통 불바다가 되었고 집 안에서도 불이 붙어 불길을 내뿜고 있었다. 그 때문

269

에 안으로 들어갈 수도 없었다.

많은 사람들이 몰려왔으나 어찌할 도리가 없었다. 이웃 사람들은 물을 뿌리기도 하고, 우리에서 가축을 몰아내기도 했다.

이반의 집을 태운 불은 이번에는 가브릴로의 집을 태우기 시작했다. 게다가 바람까지 불어와 불길이 다른 집에까지 옮겨붙어 마을의 절반을 휩쓸어 버렸다.

이반의 집은 겨우 노인만 데리고 나오고, 식구들은 몸만 뛰쳐나왔을 뿐 다른 살림살이는 불길에 두고 나올 수밖에 없었다. 가축들도 야간 방목을 나간 말을 빼놓고는 모두 타 죽었다. 닭도, 마차도, 가구도, 곳간에 넣어 둔 곡식도 전부 타 버렸다.

가브릴로의 집에서는 그래도 가축들을 몰아내고 이것저것 몇 가지는 건져냈다.

불은 밤새도록 타올랐다. 이반은 마당 한쪽에 서서 불타는 자기 집을 바라보며 계속 이 말만 되풀이했다.

"불을 먼저 껐더라면, 불을 먼저 껐더라면······."

그러다가 집 천장이 무너질 때, 이반은 불길 속으로 뛰어들어 불에 탄 물건들을 꺼내려고 했다. 여자들이 그를 보고 불러내려 했으나 이반은 물건을 끄집어내고 또 다른 물

270

건을 끄집어내려 하다가 비틀거리며 불 속에 쓰러지고 말았다. 그때 아들이 들어가 이반을 데리고 나왔다. 이반은 턱수염과 머리카락이 불에 타고 옷까지 타서 다 헤졌고, 손은 화상까지 입어 아무런 감각이 없었다.

"저 사람 너무 슬퍼 정신이 나가 버렸구먼."

마을 사람들이 그런 이반을 보며 말했다. 불길은 잦아들기 시작했으나 이반은 여전히 서서 이 말만 되풀이했다.

"불을 먼저 껐더라면, 불을 먼저 껐더라면……."

아침이 되어 촌장이 이반을 부르러 아들을 보냈다.

"이반 아저씨, 아저씨네 아버지가 돌아가시게 됐어요. 마지막 작별을 하시겠다고 아저씨를 불러오라 하셨어요."

이반은 아버지의 일을 까맣게 잊고 있었으므로 무슨 말인지조차 알아듣지 못했다.

"아버지라고? 누가 누굴 부른다고?"

"아저씨를 불러오라 하셔요. 자, 어서 가셔요."

촌장 아들은 이렇게 말하고 그의 손을 끌었다. 이반은 그 뒤를 따라갔다.

노인은 업혀 나올 때 불붙은 짚이 떨어져 화상을 입어 촌장의 집으로 옮겨져 있었다. 이반이 아버지가 있는 곳에 갔을 때, 집 안에는 촌장의 아내와 아이들뿐이었다. 모두 불

271

구경을 가고 없었다. 노인은 촛불을 손에 들고 긴 의자 위에 누워 문 쪽을 곁눈질로 보고 있었다. 아들이 들어오자 노인은 조금 몸을 움직였다. 촌장의 아내가 다가가 아들이 왔다고 말했다. 그는 가까이 불러 달라고 했다. 이반이 곁으로 가자 노인이 말했다.

"내가 말하지 않았더냐. 누가 이 난리를 만든게냐?"

"그 녀석이에요, 아버지."

이반이 말했다.

"그 녀석이에요. 제가 직접 봤어요. 제가 보는 앞에서 불을 붙였어요. 그때 바로 불을 껐더라면……."

"이반!"

노인이 말했다.

"나는 이제 죽을 때가 왔지만 너도 언젠가는 죽는다. 이게 누구의 죄라고 생각하느냐?"

이반은 잠자코 아버지를 쳐다보았으나 아무 말도 할 수 없었다.

"하나님 앞에서 말해 보렴. 이게 누구의 죄냐? 내가 너에게 뭐라고 말하더냐?"

그때 비로소 이반은 정신이 번쩍 들어 모든 것을 이해할 수 있었다. 그는 코를 훌쩍이며 말했다.

272

"제 잘못입니다, 아버지!"

이반은 이렇게 외치며 아버지 앞에 무릎을 꿇고 흐느껴 울었다.

"아버지, 용서해 주십시오. 저는 아버지와 하나님께 죄를 지은 놈입니다."

노인은 두 손을 움직여 왼손에 촛불을 들고 오른손을 이마로 가져가 성호를 그으려 했으나 거기까지 손이 닿지 않아 그만두고 말았다.

"주께 영광 있으라, 주께 영광 있으라."

라고 기도하면서 노인은 다시 아들을 보았다.

"이반! 이반!"

"왜 그러세요, 아버지."

"이제 어떻게 할 거냐?"

이반은 계속 울고 있었다.

"모르겠어요. 이제 어떻게 살아가야 합니까, 아버지?"

이반의 말에 노인은 눈을 감고 온 힘을 집중하려는 듯 입술을 움직이더니 다시 눈을 뜨고 말했다.

"살아갈 수 있지. 하나님과 같이 산다면 살아갈 수 있고말고."

노인은 또 잠시 말이 없다가 빙그레 웃으며 다시 말했다.

"알았느냐, 이반. 누가 불을 질렀는지 말해서는 안 된다. 남의 죄를 하나 덮어주면 하나님께서는 둘을 용서해 주신다."

노인은 촛불을 두 손으로 받쳐 들고 그것을 가슴으로 가져가 한숨을 내쉬더니 몸을 펴고 누워 숨을 거두었다.

이반은 가브릴로가 저지른 일을 입 밖에 내지 않았으므로 어떻게 불이 났는지 아무도 몰랐다. 이반에게서 가브릴로를 미워하는 마음은 사라져 버렸다.

한편 가브릴로는 왜 이반이 자기의 나쁜 짓을 남에게 말하지 않는지 놀라고 있었다. 처음 얼마 동안 가브릴로는 이반을 두려워했으나 나중에는 아무렇지도 않게 되었다. 두 사람이 싸우지 않게 되자 식구들도 서로 싸우지 않게 되었다. 집을 새로 지을 때까지 두 가족은 한집에서 같이 살았다. 그리고 불에 타버린 마을이 정돈되고, 집이 다시 지어졌을 때 이반과 가브릴로는 다시 한 가족처럼 이웃으로 남게 되었다.

그 후, 이반과 가브릴로는 아버지 때와 마찬가지로 서로 사이좋게 지냈다. 돌아가신 아버지의 교훈이기도 하고 또 하나님의 가르침인 '불을 놓아두면 걷잡을 수가 없다.'는 것을 이반 쉬체르바코프는 지금도 잊지 않고 있다.

그리고 누가 자기를 해치려 해도 그에게 복수하려 하지 않고 좋은 방향으로 이끌어 가려고 애썼다. 또 누가 자기를 욕해도 더 심하게 맞서려 하지 않고 나쁜 욕을 못 하게 일깨워주려고 노력했다. 그리고 가족들에게도 그렇게 가르쳤다. 이반 쉬체르바코프는 새로운 사람이 되어서 그 전보다 더 잘살게 되었다.

일리야스

우파 현(표트르 1세 때 제정된 작은 단위의 행정 구역)에 일리야스라는 바슈키르 사람이 살고 있었다. 일리야스는 아버지로부터 많은 재산을 물려받지 못했다. 아버지는 아들이 결혼하고 1년 뒤에 세상을 떠났다. 그때 일리야스의 재산은 암말 일곱 마리, 암소 두 마리, 그리고 양 스무 마리뿐이었다.

그러나 일리야스는 가장으로서 책임감을 가지고 아내와 함께 아침부터 저녁까지 열심히 일해 재산을 모으기 시작했다. 남보다 일찍 일어나고 남보다 늦게 잠자리에 들면서 열심히 일한 덕분에 그의 재산은 해마다 불어났다. 이렇게 35년을 열심히 일하며 살아오는 동안 그의 재산은 상당히 많이 모이게 되었다.

지금 일리야스는 말 이백 마리, 소 백오십 마리, 양 천이백 마리를 가지게 되었다. 남자 일꾼들은 일리야스의 말과 가축을 돌보고, 여자 일꾼들을 암말과 암소의 젖을 짜서 쿠미스(말의 젖을 발효시켜 만든 술)와 치즈나 버터를 만들었다. 일리야스의 집에는 없는 것이 없어서, 주위 사람들이 모두 그의 생활을 부러워하며 이렇게 말했다.

"일리야스는 참 행복한 사람이야. 그 사람은 엄청난 부자니까 죽는 게 억울할 거야."

일리야스가 이렇게 잘 살게 되자, 훌륭한 사람도 일리야스를 알게 되었고 그와 친하게 지냈다. 심지어 멀리서 사람들이 찾아오기도 했는데, 일리야스는 어떤 손님이나 마다치 않고 먹을 것과 마실 것을 대접하였다.

일리야스는 아들 둘과 딸 하나를 두었는데, 이젠 모두 결혼을 했다. 일리야스가 가난했을 때는 아들들도 아버지와 같이 일하며 직접 말이나 양을 돌보았지만, 부자가 되자 빈둥거리기만 하더니, 큰아들은 술에 빠지기 시작했다. 결국 큰아들은 싸움질을 하다가 세상을 떠났고, 작은아들은 자존심 강한 부인과 결혼 후 아버지의 말을 듣지 않게 되었다. 일리야스는 어쩔 수 없이 작은아들에게 따로 살림을 마련해주었다.

작은아들에게 집과 가축을 마련해주자, 일리야스의 재산은 많이 줄어들었다. 그런데 운이 나쁘게도 그 후 양들이 병에 걸려 많이 죽어 버렸고, 게다가 흉년이 들어서 건초가 부족해지자 겨울에 많은 가축이 굶어 죽었다. 엎친 데 덮친 격으로 가장 훌륭한 수말이 이끄는 암말 떼를 키르기스 사람들이 전부 훔쳐 가 버려 일리야스의 재산은 더욱 줄어들었다. 이렇게 되자 일리야스의 집안은 형편없이 기울고 나이도 먹어 힘도 약해졌다.

어느덧 일흔이 된 일리야스는 모피 코트와 양탄자, 말안장, 마차를 하나씩 팔다가 결국에는 마지막 남은 가축까지 다 팔아 이제 빈털터리 신세가 되었다. 일리야스 자신도 자기가 왜 이렇게 빈털터리가 되었는지 알 수 없었다.

살림을 따로 차린 아들은 먼 곳으로 가 버렸고 딸도 세상을 떠났기 때문에 늙은 부부를 도와줄 사람은 아무도 없었다. 결국 일리야스는 아내와 함께 다른 사람 집에 신세를 질 수밖에 없는 상황이었다. 지금 그에게 남은 건 몸에 걸친 옷과 그의 아내인 쉬암 쉐마기가 전부였다.

일리야스의 이웃에 사는 무하메드쉬아흐라는 사람이 있었는데, 그는 그다지 부유하지는 않았지만 평범하게 살아가는 마음씨 좋은 사람이었다. 무하메드쉬아흐는 그들을 불쌍히 여겼으며, 지난날 일리야스에게 후한 대접을 받았던 일을 생각하고 이렇게 말했다.

"일리야스, 우리 집에 오셔서 부인과 같이 사세요. 힘닿는 대로 밭에서 일하시고, 가축들에게 먹이나 주시면 돼요. 아내분은 말 젖을 짜서 쿠미스나 만들어 주시고요. 그러면 두 분이 먹고 입을 것을 드리겠어요. 그리고 필요한 것이 있으면 말씀하세요."

일리야스는 고마워하며 아내와 함께 그의 집에서 일하기

시작했다. 처음에는 힘들게 여겨졌으나, 좀 지내니 익숙해졌고 부부는 그 집에서 힘닿는 대로 일을 하며 살아갔다.

무하메드쉬아흐로서는 이들 부부가 열심히 일하는 것을 보면 가슴이 아팠다. 옛날에 그처럼 잘 살던 이들이 남의 집에서 일꾼으로 일하는 것이 가엾게 생각되었다.

그러던 어느 날, 무하메드쉬아흐의 집에 그의 사돈네 사람들이 멀리서 방문했는데, 그 가운데는 이슬람교 신자도 있었다. 무하메드쉬아흐는 일리야스에게 양을 잡도록 했다. 일리야스가 양의 가죽을 벗기고 내장을 빼낸 다음 먹기 좋게 삶아 손님에게 내놓자, 손님들은 양고기를 먹고 차와 쿠미스를 마시며 즐겁게 이야기를 나누었다.

손님들과 함께 이야기를 나누던 무하메드쉬아흐 앞으로 때마침 일을 마친 일리야스가 지나가는 것을 보고 그는 한 손님에게 말했다.

"방금 문 앞을 지나간 노인을 보셨습니까?"

"예, 봤습니다. 저 노인에게 무슨 일이라도 있나요?"

"일리야스라고 우리 고장에서 제일가는 부자였는데, 혹시 들어 본 적이 있는지요?"

"아, 일리야스요? 만나본 적은 없지만 그 사람 소문은 익히 들어 알고 있습니다."

"바로 그 일리야스가 지금은 빈털터리가 되어 우리 집에서 일하고 있는 저 노인이랍니다. 그의 아내도 우리 집에서 함께 일을 하고 있지요."

손님은 놀라서 혀를 차며 말했다.

"행복이란 수레바퀴처럼 도는가 보군요. 올라가는 때가 있는가 하면 내려가는 때도 있으니……. 그래, 그 노인은 지금의 생활이 괴롭지는 않다던 가요?"

"그건 잘 모르겠습니다만 조용히 잘 지내고 있습니다. 일도 잘하고 있고요."

그러자 손님이 말했다.

"그 노인과 이야기 좀 할 수 있을까요? 어떻게 지내는지 좀 물어보고 싶군요."

"뭐, 그러시죠."

무하메드쉬아흐는 이렇게 말하고 뒷마당을 향해 소리쳤다.

"할아버지! 이리 와서 쿠미스나 한 잔 드세요. 할머니도 오시라 하고요."

아내와 같이 들어온 일리야스는 손님과 주인에게 인사를 하고 기도를 드린 뒤, 방문 옆에 가서 무릎을 꿇고 앉았고, 아내는 커튼 뒤로 가서 안주인 곁에 앉았다.

일리야스에게 쿠미스 잔이 오자, 그는 손님과 주인에게 고맙다고 절하고 조금 마신 뒤 잔을 내려놓았다.

"어떻게 지내세요?"

하고 한 손님이 말했다.

"옛날에 잘 살던 생각이 나시죠? 아마 답답하실 거예요. 그렇게 행복하게 지내시다가 지금 불행한 생활을 하시다니 어떠신지……."

일리야스가 웃으며 대답했다.

"내가 얼마나 행복한지 말한다 해도 당신은 못 믿을 거요. 차라리 제 아내에게 물어보시오. 내 아내는 솔직해서 마음속에 있는 생각을 그대로 털어놓을 겁니다."

그러자 손님이 커튼 저편을 향해 물었다.

"어떻습니까 할머니? 옛날의 부유했던 삶과 지금의 힘든 생활을 어떻게 생각하세요?"

그러자 일리야스의 아내인 쉬암 쉐마기가 커튼 뒤에서 이렇게 대답했다.

"나는 이렇게 생각해요. 내가 우리 영감하고 오십 년을 같이 살아오면서 행복을 찾으려고 무던히 애를 썼지만 행복하지 않았어요. 그런데 이렇게 빈털터리가 되고 나서 우리는 정말로 이 생활이 행복하다는 것을 알게 되었어요. 이제

284

우리에게 다른 것은 아무것도 필요 없어요."

　손님분만 아니라 무하메드쉬아흐도 몹시 놀랐고, 손님은 자리에서 일어나 그렇게 말하는 할머니를 자세히 보기 위해 살며시 커튼을 열어 보았다. 그러자 일리야스의 아내는 얼굴에 미소를 띠고 남편 쪽을 바라보며 이렇게 덧붙였다.

　"농담이 아니라 정말이에요. 지난 오십 년 동안 우리는 행복하게 살려고 노력을 했지만 잘 살 때는 행복을 찾지 못했어요. 그런데 지금 우리는 진짜 행복을 찾았고, 다른 무엇도 우리에게 필요하지 않아요."

　"지금 두 분의 행복이란 게 대체 무엇이지요?"

　"그건 이런 거지요. 우리가 남부럽지 않게 살았을 때는 차분히 대화를 나눌 시간도 없었고, 우리의 영혼을 위해 신께 기도할 시간조차도 없었답니다. 그 정도로 우리 생활은 바쁘게 돌아갔고 걱정거리가 끊이지 않았어요. 손님을 맞이하게 되면 욕을 먹지 않도록 어떻게 대접해야 할까, 또 선물은 무얼 해야 좋을까 걱정했고, 또 손님이 떠나고 나면 일꾼들을 단속해야 했지요. 우리는 살림을 알뜰히 해서 재산이 축나지 않도록 눈에 불을 켜고 단속을 해야만 했고, 그래서 죄를 짓게 된 거예요. 그뿐인 줄 아세요? 늑대가 송아지나 망아지를 물어가지 않을까, 도둑이 말을 훔쳐 가지 않을까 걱정했고, 잠자리에 들어서는 새끼 양들이 큰 양들의 발굽에 짓밟혀 죽으면 어쩌나 하는 걱정으로 밤잠을 설쳤어요. 그래서 결국 한밤중에 우리에 나가 보고 안도를 하지만 또 뒤이어 겨울에는 먹이를 어떻게 장만해야 하나 하는 걱정이 밀려온답니다. 그리고 영감과 의견 충돌이 잦아져서 서로 죄를 짓게 되었지요. 돌이켜보면 그때의 삶이란 끊임없는 걱정과 죄에서 죄로 이어지는 삶이었고, 행복이란 찾아볼 수 없는 불행한 나날이었답니다."

"그럼 지금의 생활은 어떻기에 행복하다는 거죠?"

"지금은 영감하고 다툴 일도 없을뿐더러 아침에 눈을 뜨면 언제나 정답게 이야기를 나눈답니다. 의견이 다를 것이 없으니 자연히 다툴 거리도 없어진 거죠. 다만 걱정이 하나 있다면 어떻게 이 집주인의 일을 정성을 다해 잘해 나가나 하는 것뿐이에요. 그래서 우리는 지금 주인 양반에게 손해를 입히지 않고 어떻게 하면 이득을 보게 해 드릴까 하고 열심히, 또한 즐겁게 일을 하고 있답니다. 우리가 일을 마치고 집에 돌아오면 식사가 마련되어 있지요. 또 추우면 걱정 없이 방안을 따뜻하게 해 줄 땔감도 있고, 모피 코트도 마련되어 있어요. 그뿐인가요? 둘이서 오순도순 이야기를 나눌 시간도 있고, 무엇보다도 우리의 영혼을 생각하며 신께

기도할 시간도 있음에 감사드린답니다. 지나간 오십 년 동안 우리가 그렇게 찾았던 행복을 이제야 정말로 찾았답니다."

이 말을 들은 손님들은 모두 웃었다. 그러자 일리야스가 말했다.

"형제들이여, 웃지 마시오. 이건 빈말이 아니라 우리 인생을 이야기하는 것입니다. 아내와 나는 어리석었기 때문에 재산을 날리자 울며불며 안타까워했었지요. 그러나 지금은 신께서 우리에게 진리의 길을 열어주셨다는 것을 알게 되었어요. 우리가 여러분에게 이런 말씀을 드리는 것은 이렇게 사는 우리 부부를 스스로 위로하기 위한 말이 아니라, 여러분의 진정한 행복을 위해서랍니다."

그 말이 끝나자 지금까지 진지한 표정으로 듣고 있던 이슬람교 신자가 말했다.

"참으로 훌륭하신 말씀이십니다. 일리야스 노인의 말씀은 하나부터 열까지 모두 참된 말씀입니다. 바로 그런 말씀이 성경에도 적혀 있답니다."

이슬람교 신자의 말을 듣자, 손님들은 지금까지 일리야스를 비웃던 웃음을 그치고 깊은 생각에 잠겼다. 손님들은 누구 할 것 없이 일리야스의 말을 곰곰이 생각하게 되었다.

작은 악마와 빵 한 조각

어떤 가난한 농부가 일찍 일어나 점심으로 먹을 빵 조각을 싸서 밭을 갈러 나갔다. 농부는 말에 쟁기를 달고 빵 조각을 외투로 돌돌 말아 덤불 아래 내려놓은 후 일을 시작했다. 한참 일을 하고 나니 농부는 배가 고파졌고 말도 지쳤다. 농부는 쟁기를 세우고 말은 풀을 뜯어 먹도록 풀어준 다음, 빵을 놓아둔 덤불이 있는 곳으로 걸어가서 앉았다. 그리고 점심을 먹으려 했다. 농부는 빵 조각을 말아 둔 외투를 풀어 헤쳤다. 그런데 빵 조각이 보이지 않았다. 그는 주변을 둘러보며 외투를 다시 한번 들어 보고 흔들어 보기도 했지만 빵 조각은 어디에도 보이지 않았다. 어찌 된 일인지 알 수가 없었다.

"이상한 일이야. 아무도 지나간 사람이 없었는데, 아무래도 누가 몰래 와서 빵을 훔쳐 간 것이 분명해."

농부는 그렇게 생각했다. 그러나 농부가 쟁기질하는 동안에 빵을 훔쳐 간 것은 바로 작은 악마였다. 작은 악마는 덤불 뒤에 숨어서 빵이 없어진 농부가 욕설을 퍼붓기를 기다렸다. 그러면 자기 주인인 큰 악마가 기뻐하리라고 생각했다. 하지만 농부는 이렇게 말했다.

"어쩔 수 없지. 한 끼 굶는다고 죽기야 하겠어? 얼마나 배가 고팠으면 빵을 훔쳐 갔을까? 그 사람이라도 배가 불렀으면 좋겠는데."

농부는 샘으로 가서 물을 잔뜩 마시고 잠시 쉬었다. 그리고 말을 끌고 와서 다시 쟁기질을 시작했다.

작은 악마는 농부가 욕을 퍼붓지 않자 실망했다. 작은 악마는 그날 있었던 일을 보고하기 위해 큰 악마를 찾아갔다. 작은 악마의 말을 들은 큰 악마는 잔뜩 화가 나서 말했다.

"농부가 너를 이겼다면 그것은 순전히 네 잘못이다. 너의 방법이 잘못된 것이다. 다른 농부들과 그들의 가족까지 그런 식으로 행동한다면 큰일이다. 그냥 넘어갈 수 없는 일이다. 당장 그 농부에게 돌아가서 복수해라. 앞으로 삼 년 내에 그 농부를 이기지 못하면 너를 성수 속에 빠뜨릴 것이다."

작은 악마는 너무 무서웠다. 그래서 실수를 만회하기 위해 허둥지둥 지상으로 돌아왔다. 작은 악마는 생각에 생각을 거듭하다가 묘안이 떠올랐다.

작은 악마는 부지런한 일꾼으로 변신하여 가난한 농부를 찾아가 일을 거들었다. 봄이 되자 작은 악마는 그 해 가뭄이 들 것을 알고 가난한 농부에게 습지에 호밀 씨앗을 뿌리라고 권했다. 가난한 농부는 작은 악마의 말대로 습지에 호밀 씨앗을 뿌렸다. 덕분에 심한 가뭄으로 다른 농부들의 호밀은 모두 말라 죽었지만, 가난한 농부는 한 해를 거뜬히 지내고 남을 만큼 많은 호밀을 수확해서 저장해 둘 수 있었다.

다음 해 작은 악마는 농부에게 언덕에 호밀 씨앗을 뿌리라고 권했다. 그 해 여름에는 엄청난 비가 내려서 홍수가 났다. 그래서 다른 농부들이 심은 호밀은 넘어지고 썩어서 낟알이 여물지 않았다. 하지만 언덕에 심은 농부의 호밀은 잘 자랐다. 이번에도 농부는 풍성한 수확을 했고 수확한 호밀을 저장할 곳이 없을 정도였다. 그래서 작은 악마는 농부에게 남은 호밀로 술을 담그라고 권했다. 농부는 남은 호밀을 빻아 술을 만들었고 그 양이 너무 많아 친구들과 나누어 마셔야겠다고 생각했다.

작은 악마는 회심의 미소를 지으면서 큰 악마에게 달려가 이제야 실수를 만회하게 되었다고 말했다. 큰 악마는 작은 악마의 말이 사실인지 확인해 보기로 했다. 큰 악마가 농부의 집에 도착했을 때, 농부는 자기 친구들을 집에 초대해 놓고 술을 마시고 있었다. 농부의 아내는 손님에게 술을 차례대로 나누어 주고 있었다. 그런데 그만 테이블 모서리에 걸려 넘어지면서 술을 바닥에 쏟아 버렸다. 농부는 화가 나서 아내에게 소리쳤다.

"뭐 하는 거야! 이처럼 귀한 것을 쏟다니 제대로 보고 다녀!"

작은 악마는 큰 악마의 옆구리를 콕콕 찌르면서 말했다.

"보세요! 저 농부는 빵이 없어졌을 때는 가만히 있더니 술이 없어졌다고 저 야단입니다."

농부는 아내 대신 자신이 직접 술을 돌리기 시작했다. 바로 그때 농부의 초대를 받지 않은 한 농부가 그의 집에 들어왔다. 그는 일을 마치고 돌아가다가 술상이 벌어진 것을 보고 자기도 한잔 마시고 싶었다. 그 농부는 자기에게도 술을 줄 것으로 생각하고 앉아서 기다렸으나 집주인 농부는 술을 주지 않았고 투덜거리며 말했다.

"아무에게나 귀한 술을 줄 수 없지!"

이것을 바라본 큰 악마는 너무나도 기뻤다. 그러자 꼬마 악마는 낄낄거리며 말했다.

"잠깐만 더 기다려 보세요. 더 멋진 일이 벌어질 테니까요."

집주인 농부와 그가 초대한 농부들은 술을 모두 마셨다. 그들은 술에 취해 서로 비위를 맞춰가며 거짓말로 상대를 칭찬하기 시작했다. 큰 악마는 그들의 대화를 들은 다음 작은 악마를 칭찬해 주었다.

"저들은 술을 마시고 교활한 인간이 되어서 저렇게 거짓말을 하기 시작하는구나. 이제 저들 모두가 우리 손아귀에 들어온 것이나 마찬가지야."

그러자 작은 악마가 말했다.

"또 무슨 일이 벌어지는지 두고 보세요. 저들이 또 한 잔씩 계속 마시고 있군요. 지금은 여우 같은 인간이 되어 서로의 비위를 맞추고 있지만, 조금 더 있으면 사나운 늑대로 변할 겁니다."

농부는 또 한 잔씩 손님들에게 돌렸다. 그들의 대화가 점차 거칠어지기 시작했다. 입에 발린 칭찬보다는 서로를 헐뜯으며 으르렁거렸다. 곧 싸움이 벌어지면서 주먹다짐을 했다. 집주인도 싸움에 끼어들더니 실컷 얻어맞기만 했다. 큰 악마는 이런 모습을 보면서 역시 기뻐했다.

"정말 잘했다."

그러자 작은 악마는 웃음을 지으면서 말했다.

"조금만 기다려 보세요. 이제 곧 세상에서 가장 멋진 장면을 보게 될 겁니다. 저들이 한 잔 더 마시면 지금은 늑대처럼 광란을 하고 있지만 곧 돼지처럼 변할 겁니다."

농부들은 술을 한 잔씩 더 마셨다. 농부들은 완전히 취했고 얼마 안 있어서 그들의 술자리는 끝이 났다. 혼자 집에 가는 사람도 있었고 둘이나 셋씩 짝을 지어서 집에 가는 사람들도 있었다. 그러나 그들 모두 얼마 안 가서 길거리에서 비틀거리다가 그만 쓰러지고 말았다. 집주인도 손님에게 작별 인사를 하려고 나왔다가 그만 물웅덩이에 빠지고 말았다. 발끝에서 머리까지 오물을 뒤집어쓴 채로 웅덩이에서 나오려고 돼지처럼 끙끙거렸다. 큰 악마는 이런 모습을 보고 기뻐서 어쩔 줄을 몰라 했다.

"잘했다. 이것으로 지난번 네가 저지른 실수는 충분히 만회했다. 하지만 저런 술을 어떻게 만들었지? 넌 틀림없이 첫 번째 잔에는 여우의 피를 넣었을 것이다. 그래서 저들이 여우처럼 간교를 부렸겠지. 다음 잔에는 늑대의 피를 탔을 거야. 그래서 늑대처럼 흉포해졌겠지. 그리고 마지막 잔에는 돼지의 피를 탔겠지. 저 농부들을 돼지처럼 행동하게 만들려고 말이야."

그러자 작은 악마가 말했다.

"아뇨, 저는 그런 방법을 사용하지 않았습니다. 저는 농부에게 필요 이상의 호밀을 수확할 수 있게 해주었을 뿐입니다. 짐승의 피는 항상 사람의 몸속에 흐르고 있습니다. 사람이 필요한 만큼의 곡식만을 가진다면 그 짐승의 피는 밖으로 나오지 않습니다. 바로 그 때문에 농부는 빵을 잃고

296

도 아무런 불평을 하지 않았죠. 그런데 곡식이 넘쳐흐르게 되자 그는 다른 즐거움을 찾으려고 했습니다. 그래서 제가 그에게 술 만드는 법을 가르쳐 주었습니다. 결국 농부는 신의 선물을 자기만의 쾌락을 위해 술로 바꾸어 마시기 시작했고 그의 몸속에 흐르고 있던 여우와 늑대와 돼지의 피가 한꺼번에 솟아 나오게 된 것입니다. 저 농부가 계속해서 술을 마시는 한, 언제나 짐승과 다를 바가 없을 것입니다."

큰 악마는 작은 악마를 칭찬하면서 옛날에 저지른 그의 실수를 용서해 주었고 가장 높은 지위에 올려 주었다.

머슴 예밀리얀과 빈 북

예밀리안은 어느 집에서 머슴살이를 하고 있었는데, 어느 날 일하러 가는 길에 풀밭을 지나가다가 개구리 한 마리가 팔짝팔짝 뛰고 있는 것을 보았다. 조금만 잘못하였더라면 개구리를 밟을 뻔했지만, 그는 가까스로 그 개구리를 뛰어 넘었다.

그때 갑자기 뒤에서 그를 부르는 소리가 들렸다. 뒤돌아보니 예쁜 아가씨가 서서 그에게 말을 걸었다.

"예밀리얀, 당신은 왜 결혼을 안 하세요?"

"나 같은 사람이 어떻게 결혼을 할 수 있다는 말이요? 나는 아무것도 가진 것이 없고, 있는 것이라고는 기껏 이 몸 하나뿐인데 누가 나랑 결혼하려고 하겠어요?"

그러자 아가씨가 그에게 말했다.

"그렇다면 저랑 결혼해주세요!"

예밀리얀은 놀랐지만, 그 아가씨가 마음에 들었다.

"나야 좋지만, 어디에서 살지요?"

"그런 걱정은 하지 마세요. 될 수 있는 대로 일을 많이 하고 잠을 적게 자면 어디에 가서도 먹고 입을 수 있을 거예요."

"그러면 좋습니다. 결혼합시다. 그런데 정말 어디에서 살죠?"

"우리 도시에 가서 일하며 살아요."

그래서 예밀리얀은 아가씨와 함께 도시로 갔다.

어느 날 왕이 마차를 타고 그들이 사는 도시에 도착했다. 왕이 예밀리얀의 집 앞을 지날 때, 예밀리얀의 아내가 왕의 행차를 구경하려고 밖으로 나와 있었다. 왕은 그녀의 아름다운 모습을 보고 놀라움을 감추지 못했다.

"세상에, 저런 미녀가 어디서 왔을까?"

왕은 마차를 멈추게 하고 예밀리얀의 아내를 불러서 물었다.

"너는 누구냐?"

"농부 예밀리얀의 아내입니다."

하고 그녀가 대답했다.

"너는 정말 예쁜데 어떻게 농부의 아내가 되었느냐? 귀족의 부인이나 왕비도 될 수 있었을 텐데."

"친절하신 말씀은 고맙습니다만 저는 농부의 아내로 만족하고 있습니다."

왕은 잠시 그녀와 말을 주고받고 나서 그곳을 떠나 왕궁으로 돌아왔다. 그런데 왕의 머릿속에서 예밀리얀의 아내 모습이 떠나지 않았다. 왕은 밤새도록 한숨도 못 자고, 어떻게 하면 예밀리얀에게서 그 예쁜 아내를 빼앗을 수 있을까 궁리만 했다. 그러나 좋은 방법이 생각나지 않았다. 그래서 이튿날 신하들을 불러 놓고 그 방법을 생각해내라고 일렀다. 그러자 신하들이 왕에게 말했다.

"우선 예밀리얀을 궁전의 일꾼으로 부르심이 좋을 듯합니다. 그러면 저희가 그 녀석에게 호되게 일을 시켜서 과로사하게 되면 그의 아내는 과부가 되니 그때는 그의 아내를 차지할 수 있을 것입니다."

왕은 그 말을 듣고 예밀리얀에게 사람을 보내 궁전에 와서 청소부로 일하도록 하고 그의 아내도 함께 궁전에 와서 살게 명령했고, 신하들이 예밀리얀에게 가서 그 말을 전했다. 그러자 아내가 예밀리얀에게 말했다.

"나는 괜찮으니까 가서 일하도록 해요. 낮에는 가서 일하고 밤이면 저에게 돌아오세요."

예밀리얀은 집을 나섰다. 그가 궁전 안으로 들어가니 왕의 집사가 그에게 물었다.

"왜 아내는 두고 혼자 왔는가?"

"무엇 때문에 아내를 데리고 옵니까? 저희도 집이 있는데요."

궁전에서는 예밀리얀에게 두 사람 몫의 일을 주었다. 예밀리얀은 일을 하면서도 그날도 다 끝낼 수 있으리라고 생각하지 못했다. 그러나 일을 하다 보니 저녁때가 되기도 전에 일을 다 마치게 되었다. 집사는 그가 일을 빨리 끝낸 것을 보더니, 그 이튿날에는 네 사람이 할 일을 시켰다.

일을 마친 예밀리얀이 집으로 돌아왔다. 집은 깨끗하게 청소가 되어 있었으며 모든 것이 깔끔하게 정리되어 있었다. 물론 식사 준비도 다 되어 있었다.

아내는 베틀 앞에 앉아 일을 하면서 남편이 오기를 기다리고 있었다. 그녀는 남편을 맞아 저녁 밥상을 차려 먹을 것과 마실 것을 주면서 남편이 오늘 한 일에 대해서 물어보기 시작했다.

"도저히 배겨낼 수가 없어. 아마 그들은 힘에 겨운 일을 맡겨서 내가 일하다 지쳐 쓰러지게 할 모양이야."

"하지만 일에 대한 걱정은 하지 마세요. 어느 정도 일을 했을까, 일이 얼마나 남았을까 하고 뒤를 돌아보거나 앞을 내다보지 마세요. 그저 일만 하시다 보면 주어진 시간 안에 모든 일이 끝날 거예요."

예밀리얀은 잠자리에 들었다. 이튿날 아침이 되자 또 일을 하러 궁전으로 갔다. 그는 일을 시작하자 한 번도 뒤를 돌아보지 않았다. 그러다 보니 해가 지기 전에 벌써 일이 다 끝나 있었다. 예밀리얀은 밤이 되기 전에 집에 갈 수 있었다.

그 후에도 예밀리얀의 일거리는 자꾸 늘어났으나 예밀리얀은 그것을 시간 안에 끝내고 집으로 돌아갔다.

그렇게 일주일이 지나자 왕의 신하들은 평범한 잡일로는 예밀리얀을 괴롭힐 수 없다는 것을 알고 이번에는 그에게 아주 어려운 일을 맡기기로 했다.

하지만 그 일거리 역시 예밀리얀을 괴롭히지 못했다. 목수 일이든, 돌 깎는 일이든, 지붕 고치는 일이든 무슨 일을 시켜도 예밀리얀은 시간 안에 그 일을 끝내고 집으로 돌아갔다.

그렇게 또 일주일이 지나자, 왕은 신하들을 불러 놓고 말했다.

"나는 언제까지 너희들에게 공짜 밥을 먹여야 한단 말이냐? 또 일주일이 지났는데 아무 효과도 없지 않으냐? 너희들은 예밀리얀에게 일을 많이 시켜 쓰러지게 한다고 했는데, 내가 창가에서 보는 그자는 날마다 콧노래를 부르면서 집으로 돌아가고 있단 말이다. 너희들이 나를 놀리려고 한 것이지. 그렇지 않으냐?"

"저희는 그 녀석에게 힘든 일을 시켜 쓰러지게 하려고 온 힘을 다했습니다만 아무리 해도 소용이 없었습니다. 무슨

305

일을 시켜도 빗자루로 쓸어버리듯 해치워 버리고 도무지 지친 구석이라고는 찾아볼 수가 없었습니다. 그래서 저희는 그 녀석의 능력으로는 하기 힘든 일을 시켰습니다만, 그것도 그를 괴롭히지 못했습니다. 어떻게 된 일인지 무슨 일을 시켜도 다 해내고 맙니다. 그 녀석이나 그 녀석의 아내가 마술을 쓸 줄 아는 게 틀림없습니다. 저희도 이제 질려 버렸습니다. 그래서 이번에야말로 도저히 해낼 수 없는 일을 맡겨 볼까 합니다. 그건 다름 아니라 하루 만에 그 녀석 혼자서 큰 성당을 짓게 하는 것입니다. 아무쪼록 예밀리얀을 부르셔서 하루 안에 큰 성당 하나를 짓지 못하면 그때야말로 명령을 어긴 죄로 목을 칠 수 있을 것입니다."

왕은 심부름꾼을 시켜 예밀리얀을 불러오게 했다.

"예밀리얀, 너에게 한 가지 명령을 내리겠다. 이 궁전 앞 광장에 새로 큰 성당을 하나 짓도록 해라. 내일 해가 지기 전에 완성해야 한다. 만약 완성한다면 후한 상을 내리겠지만 못 지을 때는 사형에 처할 것이다."

예밀리얀은 왕의 말을 다 듣고 집으로 발길을 돌렸다. 그는 '드디어 이제 최후의 날이 왔구나.'라고 생각했다. 그는 집에 돌아와 아내에게 말했다.

"여보, 어서 준비해요. 어디라도 도망쳐야겠소. 그렇지 않으면 아무 죄도 없이 우린 죽을 판이요."

"뭐라고요? 도망치고 싶을 만큼 그렇게 겁나세요?"

"어떻게 겁나지 않을 수 있단 말이오? 왕께서 내일 하루만에 큰 성당을 지으라고 하시는데, 만약 못 지으면 목을 베겠다는 거요. 이제 남은 길은 하나밖에 없소. 시간이 있을 때 도망을 쳐야 하오."

아내는 이 말을 받아들이지 않았다.

"왕에겐 군대가 많이 있으니까 어디에 가든 잡히고 말 거예요. 도망은 못 쳐요. 그러니 왕에게 힘이 있는 동안은 그의 명령을 따라야 해요."

"하지만 도저히 할 수 없는 일을 어떻게 따른단 말이오?"

"여보! 너무 그렇게 걱정 마시고 저녁이나 드시고 어서 주무세요. 그리고 내일은 조금 일찍 일어나세요. 그럼 모든 일이 잘될 거예요."

예밀리안은 일단 아내의 말을 듣고 저녁 식사 후 잠자리에 들었다. 아침이 되자 아내가 그를 깨웠다.

"어서 가서 성당을 다 짓고 오세요. 자, 여기 못과 망치가 있어요. 그곳에 가보시면 거기에는 당신이 해야 할 일이 하루치만 남아 있을 거예요."

예밀리얀은 궁전으로 갔다. 가서 보니 과연 궁전 앞 광장

한가운데 새로운 큰 성당이 서 있는데, 마무리할 것만 조금 남아 있었다. 예밀리얀은 필요한 곳만 손질하여 저녁때까지 완전히 일을 다 끝냈다.

왕이 저녁 무렵 궁전 밖을 내다보니 큰 성당이 새로 지어져 있었다. 예밀리얀은 사방으로 돌아다니며 일을 마무리하고 있었다. 왕은 새로 지은 큰 성당을 보고도 기뻐하지 않았다. 왕으로서는 예밀리얀을 처벌할 구실이 없어졌기 때문에 그의 아내를 빼앗지 못하는 것이 분할 뿐이었다. 그래서 왕은 또다시 신하들을 불러 모았다.

"예밀리얀은 이번 일도 완성했어. 이래서는 도저히 그 녀석을 죽일 수가 없다. 이번 일도 그 녀석에겐 쉬웠던 거야. 그러니 더 어려운 일을 한 번 생각해 봐. 그렇지 않으면 너희를 먼저 엄벌에 처하겠다."

그러자 신하들은 예밀리얀에게 궁전 둘레에 큰 강을 파게 하되, 큰 배가 떠다닐 수 있게 해야 한다고 명령을 내리게 했다. 그 말을 듣고 왕은 즉시 예밀리얀을 불러 새로운 일을 명령했다.

"너는 하룻밤 사이에 그런 큰 성당을 지을 수 있었으니 이번 일도 할 수 있으리라고 믿는다. 내 명령대로 내일 안으로 다 끝내야 한다. 만일 못 끝내면 네 목을 벨 것이다."

예밀리얀은 어제보다 더 슬픔에 잠겨 우울한 얼굴로 집으로 돌아왔다.

"왜 그렇게 슬픈 얼굴을 하고 계셔요? 왕이 당신에게 무슨 새로운 일을 명령 내리신 모양이군요?"

예밀리얀은 아내에게 자초지종을 이야기했다.

"이번에는 정말 도망쳐야겠어."

그러자 아내가 말했다.

"왕의 그 수많은 군대로부터 도망칠 수는 없어요. 어디로 가든 결국은 붙잡힐 거예요. 그러니 그의 명령대로 일을 해야 해요."

"그렇지만 불가능한 일을 어떻게 해야 한단 말이오?"

"여보, 아무 걱정 마세요. 우선 저녁 식사를 하고 주무세요. 그리고 내일은 조금 더 일찍 일어나세요. 그러면 일을 제시간에 다 끝낼 수 있을 거예요."

예밀리얀은 이번에도 아내의 말을 듣고 저녁 식사 후 잠자리에 들었다. 아침이 되자 아내가 그를 깨웠다.

"어서 궁전 쪽으로 나가 보세요. 모든 것이 다 되어 있을 거예요. 다만 궁전 맞은편 나루터에 작은 흙더미가 남아 있을 테니 이 삽을 가지고 가서 그것을 평평하게 고르기만 하면 돼요."

예밀리얀은 집을 나와 궁전 쪽으로 갔다. 궁전 둘레에는 강이 흐르고 큰 배들이 떠다니고 있었다. 예밀리얀이 궁전 맞은편 나루터에 가 보니 아내 말처럼 작은 흙더미가 있었고 그것을 평평하게 고르기 시작했다.

왕이 아침에 일어나 보니 궁전 둘레에는 어제는 없던 큰 강이 흐르고 있었다. 그리고 그 위로 큰 배가 떠다니고 있고 맞은편 나루터에서 예밀리얀이 삽으로 땅을 고르고 있었다. 왕은 깜짝 놀랐다. 강과 배를 보고 기뻐하지도 않고 예밀리얀을 처벌할 수 없는 것이 분해서 견딜 수 없었다. 그래서 생각했다.

'저 녀석은 못 하는 일이 없다. 그러니 이 일을 어떻게 하면 좋지?'

왕은 신하들을 불러 놓고 다시 궁리하기 시작했다.

"너희는 예밀리얀이 도저히 못 할 일을 생각해 내도록 하라. 우리가 무슨 일을 시켜도 저 녀석은 척척 해치우니 이래서야 저 녀석의 아내를 빼앗을 수 있겠느냐?"

신하들은 회의를 거듭한 끝에 좋은 생각 하나를 떠올렸다. 그래서 왕 앞으로 나아가 제의했다.

"예밀리얀을 불러서 이렇게 명령하십시오. 어디인지도 모르는 곳에 가서 무엇인지도 모르는 것을 가져오라고 말입니다. 이것이라면 예밀리얀도 빠져나갈 수 없을 것입니다. 그 녀석이 어디로 가든 폐하는 그곳이 아니라고 하시면 되고, 무엇을 가져오든 폐하가 명령한 물건이 아니라고 하시면 됩니다. 그렇게 하면 그 녀석을 처벌할 수 있고 그의 아내도 빼앗을 수 있습니다."

왕은 크게 기뻐했다.

"이번에는 그대들도 썩 훌륭한 꾀를 생각해 냈구나."

왕은 즉시 예밀리얀을 불러서 이렇게 말했다.

"어딘지 모르는 곳에 가서 무엇인지 모르는 것을 가져와라. 만일 못 가져오면 네 목을 베겠다."

예밀리얀이 집으로 돌아와서 아내에게 왕의 명령을 전했다. 아내는 깊은 생각에 잠겼다.

"이것은 당신을 죽이기 위해 신하들이 왕에게 가르쳐 준 거예요. 이번에는 정말로 잘해야 되겠어요."

아내는 잠시 앉아서 생각에 잠기더니 남편에게 말했다.

"조금 먼 곳이지만 당신은 어떤 군인의 어머니인 아주 나이 많은 할머니에게 가서 구원을 청하세요. 그래서 그분으로부터 물건을 받아 곧바로 궁전으로 가세요. 저도 거기에 가 있겠어요. 이제 저도 그 사람들의 손에서 벗어날 수가 없게 되었어요. 그들은 저를 힘으로 끌고 갈 거예요. 하지만

311

그것은 길게 가지 못해요. 당신이 그 할머니가 시키는 대로 모든 일을 해내신다면 곧 저를 구하실 수 있어요."

아내는 예밀리얀에게 길 떠날 준비를 시키고 그에게 가방과 물레를 주었다.

"이걸 그 할머니에게 드리세요. 이걸 보면 할머니는 당신이 내 남편이라는 것을 알게 될 거예요."

아내는 예밀리얀에게 길을 가르쳐 주었다. 예밀리얀은 집을 떠나 성 밖으로 나섰다. 가다 보니 군인들이 훈련을 받고 있었다. 예밀리얀은 잠시 서서 훈련하는 모습을 구경했다. 군인들이 훈련을 끝내고 쉬려고 자리에 앉아 예밀리얀은 군인들에게 가서 물었다.

"저기요, 어딘지도 모르는 곳으로 가려면 어디로 가야 하는지 알고 계세요? 그리고 무엇인지도 모르는 것을 가져오려면 어떻게 해야 하지요?"

군인들은 그 말을 듣더니 이상하게 생각했다.

"도대체 누가 그런 걸 찾아오라고 보낸 거요?"

"왕이 그랬습니다."

하고 예밀리얀이 대답했다.

"사실은 우리도 군인이 되면서부터 어딘지 모르는 곳에 가려고 했는데 아무리 해도 그곳에 갈 수 없고, 무엇인지도 모르는 것을 찾고 있지만 찾지 못하고 있는 중이오. 그러니 당신에게 가르쳐 줄 수가 없다오."

예밀리얀은 잠시 군인들과 함께 앉아 있다가 다시 길을 떠났다. 한참 걸어가다 보니 어느 숲에 이르렀다. 숲속에는 농가가 한 채 있었다. 집에는 군인의 어머니인 나이 든 할머니가 앉아서 물레질을 하고 있었다. 그리고 할머니는 하염없이 눈물을 흘리고 있었다. 할머니는 예밀리얀을 보더니 소리를 버럭 질렀다.

"무슨 일로 여기 왔느냐?"

예밀리얀은 그녀에게 물레를 보여주며 그의 아내가 찾아가 보라고 해서 왔다고 말했다. 그러자 할머니는 이내 부드러워지며 물었다. 예밀리얀은 할머니에게 이제까지의 일을 모두 이야기했다. 어떻게 해서 아내와 결혼하게 되었는지, 도시에 가서 살 게 된 일이며, 청소부로 왕에게 불려가게 된 일, 그리고 궁전에서 어떤 일을 했으며, 큰 성당을 짓고 배가 다닐 만한 강을 파고, 이번에는 왕이 어딘지도 모르는 곳에 가서 무엇인지도 모르는 것을 가져오라고 명령한 일까지 모두 이야기했다.

할머니는 이야기를 다 듣고 나서 울음을 그쳤다. 그리고 혼자서 중얼거렸다.

"드디어 때가 온 모양이로구나. 잘됐다. 얘야, 여기 앉아 뭘 좀 먹으려무나."

예밀리얀이 음식을 다 먹자 할머니가 말했다.

"자, 여기 실 꾸러미가 있다. 이것을 앞으로 굴려 그 굴러가는 쪽으로 따라가거라. 멀리 바닷가까지 가야 한다. 바닷가에 다다르면 큰 도시가 보일 거다. 도시에 들어서거든 가장 처음 보이는 집에 들어가서 하룻밤을 재워 달라고 해라. 네가 필요한 것은 거기 가야 찾을 수 있단다."

"하지만 할머니, 제가 그걸 어떻게 압니까?"

"사람이 부모의 말보다 더 잘 듣게 되는 것이 나타나면 그게 바로 네가 찾는 물건이다. 그걸 가지고 왕에게 가거라. 그러면 왕은 틀림없이 네가 가져간 것이 아니라고 말할 것이다. 그러면 너는 이렇게 말씀드려라. '만일 이것이 아니라면 이것을 부숴 버려야 합니다.' 그러고는 그걸 두드리며 강 쪽으로 가지고 나가 산산조각을 내어 물속에 던져 버려라. 그러면 너의 아내도 되찾을 것이고 내 눈물도 마를 것이다."

예밀리얀은 할머니와 작별하고 그 집을 나와 실 꾸러미를 굴렸다. 실 꾸러미는 구르고 굴러서 그를 바닷가로 데리고 갔다.

해변의 큰 도시 입구에 높은 집이 있었다. 예밀리얀은 그

314

집에 가서 하룻밤을 재워 달라고 했다. 그는 승낙을 받아 그 집에서 잠을 자게 되었다.

이튿날 아침 일찍 눈을 뜨니 그 집의 아버지가 일어나 아들을 깨워 나무를 해 오라고 하는 소리가 들렸다. 그러나 아들은 그 말을 듣지 않았다.

"아직 일러요. 좀 있다 가도 돼요."

이번에는 난로 쪽에서 어머니의 목소리가 들렸다.

"얘야, 어서 갔다 오너라. 아버지는 몸이 편찮으시잖니. 아버지더러 갔다 오라는 거냐? 이르긴 뭐가 이르냐?"

그러나 아들은 입맛만 쩝쩝 다시며 도로 누워 버렸다.

그가 눕자마자 갑자기 거리에서 요란한 소리가 나기 시작했다. 그러자 아들은 벌떡 일어나 옷을 입고 거리로 뛰어 나갔다. 예밀리얀도 벌떡 일어나 그의 뒤를 따라 달려갔다. 무엇이 그런 소리를 내는지, 부모의 말보다도 그를 더 따르게 하는 것이 무엇인지 직접 보기 위해서였다.

예밀리얀이 달려가 보니 어떤 사람이 자기의 배에다 둥그런 것을 차고 나무 막대기로 그것을 두드리면서 거리를 걷고 있었다. 그것이 요란한 소리를 내고 그 집의 아들을 뒤따르게 한 것이다. 예밀리얀은 그 곁으로 달려가서 자세히 들여다보았다. 그것은 작은 통같이 생긴 둥근 모양의 물체

였는데 양쪽에 가죽이 붙어 있었다. 예밀리얀은 그 남자에게 무엇이냐고 물었다.

"이건 북이랍니다."

하고 남자가 말했다.

"그렇다면 속이 비었겠네요?"

"그렇죠."

하고 남자가 말했다.

예밀리얀은 신기하여 그것을 자기에게 달라고 애원했다. 그러나 남자는 그 북을 주지 않았다. 예밀리얀은 그를 무작정 따라다니기 시작했다. 온종일 따라다니다가 그가 잠든 틈에 북을 훔쳐 달아났다.

예밀리얀은 달리고 또 달려서 그가 사는 도시로 돌아왔다. 아내를 보려고 했으나 아내는 집에 없었다. 아내는 그가 떠난 이튿날 왕에게 강제로 끌려가 버린 것이다.

예밀리얀은 궁전에 가서 어딘지 모르는 곳에 가서 무엇인지 모르는 것을 가지고 왔다고 왕에게 전하라고 했다. 신하들은 그 말을 왕에게 전했다. 왕은 예밀리얀에게 내일 다시 오라고 했다. 예밀리얀은 한 번 더 청했다.

"제가 오늘 궁전에 들어온 것은 왕께서 명령하신 물건을 가지고 왔기 때문에 그러는 것입니다. 아무쪼록 왕께서 나오시게 해 주십시오. 그렇지 않으면 직접 들어가 뵙겠습니다."

이때 왕이 나와 물었다.

"너는 어디에 갔다 왔느냐?"

예밀리얀은 자기가 다녀온 곳을 이야기했다.

"그렇다면 틀렸어. 그런데 무엇을 가지고 왔느냐?"

예밀리얀은 가지고 온 물건을 보이려고 했으나 왕은 보지도 않고 말했다.

"그것도 아니야. 틀렸어."

"만약 그러시다면 이걸 때려 부숴야 합니다. 에이, 악마한테나 주어 버려야겠군!"

예밀리얀은 북을 들고 궁전을 나와 북을 마구 두드렸다. 그 북을 두드리자 왕의 군대가 모두 예밀리얀 곁으로 모여들었다. 그리고 예밀리얀에게 경례를 하고 그의 명령을 기다렸다.

왕은 창밖을 내다보며 자기 군대를 향해 예밀리얀의 명령을 듣지 말라고 소리쳤다. 그러나 군인들은 왕의 말을 듣지 않고 모두 예밀리얀의 뒤를 따르고 있었다. 그것을 보고 왕은 예밀리얀에게 아내를 돌려보낼 테니 북을 가져오라고 애원했다.

"그럴 수는 없습니다. 저는 이 북을 조각내서 강물 속에 버리라는 명령을 받았습니다."

예밀리얀이 북을 두드리며 강으로 가자 모든 군인들도 그의 뒤를 따랐다. 예밀리얀은 강가에서 북을 산산조각 내어 강물에 던져 버렸다. 그러자 군인들이 모두 흩어져 달아나 버렸다.

예밀리얀은 아내를 데리고 집으로 돌아왔다. 그 후로 왕은 그를 괴롭히지 않았고, 예밀리얀은 아내와 함께 행복하고 편안하게 살았다.

촛불

또 눈은 눈으로, 이는 이로 갚으라 하였다는 것을 너희가 들었으나, 나는 너희에게 이르노니 악한 자를 대적하지 말라(마태복음 5:38-39)

이것은 지주들이 농노를 지배하던 시절의 이야기이다. 당시에는 별의별 지주가 있었다. 자신에게도 죽음의 시간이 온다는 것과 하나님을 기억하며 사람을 불쌍히 여기는 이들이 있는가 하면, 그런 건 아랑곳하지 않는 이들도 있었다. 하지만 가장 악랄하고 난폭한 자들은 농노 출신, 즉 밑바닥에서 출발하여 귀족의 대열에 낀 자들이었다. 그들 때문에 농민의 삶은 더욱 어려워졌다.

어느 지주의 영지에서 그런 관리인이 한 명 나타났다. 농부들은 부역에 동원되었다. 땅은 넓었고, 토질도 좋았다. 물도, 초원도, 숲도 모든 사람에게, 그러니까 지주나 농부에게도 충분했다. 그런데 이 지주가 다른 영지에서 일하던 머슴 하나를 이곳에 데려와 영지관리인으로 세웠던 것이다.

관리인은 권력을 쥐고 농부들의 어깨 위에 올라탔다. 그는 아내와 출가한 딸이 있는 가장으로 돈도 충분히 벌어놓았기 때문에 죄를 짓지 않더라도 살 수 있었음에도 욕심이 많아 죄에 빠져들었다. 정해진 날짜보다 더 많이 농부들에게 일을 시킨 것에서부터 문제가 시작되었다. 벽돌공장을 만들더니 아낙도, 농부도 모두 괴롭히며 그 일터에서 일을 하게 했고 그렇게 만들어진 벽돌을 판매했다. 농부들이 지주에게 하소연하러 모스크바로 갔지만, 그들 뜻대로 되지 않았다.

지주는 농부들을 빈손으로 쫓아내고, 관리인의 권한을 그대로 두었다. 관리인은 농부들이 하소연하러 갔다는 얘기를 자세히 듣고는 그 일로 복수를 하기 시작했다. 농부들의 삶은 더 어려워졌다. 농부들 중 배신자가 나오기 시작했다. 그들은 자기 동료를 밀고하고 험담하기 시작했다. 마을 전체가 뒤죽박죽이 되었고, 관리인은 악독을 품었다.

관리인은 갈수록 심해져서 사람들은 그를 잔혹한 짐승 대하듯 두려워하게 되었다. 그가 마을에 나타나면 모두가 늑대 피하듯 피했고, 어디를 가든 그의 눈에 띄지 않으려고 애썼다. 관리인은 그 모습을 보고 자기를 무시한다고 더 심하게 성을 냈다. 그는 채찍과 노역으로 백성을 괴롭혔고 농부들은 많은 고통을 당했다.

당시는 그런 악당을 없애는 일이 종종 일어나던 시절이었다. 농부들 사이에서 이야기가 돌기 시작했다. 그리고 따로 모이면, 좀 더 용감한 사람들이 이런 말을 하곤 했다.

"우리가 이 악당을 얼마나 오랫동안 참아야 한단 말이오? 이렇게 있다가 같이 죽느니 그런 자를 잡아 죽여도 죄가 될 건 없지 않겠소?"

부활절이 되기 전에 농부들이 숲에 모인 적이 있었다. 지주의 숲을 벌목하라고 관리인이 그들을 보냈던 것이다. 그들

324

은 점심을 먹으려고 모였다가 이 일을 논의하기 시작했다.

"이제 어떻게 살지?"

그들이 말했다.

"일을 얼마나 시키는지 우리를 뿌리째 뽑아먹을 셈이야. 낮에도, 밤에도, 우리도, 마누라들도 쉴 틈이 없잖은가. 조금이라도 마음에 들지 않으면 생트집을 잡아 매를 때리니. 세묜이 저자한테 매를 맞아 죽었잖은가. 아니시마도 족쇄를 차고 고생을 했지. 우리가 무얼 더 기다려야 한단 말인가? 저녁에 그자가 이곳으로 와서 다시 난폭한 짓을 하면 말에서 끌어 내려 도끼로 때려죽이면 그것으로 그만일세. 개처럼 아무 데다 묻어버리고, 증거는 물에 버리는 거야. 다만 모두 힘을 합쳐 배신하지 않기로 약속해야 하네!"

바실리 미나예프가 이렇게 말했다. 그는 누구보다도 관리자에게 독을 품고 있었다. 관리인이 그를 매주 채찍으로 때리고 그의 아내를 데리고 가서 식모로 삼았던 것이다.

농부들이 때마침 이런 이야기를 나누었는데, 저녁에 그 관리인이 마을에 왔다. 말을 타고 와서 제대로 나무를 베지 못했다고 생트집을 잡기 시작했다. 나무더미에서 어린 피나무를 발견한 것이다.

"내가 피나무는 베지 말라고 했잖아. 누가 이것을 베었

325

나? 말해라. 그렇지 않으면 모두를 매로 칠 테니!"

사람들이 누가 맡은 구역에 피나무가 있었는지를 찾아내기 시작했다. 시도르라는 것이 곧 밝혀졌다. 관리인은 시도르의 얼굴을 내리쳐 피를 보게 했다. 벤 나무가 적다고 바실리도 채찍으로 때렸다. 그러고는 집으로 돌아갔다.

저녁에 농부들이 다시 모였고, 바실리가 말문을 열었다.

"에이, 이런 사람들 같으니! 사람이 아니라, 참새일세. '뭉치자, 뭉치자' 하지만, 막상 움직여야 할 때는 처마 밑으로 숨는다니까. 그런 식으로 참새가 매에 맞서 어떻게 싸우겠는가. '배신하지 말고, 뭉칩시다!' 말하지만 막상 매가 날아오면 모두들 엉겅퀴 뒤로 숨는다니까. 그러니 매가 먹을 참새를 낚아채서는 끌고 가고 말지. 참새들은 나중에 튀어나와 한 마리가 없어진 걸 알고는 '짹짹!' 하고 마는 거야. '없어진 사람이 누구지? 반까구나. 에이, 그게 운명이야. 그럴 만한 녀석이지.' 댁들도 마찬가지야. 배신하지 말자, 배신하지 말자! 말만 하잖나. 그자가 시도르한테 손을 댔을 때, 뭉쳐서 끝장을 냈어야지. 그런데 '배신하지 말자, 배신하지 말자, 뭉치자, 뭉치자!' 해놓고는 덤벼드니까, 다들 관목 숲으로 숨었지 않나."

농부들은 점점 더 이런 말을 주고받다가 관리인을 죽여버릴 마음을 굳혔다. 고난주간에 관리인은 부활주간에 귀리 심는 부역을 할 채비를 해놓으라고 농부들에게 통고했다. 농부들은 그 명령에 속이 상했고, 고난주간에 바실리네 집 뒷마당에 모여 다시 이 문제를 논하게 되었다.

"하늘이 무섭지 않은가 보네. 이런 짓을 하려고 하다니, 정말로 저자를 죽여야겠네. 어차피 죽는 거!"

뾰뜨르 미헤예프도 왔다. 그는 온유한 사람으로 농부들 모임에 온 적이 없었다. 미헤예프가 와서 그들이 하는 말을 듣고 말했다.

"형제들, 엄청난 죄를 지을 생각을 하는구려. 사람을 죽이는 건 큰일이요. 남을 죽이는 건 어렵지 않지만, 자기 영혼은 어떻게 하겠다는 말이요? 나쁜 짓을 저지르면 나쁜 일이 오게 되어 있소. 형제들, 참아야 하오."

바실리는 그 말을 듣고 벌컥 화를 냈다.

"똑같은 말을 되풀이하는군. 사람을 죽이는 건 죄라고? 그건 잘 알고 있지만, 어떤 사람을 죽인다는 말인가? 착한 사람을 죽이는 건 죄지만, 저런 개는 하나님도 죽이라고 명하셨네. 사람들이 불쌍해서 미친개를 죽여야 하네. 미친개를 죽이지 않는 게 더 죄일세. 그자가 사람을 절단 내는 걸 어떻게 하겠나! 우리야 고통을 당하겠지만, 다 다른 사람을 위해 그런 거 아닌가? 사람들이 우리에게 고맙다고 할 걸세. 계속 우물쭈물하다가는 그자가 모두를 끝장내고 말걸세. 미헤이치, 자네는 쓸데없는 말을 하는 거야. 그리스도의 축일에 모두 일하러 가는 건 덜한 죄란 말인가? 자네는 가지 않을 거잖아!"

그러자 뾰뜨르가 말했다.

"어째서 가지 않는다는 거지? 나를 보낸다면 경작하러 갈 거네. 자발적으로 가는 게 아니지 않은가. 하나님은 누구 죄인지 아실 거고, 우리는 그분만 잊지 않으면 되는 거네."

그가 말했다.

"형제들, 난 내 말을 하고 있는 게 아니야. 만일 악으로 악을 없앨 수 있었다면, 하나님이 그런 법을 주셨겠지. 그러나 우리에게는 다른 본을 보이지 않으셨나? 악을 없애면, 그 악은 자네 속으로 자리를 옮길 거네. 사람을 죽이는 건 현명하지 못해. 그 피가 영혼에 들러붙을 거네. 사람을 죽인다는 건 자기 영혼을 피로 더럽히는 것일세. 나쁜 사람을 죽였으니 악을 없앴다고 생각하겠지만, 도리어 가만히 보면 그건 더 나쁜 것을 자기 속에 끌어들이는 거네. 불행에 져주면, 불행도 우리한테 져줄 걸세."

농부들은 의견 조정을 보지 못하고 생각들이 나뉘었다. 어떤 이는 바실리의 말처럼 생각했고, 또 어떤 이들은 죄를 쌓지 말고 참자는 뾰뜨르의 말에 동의했다.

농부들은 부활주간 첫째 날인 주일을 즐겁게 보냈다. 저녁이 되자, 촌장이 지역보안관과 함께 지주 집에 갔다 와서는 명을 전했다. 관리인인 미하일 세묘니치가 농부들에게 내일 귀리를 심으라고 명했다는 것이었다. 촌장은 지역보안관과 함께 마을 전체를 돌아다니며 모든 사람에게 누구는 강 건너, 누구는 큰길 쪽부터 밭을 일구라고 전했다. 농부들은 울분을 터뜨렸지만, 감히 불복할 생각을 하지 못하고 아침부터 손에 쟁기를 들고 나가 귀리 밭을 일구었다. 교회에서는 이른 오전 미사를 알리는 종소리가 울렸고 백성은 여기저기서 명절을 즐겼지만, 농부들은 밭을 일구러 나갔던 것이다.

느지막한 시간에 관리인 미하일 세묘니치는 잠에서 깨어나 농장을 둘러보러 나갔다. 집안 식구인 아내와 명절에 맞춰 집에 온 과부 딸은, 일꾼이 그들을 위해 마차를 준비해주자 옷을 차려입고 오전 미사를 다녀왔다. 하녀가 사모바르를 준비한 시각에 미하일 세묘니치도 돌아왔다. 그들은 차를 마시기 시작했다. 미하일 세묘니치는 차를 실컷 마시고 파이프 담배를 피우며 촌장을 불렀다.

"어떻게, 농부들은 밭일하러 보냈나?"

"보냈습니다, 미하일 세묘니치."

"그래, 모두 나갔나?"

"모두 나갔고, 제가 직접 농부들을 배치했습니다."

"배치한 건 배치한 거고, 그래서 밭을 일구고 있나? 가서 살펴보고, 내가 점심 이후에 간다고 말하게. 두 사람이 1데 샤티나씩 밭을 일구되, 아주 잘 일궈놔야 한다고 말일세! 만일 빈곳이 발견되면 명절이고 뭐고 봐주지 않을 거라고!"

"알겠습니다요."

대답을 하고 촌장이 나가려고 하는데, 미하일 세묘니치가 그를 되돌아오게 했다. 그런데 직접 뭔가를 말하고 싶기는 한데 어떻게 말해야 할지 모르겠는지 우물쭈물하는 것이었다. 미하일은 좀 머뭇거리다가 마침내 이렇게 말했다.

"그러니까 말일세, 저 일꾼들이 내 얘기를 뭐라고 하는지 좀 들어보게. 누가 욕을 하고 무슨 말을 하는지 내게 전부 말해주게. 난 일꾼들을 잘 알고 있네, 일하는 걸 좋아하지 않지. 누워서 빈둥거리기만 하고 싶겠지. 실컷 먹고 빈둥거리는 것만 하고 싶어 한단 말이네. 밭 가는 시기를 놓치면 낭패라는 건 생각하지 못한다고. 그러니 자네가 가서 누가 뭐라고 하는지 잘 듣고 내게 모조리 전해주게. 내가 알아야겠네. 가서 살펴보고 아무것도 감추지 말고 전부 얘기해주게."

촌장은 몸을 돌려 집에서 나와 말을 타고 들판에 있는 농부들에게로 갔다.

관리인 부인이 촌장과 남편이 하는 이야기를 듣고 그에게 간청하기 시작했다. 관리인 부인은 온화하고 마음이 착한 여자였다. 그녀는 할 수 있는 한 남편을 누그러뜨리고 남편 앞에서 농부들 편을 들어주곤 했다. 그녀가 남편에게 와서 간청하기 시작했다.

"여보, 주님을 위한 대축일에는 그리스도를 생각해서 죄를 짓지 마세요. 농부들을 쉬게 해주세요."

미하일 세묘니치는 아내의 말을 받아들이기는커녕 그녀를 조롱하기 시작했다.

"오랫동안 채찍 맛을 안 보니 아주 용감해졌군, 그래. 자기 일도 아니면서 끼어들지 말지?"

"여보, 당신에 대한 꿈이 좋지 않았어요. 내 말을 들어요. 농부들을 놓아줘요!"

"또 같은 소리 한다. 내가 말했잖아. 기름진 음식을 너무 많이 먹다 보니 채찍 맛을 잊은 모양이군. 조심해!"

세묘니치는 화가 잔뜩 나서 불이 붙은 파이프를 아내 입술 쪽으로 찔러 내쫓고는 점심을 내오라고 명했다. 미하일 세묘니치는 푹 고아서 만든 소고기 젤리, 파이, 돼지고기가 들어간 야채수프, 튀긴 새끼 돼지, 크림파스타를 먹고 앵두로 만든 과실주를 마시고 달콤한 파이를 먹은 다음 식모를 불러 앉혀 노래를 부르라고 명하고는 직접 기타를 집어 반주를 넣기 시작했다.

미하일 세묘니치는 명랑한 기분으로 앉아 트림을 하고 기타를 연주하면서 식모와 시시덕거리고 있었다. 그때 촌장이 들어와 절을 하고 들판에서 본 것을 보고했다.

"어떻게, 밭을 갈던가? 시킨 것은 완료할 것 같던가?"

"벌써 절반 이상을 갈았습니다."

"빈터는 없고?"

"보지 못했습니다. 잘 갈고 있습니다. 두려운 거지요."

"어떻게, 흙 고르기는 잘되고 있던가?"

"흙도 부드럽게 골라서 마치 양귀비씨를 뿌려놓은 것 같습니다."

관리인은 입을 다물었다가 다시 물었다.

"이제, 나에 대해선 무슨 말을 하던가? 욕을 하던가?"

촌장이 머뭇거리자, 미하일은 사실대로 다 말하라고 다그쳤다.

"모조리 말해. 자네 말이 아니라, 저들이 하는 말을 전하는 거 아닌가. 사실대로 말하면 상을 줄 테지만, 숨기면 쪼개버리고 말 테야. 어이, 까쮸샤, 촌장에게 용기를 내라고 보드카 한 잔 따라드려라."

하녀가 달려가 촌장에게 술을 따랐다. 촌장은 고맙다고 인사하고 술을 들이키고는 입을 닦고 말문을 열었다. '다 매한가지야. 저 자를 칭송하지 않는 게 내 탓은 아니잖아. 저 자가 명한 대로 사실을 말하자.' 그렇게 생각하고 촌장은 용기를 내서 말하기 시작했다.

"불평하고 있습니다, 미하일 세묘니치. 불평하고 있어요."

"뭐라고 하던가? 말해봐."

"똑같은 말을 하고 있습니다. 나리가 하나님을 믿지 않는다고요."

관리인이 웃음을 터뜨렸다.

"그건, 누가 한 소리냐?"

"모두가 하는 말입니다. 사람들 말이, 나리가 악마에게 복종한다고들 합니다."

관리인이 웃었다.

"그거 참, 좋은 일이야. 누가 무슨 말을 하는지 이제 개별적으로 말해봐. 바실리는 무슨 말을 하던가?"

촌장은 자기 사람들에 대해 나쁜 말을 하고 싶지 않았지만, 바실리와는 오래전부터 사이가 좋지 않았다.

"바실리는 다른 누구보다도 욕을 더 많이 합니다."

"그러니까 뭐라고 하던가? 말해봐."

"말하기도 무섭습니다요. 그 사람 말이 나리가 회개도 하지 못하고 죽을 거라고 했습니다."

"아이고, 훌륭하군. 그럼 어째서 하품만 하고 죽이지는 않는 거야? 틀림없이 감히 손을 못 대고 있는 거겠지? 좋았어."

그가 말했다.

"바실리, 너하고는 내가 셈을 치르고야 말 테다. 자, 그럼. 빌어먹을 시도르는? 역시 마찬가지겠지?"

"모두가 나쁜 말을 합니다."

"그래, 무슨 소리를 하는데?"

"제 입으로 전하기도 더럽습니다."

"뭐가 더러워? 겁내지 말고 말해봐."

"사람들 말이 나리 배가 터져서 창자가 밖으로 튀어나올 거랍니다."

미하일 세묘니치는 기쁜 나머지 웃음마저 크게 터뜨렸다.

"누구 창자가 먼저 튀어나올지 한번 보자. 그런 말을 한 게 누구지? 시도르?"

"아무도 좋은 말을 하는 사람이 없었습니다. 모두 욕을 하고, 모두 으르렁거립니다."

"자, 그럼 뾰뜨르 미헤예프는 어떻든가? 뭐라고 하던가? 역시 욕을 했겠지?"

"아니요, 미하일로 세묘니치. 뾰뜨르는 욕하지 않았습니다."

"그자가 어떻게 된 일이지?"

"모든 농부 중에서 그자 한 명만 아무 말도 하지 않았습니다. 지혜로운 농부예요! 저도 놀랐습니다, 미하일 세묘니치!"

"뭐를 어떻게 했기에?"

"얼마나 놀라운 일을 하던지! 농부들 모두가 놀랐습니다."

"무슨 짓을 했다는 말인가?"

"아주 신기했습니다. 그자는 산 꼭대기에 있는 비탈진 땅을 일구고 있었습니다. 제가 그자한테 가까이 다가가서 들으니 누군가가 노래를 부르고 있는데, 구성지게 잘도 부르더군요. 그런데 쟁기 자루 사이에 무언가가 반짝이고 있는 겁니다."

"그래서?"

"반짝이는데, 꼭 불빛 같았습니다. 가까이 다가가서 보니,

5코페이카짜리 양초가 버팀목에 붙어서 타고 있는데, 바람이 불어도 꺼지지 않았습니다. 그런데 그자는 새 옷을 입고 걸어 다니며 땅을 일구면서 부활 찬송을 부르는 겁니다. 몸을 돌리고 흔들어대는데도 양초는 꺼지지 않았습니다. 내가 보는 앞에서 흔들어대고 곤봉을 바꿔 끼우고 쟁기를 이리저리 끌고 다니는데도 여전히 양초는 꺼지지 않는 겁니다!"

"그자가 뭐라고 하던가?"

"아무 말도 하지 않았습니다. 나를 보자, 부활절 인사를 하고는 다시 노래를 부르기 시작했지요."

"그럼, 자네는 그자와 무슨 말을 했는가?"

"저도 아무 말도 하지 않았습니다. 그때 농부들이 와서 그자를 비웃기 시작했어요. 미헤이치는 부활절에 밭을 갈았으니 평생 죄를 용서받을 수 없을 거라고들 말했지요."

"그자가 뭐라고 하던가?"

"이렇게 말하고 말더군요. '땅에는 평화가, 사람에게는 은총이 있기를!' 그러고는 다시 쟁기를 들고 말을 몰더니 가느다란 목소리로 노래를 부르기 시작했습니다. 여전히 양초는 타면서 꺼지지 않았고요."

관리인은 웃기를 그쳤다. 그리고 기타를 놓고 고개를 숙인 채 생각에 잠겼다.

그는 그렇게 한참을 앉아 있더니 하녀와 촌장을 내보낸 후 커튼 뒤로 가서는 침대에 누워 한숨을 내쉬며 마치 곡식 단이 실린 수레를 끌기라도 하듯 신음소리를 내기 시작했다. 아내가 그에게 와서 대화를 시도했지만, 그녀에게 대꾸하지 않았다. 다만 이렇게 말할 뿐이었다.

"그자가 나를 이겼어! 이제 내 차례가 된 거야!"

아내가 그를 설득하기 시작했다.

"가서 농부들을 풀어줘요. 분명 아무 일도 없을 거예요! 온갖 일을 다 하고도 무서워하지 않더니만, 지금은 왜 그렇게 겁을 내는 거예요?"

"난 이제 끝났어. 그자가 나를 이긴 거야."

아내가 그에게 소리를 질렀다.

"'이겼다, 이겼다' 이 말만 되풀이하고 있으니, 원. 가서 농부들을 풀어줘요. 그럼 다 잘될 거예요. 가요, 내가 말에 안장을 얹으라고 할 테니."

말을 대령했고, 관리인 아내는 농부들을 풀어주러 들판에 나가라고 남편을 종용했다.

미하일 세묘니치는 말을 타고 들판으로 나갔다. 울타리로 나가자 아낙이 대문을 열어주었고, 그는 시골 마을에 들어갔다. 관리인을 보자마자, 사람들은 모두 그를 피해 어떤 이는 마당 안으로, 어떤 이는 골목 뒤로, 어떤 이는 채소밭으로 숨어버렸다.

미하일은 마을 전체를 둘러, 빠져나가는 대문에 다가갔다. 대문은 잠겨 있었고, 말을 탄 채로는 문을 직접 열 수 없었다. 미하일은 문을 열라고 소리를 지르고 또 질렀지만, 아무도 응답하는 이가 없었다. 그는 직접 말에서 내려 문을 연 뒤 나가려고 다시 안장에 앉으려 했다. 발을 등자에 넣고 올라서서 안장 너머로 다리를 걸치려는 순간, 말이 돼지 한 마리한테 놀라 급히 울타리 쪽으로 물러나고 말았다. 그는 안장에 올라타지 못하고 그만 울타리에 배를 깔고 넘어지고 말았다. 울타리에는 다른 것보다 조금 높고 끝이 뾰족한 말뚝 하나가 꽂혀 있었는데, 곧바로 그 말뚝에 박히는 바람에 미하일의 배가 찢어지면서 그는 땅바닥으로 굴러 떨어지고 말았다.

농부들이 경작지에서 돌아왔다. 그런데 말들이 콧김을 내뿜으며 대문 안으로 들어가려고 하지 않는 것이었다. 농부들이 보니 미하일 세묘니치가 두 팔을 활짝 벌린 채 벌렁 누워 있었다. 눈동자는 멈춰 있었고, 내장이 온통 땅에 쏟아져 있었다! 피가 웅덩이를 이루어 땅마저 그 피를 빨아들이지 못했다.

농부들은 놀라서 말들을 뒤쪽으로 몰고 갔고, 뾰뜨르 미헤이치 한 사람만이 말에서 내려와 미하일에게 다가갔다. 미하일이 죽은 것을 보자, 눈을 감겨주고, 수레에 말을 멘 후 아들과 함께 죽은 자를 상자에 넣어 지주의 집으로 데려갔다.

지주는 그렇게 해서 그간의 사정을 다 알게 되었고, 농부들을 부역에서 풀어주며 소작료만 내도록 했다.

그렇게 해서 농부들은 하나님의 힘이 악에서가 아니라, 선에서 나타남을 깨닫게 되었다.

노동과 죽음과 질병

남아메리카 인디언 사이에는 이런 전설이 있다. 그들의 말에 따르면, 신이 사람을 창조하셨고, 처음에 사람은 노동할 필요가 없었다고 한다. 집도 의복도 음식도 필요 없이 그들은 백 세까지 아무 병도 걸리지 않고 살았다고 한다. 시간이 흘러 사람들이 어찌 사는지 신이 내려와서 보자, 사람들은 주어진 삶을 기뻐하는 대신 각자 자기만 걱정하며 서로 다투고, 삶을 기뻐하기는커녕 저주하며 살아가고 있었다.

그러자 신은 생각했다. '이건 그들이 각자 자기만을 위해 따로 살아서 그렇다.' 그렇게 살지 않도록 신은 사람들이 노동하지 않고는 살 수 없게 만들었다. 그들은 추위와 배고픔으로 고통당하지 않기 위해 집을 짓고 땅을 파고 식물을 키우고 열매와 알곡을 거두어야만 했다. 신은 생각했다. '노동이 그들을 하나되게 하는구나. 혼자서는 통나무를 베고 끌고 와서 집을 지을 수는 없지. 혼자서는 농기구를 준비할 수도, 파종을 할 수도, 거둘 수도, 실을 자을 수도, 길쌈을 할 수도, 옷을 지을 수도 없지. 사이좋게 일을 하면 할수록 더 일을 잘하고 살기도 더 좋아진다는 것을 알 거야. 이것으로 저들은 더 협동하게 될 거야.'

또 시간이 흐르자, 신은 사람들이 어떻게 사는지 보러 왔다. 그러나 사람들은 이전보다 더 못살았다. 그들은 어쩔 수

343

없이 서로 소통하며 일했지만, 모두 함께 있는 것이 아니라 몇 무리로 나뉘었고, 각각의 무리는 다른 무리에게서 일을 빼앗으려고 안간힘을 썼다. 그들 모두 서로 훼방하고 싸우는 데 시간과 힘을 탕진했고 모두가 그악스러웠다.

이것도 좋지 않다고 생각한 신은 사람들이 자기가 죽는 시간을 알 수 없게 하고 언제든 죽을 수 있게끔 만들어버렸다. 그리고 그것을 사람들에게 알렸다. 누구든지 언제든 죽을 수 있음을 알게 된 사람들이 언제든 끊어질 수 있는 생명에 대한 염려 때문에 서로 화내지 않고 예정된 삶의 시간을 낭비하지 않으리라고 생각했던 것이다.

하지만 그렇지 않았다. 사람들이 어떻게 사는지 보려고 신이 다시 돌아왔을 때 삶은 더 나빠져 있었다. 다른 사람보다 힘이 더 센 사람들이 언제든 죽을 수 있다는 것을 이용해서 더 약한 사람들을 죽이고 나머지는 죽이겠다고 협박하며 굴복시켰던 것이다. 강한 사람과 그들의 후손만 아무 일도 하지 않고, 할 일이 없어 따분해하는 그런 삶이 이어지고 있었다. 약자는 힘에 부치도록 노동했고, 쉴 시간이 없어 괴로워했다. 강자도 약자도 서로를 두려워하고 증오했다. 사람들의 삶도 훨씬 불행해졌다.

이런 상황을 고치기 위해 신은 마지막 수단을 사용하기로 결심했다. 그는 사람들에게 온갖 종류의 질병을 보냈다. 모든 사람이 병에 걸린다면, 건강한 사람이 병든 사람을 불쌍히 여기고 자기들이 아플 때 건강한 이가 자신을 돌봐주도록 병든 사람을 도우리라고 생각했다. 신은 또다시 사람들을 두고 갔지만, 그들이 어떻게 사는지 살펴보려고 돌아왔을 때는 병에 걸린 이후로 사람들의 삶이 훨씬 더 나빠진 것을 보았다. 신이 생각하기에 사람들을 서로 돕게 해야 하는 그 질병이 그들을 더욱 갈라놓았던 것이다.

　다른 사람을 부릴 수 있을 정도로 센 사람들은 자신이 아프자 이번에는 사람들에게 자기 병시중을 들게 했다. 그러면서 남은 돌보지 않았다. 다른 사람을 위해 억지로 일하고 환자를 보살펴야만 했던 이들은 일에 치여 정작 가족이 아프면 돌볼 여력이 없었고 방치해야만 했다. 아픈 사람이 눈에 띄면 부자들이 언짢아진다며 따로 집을 지었지만, 환자들은 동정어린 위로는커녕 자신을 불쌍히 여기지도 않는, 심지어 혐오스러워하는 고용인들 사이에서 그저 괴로워하며 죽어갔다. 뿐만 아니라, 사람들은 대부분의 병이 전염된다고 생각해서 환자들 가까이에 가지 않았을 뿐 아니라, 환자들에게 손을 댄 사람과도 떨어져서 살았다. 그러자 신은 속으로 생각했다. '만일 이 방법으로도 행복이 어디 있는지

사람들이 알아차릴 수 없다면, 그들 스스로 고통을 통해 깨달음에 도달하게 해야겠다.'

신은 그들을 홀로 내버려두었다. 홀로 남게 된 사람들은 자기가 행복할 수 있고 또 그래야만 한다는 사실을 모른 채 오랫동안 살았다. 최근 들어서야, 노동이 어떤 이에게는 허수아비가 되거나 또 다른 이에게는 강제노역이 되어선 안 되고, 모든 사람을 하나로 묶어 함께하는 행복한 일이 되어야 함을 겨우 몇 사람이 깨닫게 되었다. 각 사람을 매순간 위협하는 죽음 앞에서 그들이 취할 수 있는 유일한 방법은 각자에게 주어진 매년, 매월, 매시간, 매순간을 사랑과 화목 가운데 기쁘게 보내는 것임을 깨달았다. 그들의 병은 서로 나누어지는 이유가 아니라, 반대로 서로 사랑 안에서 소통해야 하는 이유가 됨을 비로소 알게 되었다.

인간은 분수와 같다. 분자는 자신의 실제이며 분모는
자신에 대한 평가이다. 분모가 클수록 분수는 작아진다.
- Lev Nicolayevich Tolstoy -

모두가 세상을 변화시키려고 생각하지만, 정작 스스로
변하겠다고 생각하는 사람은 없다.

- Lev Nicolayevich Tolstoy -

진리란 금과 같아서 불려서 얻어지는 것이 아니라 금이
아닌 것을 모두 씻어 냄으로써 얻어진다.

- Lev Nicolayevich Tolstoy -

살면서 꼭 읽어야 할 톨스토이 단편선

발행일 초판 1쇄 2022년 2월 04일
　　　　개정 1쇄 2023년 3월 29일
　　　　　　7쇄 2024년 5월 31일

**지은이** 레프 N.톨스토이 **옮긴이** 이도윤
**펴낸이** 강주효 **마케팅** 이동호 **편집** 이태우 **디자인** 하루
**펴낸곳** 도서출판 버금 **출판등록** 제353-2018-000014호
**전화** 032)466-3641 **팩스** 032)232-9980
**이메일** beo-kum@naver.com
**블로그** blog.naver.com/beo-kum
**제조국** 대한민국
**주의사항** 종이에 베이거나 긁히지 않게 조심하세요.

**ISBN** 979-11-978983-6-5 43890
**값** 14,000